毕淑敏散文

毕淑敏/著

山西出版传媒集团　山西人民出版社

图书在版编目（CIP）数据

毕淑敏散文 / 毕淑敏 著. — 太原：山西人民出版社，2023.11
ISBN 978-7-203-13035-2

Ⅰ.①毕… Ⅱ.①毕… Ⅲ.①散文集—中国—当代 Ⅳ.①I267

中国国家版本馆CIP数据核字（2023）第171559号

毕淑敏散文

著　　者：	毕淑敏
责任编辑：	郝文霞
特约编辑：	孙鑫仪
复　　审：	刘小玲
终　　审：	贺　权
装帧设计：	宋双成

出 版 者：	山西出版传媒集团·山西人民出版社
地　　址：	太原市建设南路21号
邮　　编：	030012
发行营销：	0351-4922220　4955996　4956039　4922127（传真）
天猫官网：	https://sxrmcbs.tmall.com　电话：0351-4922159
E-mail：	sxskcb@163.com　发行部
	sxskcb@126.com　总编室
网　　址：	www.sxskcb.com

经 销 者：	山西出版传媒集团·山西人民出版社
承 印 厂：	三河市天润建兴印务有限公司
开　　本：	710mm×1000mm　1/16
印　　张：	18
字　　数：	230千字
版　　次：	2023年11月 第1版
印　　次：	2023年11月 第1次印刷
书　　号：	ISBN 978-7-203-13035-2
定　　价：	36.00元

如有印装质量问题请与本社联系调换

目录 CONTENTS

第一章　没有一棵小草自惭形秽

没有一棵小草自惭形秽　　002
离太阳最近的树　　004
葵花之最　　007
白兰瓜　　010
自信第一课　　013
精神的三间小屋　　017
我很重要　　020
心理拒绝创可贴　　023
你要学着自己强大　　028
坦言——心灵的力量　　031
每天都冒一点险　　035
行使拒绝权　　038
心中的死结　　042
抵制"但是"　　045
被老师读作文的时候　　048

第二章　格布上的花

格布上的花	052
幸福和不幸永在	053
疲　倦	056
像烟灰一样松散	060
提醒幸福	061
泥沙俱下的生活	065
苦难之后	067
生命之序	070
我的五样宝贵的东西	072
关于生命与命运的遐想	076
平安扣	080
生命的借记卡	082
今世的五百次回眸	087

第三章　谁是你的重要他人

谁是你的重要他人	090
爱的回音壁	099
谎言三叶草	102
翻浆的心	106
写"福"字的女孩	110
洞茶上的字迹	113
盲人看	116
赶考的女人	119
我在寻找那片野花	132
非血之爱	135

让我们彼此善解人意	137
学会倾听	138
鱼在波涛下微笑	142

第四章　人心的喜马拉雅

人心的喜马拉雅	144
造　心	147
心是一只美丽的小箱子	150
内在的洁净	152
好脾气的悖论	155
素面朝天	157
幸福的镜片	159
焚毁你心中的魔床	161
教养的证据	166
旷野与城市	169
家的疆域	171
地铁客的风格	173
关于爱的奇谈怪论	176
何时才能外柔内刚	180
你要好好爱自己	185

第五章　回家去问妈妈

回家去问妈妈	190
带白蘑菇回家	193
孝心无价	195
剥　豆	198

儿子的方程式	200
孩子，我为什么打你	204
青虫之爱	206
蓝色萝卜	209
镶有11块宝石的项圈	211
母狼的智慧	213

第六章　你站在金字塔的第几层

你站在金字塔的第几层	216
丹麦的独腿锡兵	220
在北欧游轮上	228
曼德拉的铅笔	235
海明威的最后一分钱	238
马其顿的纪念物	242
巴尔干的铜钥匙	251
高速公路拐角处的笑脸	255
在加德满都直面生死	263
欧洲人珍藏得最好的秘密	267

第一章　没有一棵小草自惭形秽

没有一棵小草自惭形秽

被人邀请去看一棵树，一棵古老的树。大约有五千年的历史，已被唐朝的地震弯折了腰，半匍匐着，依然不倒，享受着人们尊敬的注视。

我混在人群中直着脖子虔诚地仰望着古树顶端稀疏的绿叶，一边想，人和树相比是多么的渺小啊。人生出来，肯定是比一粒树种要大很多倍，但人没法长得如树般伟岸。在树小的时候，人是很容易就把树枝包括树干折断，甚至把树连根拔起，树就结束了生命。就算是小树长成了大树，归宿也是被人伐了去，做成各种各样实用的物件。长得好的树，花纹美丽木质出众，也像美女一样，红颜薄命，被人劫掠的可能性更大，于是很多珍贵的树种濒临灭绝。在这一点上，树是不如人的。美女可以人造，树却是不可以人造的。

树比人活得长久，只要假以天年，人是绝对活不过一棵树的。树并不以此傲人，爷爷种下的树，照样以累累果实报答那人的孙子或是其他人的后代。

通常情况下，树是绝对不伤人的。即便如前几天报上所载一些村民在树下避雨，遭了雷击致死，那元凶也不是树，而是闪电，树也是受害者。人却是绝对伤树的，地球上森林数量的锐减就是明证，人成了树的天敌。

树比人坚忍。在人不能居住的地方，树却裸身生长着，不需要炉火或是空调的保护。树会帮助人的，在饥馑的时候，人扒过树的皮以充饥，我们却从未听到过树会扒下人的什么零件的传闻。

很多书籍记载过这棵古树，若是在树群里评选名人的话，这棵古树是一定名列前茅了。很多诗人词人咏颂过这棵古树，如果树把那些词句都当作叶子一般披挂起来，一定不堪重负。唐朝的地震不曾把它压倒，这些赞美会让它仆在地上。

　　树的寿命是如此的长久，居然看到过妲己那个朝代的事情。在我们死后很多年，这棵古树还会枝叶繁茂地生长着。一想到这一点，无边的嫉妒就转成深深的自卑。作为一个人活不了那么久远，伤感让我低下头来，于是我就看到了一棵小草，一棵长在古树之旁的小草。只有细长的两三片叶子，纤细得如同婴儿的睫毛。树叶缝隙的阳光打在草叶的几丝脉络上，再落到地上，阳光变得如绿纱一样飘浮了。

　　这样一株柔弱的小草，在这样一棵神圣的树底下，一定该俯首称臣毕恭毕敬了吧？我竭力想从小草身上找出低眉顺眼的谦卑，最后以失望告终。这棵不知名的小草，毫无疑问是非常渺小的。就寿命计算，假设一岁一枯荣，老树很可能见过小草5000辈以前的祖先。就体量计算，老树抵得过千百万小草集合而成的大军。就价值来说，人们跋涉千里万里地赶来，只为瞻仰老树，我敢肯定没有一个人是为了探望小草。

　　既然我作为一个人，都在古树面前自惭形秽了，小草你怎能不顶礼膜拜？我这样想着，就蹲下来看着小草。与这样一棵历史久远声名卓著的古树为邻，你岂不要羞愧死了？

　　小草昂然立着，我向它吐了一口气，它就被吹得蜷曲了身子，但我气息一尽，它就像弹簧般伸展了叶脉，快乐地抖动着。我再吹一口气，它还是在弯曲之后怡然挺立。我悲哀地发现，不停地吹下去，有我气绝倒地的一刻，小草却安然无恙。

　　草是卑微的，但卑微并非指向羞惭。在庄严的大树身旁，一棵微不足道的小草都可以毫不自惭形秽地生活着，何况我们这些作为万物灵长的人类！

离太阳最近的树

三十年前，我在西藏阿里当兵。

这世界的第三极，平均海拔五千米，冰峰林立，雪原寂寥。不知是神灵的护佑还是大自然的疏忽，在荒漠的皱褶里，有时会不可思议地生存着一片红柳丛。它们有着铁一样锈红的枝干，凤羽般纷披的碎叶，偶尔会开出谷穗样细密的花，对着高原的酷寒和缺氧微笑。这高原的精灵，是离太阳最近的绿树，百年才能长成小小的一篷。到藏区巡回医疗，我骑马穿行于略带苍蓝色调的红柳丛中，曾以为它必与雪域永在。

一天，司务长布置任务——全体打柴去！

我以为自己听错了，高原之上，哪里有柴？

原来是驱车上百千米，把红柳挖出来，当柴火烧。

我大惊，说，红柳挖了，高原上仅有的树不就绝了吗？

司务长回答，你要吃饭，对不对？饭要烧熟，对不对？烧熟要用柴火，对不对？柴火就是红柳，对不对？

我说，红柳不是柴火。它是活的，它有生命。做饭可以用汽油，可以用焦炭，为什么要用高原上唯一的绿色！

司务长说，拉一车汽油上山，路上就要耗掉两车汽油。焦炭运上来，一斤的价钱等于六斤白面。红柳是不要钱的，你算算这个账吧！

挖红柳的队伍，带着铁锨、镐头和斧，浩浩荡荡地出发了。

红柳通常都是长在沙丘上。一座结实的沙丘顶上，昂然立着一株红柳。它的根像一柄巨大章鱼的无数脚爪，缠附至沙丘逶迤的边缘。

我很奇怪,红柳为什么不找个背风的地方猫着呢?生存中也好少些艰辛。老兵说,你本末倒置了。不是红柳长在沙丘上,是因为有了这棵红柳,才固住了流沙。随着红柳的渐渐长大,流沙被固住的越来越多,最后便聚成了一座沙山。红柳的根有多广,那沙山就有多大。

啊,红柳如同冰山。露在沙上的部分只有十分之一,伟大的力量埋在地下。

红柳的枝叶算不得好柴薪。它们在灶膛里像闪电一样,转眼就释放完了,炊事员说它们一点后劲也没有。真正顽强的是红柳强大的根系。它们如盘卷的金属,坚挺而硬韧,与沙砾黏结得如同钢筋混凝土。一旦燃烧起来,持续而稳定地吐出熊熊的热量,好像把千万年来,从太阳那里索得的光芒,压缩后释放出来。金红的火焰中,每一块红柳根,都弥久地维持着盘根错节的形状,好像一颗傲然不屈的英魂。

把红柳根从沙丘中掘出,蕴含着很可怕的工作量。红柳与土地生死相依,人们要先费几天的时间,将大半个沙山掏净。这样,红柳就枝丫遒劲地腾越在旷野之上,好似一副镂空的恐龙骨架。这时需请来最有气力的男子汉,用利斧,将这活着的巨型根雕与大地最后的联系——斩断。整个红柳丛就訇然倒下了。

连年砍伐,人们先找那些比较幼细的红柳下手,因为所费气力较少。但一年年过去,易挖的红柳绝迹,只剩那些最古老的树根了。

掏挖沙山的工期越来越漫长,最健硕有力的小伙子,也折不断红柳苍老的手臂了。于是人们想出了高技术的法子——用炸药!

只需在红柳根部,挖一条深深的巷子,用架子把火探进去,人伏得远远的,将长长的药捻点燃。深远的寂静之后,只听轰的一声,再幽深的树怪,也尸骸散地了。

我们风餐露宿。今年可以看到,去年被掘走红柳的沙丘,好像做了眼球摘除术的伤员,依旧大睁着空洞的眼睑,怒向苍穹。但这触目惊心的景象不会持续太久,待到第三年,那沙丘已烟消云散,好像此地从来不曾生存过什么千年古木,不曾堆聚过亿万颗沙砾。

听最近到过阿里的人讲,红柳林早已掘净烧光,连根须都烟消灰灭了。

有时深夜，我会突然想起那些高原上的原住民，它们的魂魄，如今栖息在何处云端？会想到那些曾经被固住的黄沙，是否已飘洒到世界各处？从屋顶上扬起的尘雾，通常会飞得遥远。

葵花之最

昆仑山其实只有一个季节——冬天，春节过后那段漫长而寒冷的日子被称为春天，这是我们这帮小女兵从平原家中带来的习惯。

快到"五一"节了，冰封的道路渐渐开通，春节慰问品运到了。五颜六色来自五湖四海的慰问袋最受欢迎。小伙子们希望从绣着花的漂亮布袋里，摸出一双精致的鞋垫，做一个浪漫的梦；姑娘们没有这份心思，只想找点稀罕的吃食，打打牙祭。整整一个冬天，除了脱水菜和军用罐头，没有见过绿色。可惜，关山重重，山路迢迢，花生走了油，瓜子变哈喇，沙枣颠成粉末，面粉烙的小馃子像出土文物。

突然闻到一股奇异的清香。

那是一个绣着黄色"八一"和红色五星的小白口袋。针脚毛茸茸的，绣活儿手艺不高，想必出自一个笨手笨脚的胖姑娘。

打开一看，是一袋葵花籽。颗颗像小炮弹一样结实，饱满得可爱。我们每人抢了一把，一尝，竟是生的。葵花籽中埋着一封信：

"敬爱的解放军叔叔们……"

信是从广东省湛江市第二小学发出的。

我们趴在地图上找。唔，湛江，好远！那里是亚热带，一个很热的地方。

孩子们请求解放军叔叔们，把他们精心挑选出的葵花种子，种在祖国的边防线上。

我们把手中的葵花籽放回布袋。那清香，是阳光、土地和绿色植物的芬芳。

昆仑山咆哮的暴风雪，伴随着我们进行讨论。

为什么只写给解放军叔叔？边防线上也有解放军阿姨呀？！

在国境线上种葵花，多么美妙的想法！每当葵花开放的时候，我们将有一条金色的国境线。

这根本不可能！昆仑山是世界第三极，雪线上连草都不长，还能开葵花？！

我们都默不作声了，只听见屋外风在嘶鸣。

大家决定由我给孩子们回一封信，就说葵花籽是解放军阿姨们收到的。只是这里很冷很冷……

昆仑山的"夏天"到了。

信早已写好，却终于没有发出。我们大着胆子，把葵花籽种在院子里。

人们都说活不了，却天天跑来看，松土施肥。

种子发芽了，先探出两片嫩黄的叶子，像试探风向的小手掌，肥厚而天真。然后，舒展腰肢，前仰后合，生机盎然地长大起来。

昆仑山默默地认可了这些来自亚热带的绿色幼苗，就像它认可了我们一样。

然而，我们高兴得太早了。不知道是上个冬天最迟，还是下个冬天最早的一股冷风，冻死了绝大部分葵花。

奇迹般的保存下一棵幼苗，它并不是最强壮的，也许因为旁边有一块大石头。受到启发，我们用石头为葵花围起一圈不透风的篱笆。

现在，我们每天都趴在石头围墙上看葵花，不知道的人，还以为里面养着活蹦乱跳的小生灵。

这棵幸运的葵花，一往情深地看着太阳，勇敢地展开桃形的枝叶。茎上纤巧的绒毛，像蜜蜂的翅膀一样，在寒风中抖个不停。也许它感到了昆仑山喜怒无常的威严，急匆匆地压缩了自己的生命历程；才长到一尺高，就萌发出了纽扣大的花蕾，压得最高处的茎叶微微下垂，好像惭愧自己为什么不长得更高一些。

那一年没有秋天，寒凝一切的风雪，毫无先兆地骤然降临。早上起来，天地一片苍茫，我们几乎是跌跌撞撞地扑向葵花。

石围墙也被飓风吹得四散飘去，向日葵却凝然不动地站立在那里，在冰雕玉琢的莹白之中，保持着凄清的翠绿。叶片傲然舒展，像一面玻璃做的旗，发出环佩般的叮当之声。最不可思议的是，在它生命的最后一刻，居然绽开一朵明艳的花。那花盘只有五分硬币那么大，薄而平整，冰雪凝冻其上，像一块光滑的表蒙子；刚分蘖出的葵花籽还未成熟，像丝丝柳絮一样优雅地弯曲着，沁出极轻淡的紫色。最令人警醒的是花盘四周弹射出密集的黄色花瓣，箭头一般怒放着，像一颗永不泯灭的星。

葵花身上的冰花越结越厚，最后，凝固成一个方柱形的冰晶。

我不知道它是不是世界上最小的葵花，但我知道它是世界上最高的葵花。

白兰瓜

听说我要西行，所有朋友第一个反应都是："你可以吃到白兰瓜了！"

北京的街头也常见到白兰瓜，并不白，像个磕碰过的篮球，也不甜，带有青草的气息。不过，这并不影响我对白兰瓜的仰慕希冀之情。

兰州果真是白兰瓜的大本营，十步之内，必有瓜阵。刀锋倾斜着刺入，浓郁的香气沿着刀柄湍湍流出，光闻着，就知道同北京街头的不同。每人抢一块，吞进嘴里，像喝粥似的往下咽。

向导笑眯眯地看着大家的贪婪，很为家乡的特产自豪。有人直言道："闹了半天，白兰瓜也不过如此嘛！真是空有其名！"向导的脸色难看了，忙解释："今年雨水多……"平心而论，白兰瓜真是盛名之下，其实难副，闻着还可以，尝尝却不甜。

一路西行，哪里都要款待白兰瓜。刚开始还心想兰州的瓜不甜，别处的可能甜，然而总是失望，哪儿的白兰瓜都不甜。后来就连尝的兴趣也没有了，除非渴极了，拿它当水喝。辜负了我的信任与渴望的白兰瓜啊！"到嘉峪关就有好瓜吃了，那儿正在举办瓜节。"向导为大家打气。

只知道嘉峪关是长城的一端，不知道它还是瓜的盛市。西北各省市的瓜，像陨石雨似的降落在小城，满载的瓜车还在源源不断地涌入。前面一个急转弯，几个硕大的甜瓜被车甩了下来，摔碎的瓜的香气像烟雾塞满街道。

瓜节隆重开幕了。白兰瓜形状的氢气球飘浮在碧蓝的天空，远处是银箔似的祁连雪峰。孩子们头上戴着白兰瓜形的帽子，街上的社火队打扮成瓜的模样……真是一个瓜的世界。向导拈起一块尝尝，说："怎么瓜节上的瓜也不甜？不要紧，到了安西，就能吃到好瓜了。"

　　过安西时，正是午后沙漠上最热最寂寞的时光。黑蓝色的柏油路蛇蜕似的蜿蜒着，天空中弥漫着看不见却无处不在的尘埃，仿佛一杯浑浊的溶液。太阳在空中发出幽蓝色的光，却丝毫不减其炙烤大地的威力。铁壳面包车成了真正的面包炉。我们关上车窗，是令人窒息的闷热，打开车窗，火焰般的漠风旋涡般卷来。口唇皲裂，眼球粗糙地在眼眶里转动，全身像烤鱼片似的干燥无力。

　　突然，在大漠与公路相切的边缘，出现了一个木乃伊似的老人。地上铺一块羊皮，上面孤零零地垛着一小堆瓜。他出现得那样突兀，完全没有从小黑点到人形轮廓这样一个显示过程，仿佛被一只巨手眨眼间贴到苍黄的背景上。

　　"瓜甜吗？"我们停下车，习惯地问。老人慢吞吞地回答："这里是安西呀！"因为别无选择，我们买了老汉的瓜。老人树根一样的脸上没有表情。极便宜的价钱。

　　安西的白兰瓜外观上毫无特色，第一口抿到嘴里，竟然是咸的！过了片刻，才分辨出那其实不是咸，而是一种浓烈的甜。甜到极处便是蜇人的痛，嘴角、舌尖都甜得麻酥酥的，仿佛被胶粘住了。抓过瓜缘的手指间的汁水仿佛青蛙的蹼一样，撕扯不开。手背上淌过的瓜汁，留下一道透明的痕迹，舔一舔，又是那种蜂蜜般的甜。

　　真不知如此苦旱贫瘠的安西怎么孕育出如此甘甜多汁的白兰瓜。

　　安西地处荒沙，日照极强，自古以来以瓜闻名天下，故称瓜州。白兰瓜原籍美洲，移居中国后，由"蜜露"改名"白兰"，现在已成为甘肃特产。它在安西扎下根来，比在老家长得还要好。也许，白兰瓜要正名为"安西瓜"才更符合历史的真实。

　　我也想过，是否因为那天的极度干渴才使这沙漠之中的瓜显得格外甘甜。后来遇到过几次同样的情形，才知道唯有安西的瓜无与伦比。

　　想想这瓜，很有感触。它原本来自大洋彼岸，却在这块古老贫瘠的土地上繁衍得如此昌盛。它入乡随俗，褪去了娇滴滴的洋名字，也不计较人们以讹传讹地称它白兰瓜，寂寞然而顽强地在沙漠之中生长着，以自己甘饴如蜜的汁液濡润着焦渴的旅人。

啊！瓜州的瓜啊！什么叫特产，什么叫真谛，它只限于窄小的区域。好比一个石子丢入湖中，涟漪可以扩散得很远，但要找到石子，必须潜入那最初的所在。蓝色太阳下的沙漠老人，教给我这个道理。

自信第一课

1972年的一天，领导通知我速去乌鲁木齐报到，新疆军区军医学校在停顿若干年后这年第一次招生，只分给阿里军分区一个名额，首长经过研究讨论，决定让我去。

按理说，我听到这个消息应该喜出望外才是。且不说我能回到平地，吸足充分的氧气，让自己被紫外线晒成棕褐色的脸庞得到"休养生息"，就是从学习的角度讲，在重男轻女的部队能够把这样宝贵的唯一的名额分到我头上，也是天大的恩惠了。但是在记忆中，我似乎对此无动于衷，也许是雪山缺氧把大脑纤维冻得迟钝了。我收拾起自己简单的行李，从雪山走下来，奔赴乌鲁木齐。

1969年，我从北京到西藏当兵，那种中心和边陲的，文明和旷野的，优裕和茹毛饮血的，高地和凹地的，温暖和酷寒的，五颜六色和纯白的……一系列剧烈反差，就在我的心底搅起了沧海桑田般的变化。面临死亡咫尺之遥，面对冰雪整整三年，我再也不是当初那个天真烂漫的城市女孩，内心已变得如同喜马拉雅山万古不化的寒冰般苍老。我不会为了什么事件的突发和变革的急剧而大喜大悲，只会淡然承受。

入学后，从基础课讲起，用的是第二军医大学的教材，教员由本校的老师和新疆军区总医院临床各科的主任、新疆医学院的教授担任。记得有一次，考临床病例的诊断和分析，要学员提出相应的治疗方案。那是一个不复杂的病案，大致的病情是由病毒引起重度上呼吸道感染，病人发烧流涕咳嗽、血象低，还伴有一些阳性体征。我提出方案的时候，除了采用常规的治疗外，还加用了抗生素。

讲评的时候，执教的老先生说："凡是在治疗方案里使用了抗生素的同学都要扣分。因为这是一个病毒感染的病例，抗生素是无效的。如果使用了，一是浪费，二是造成抗药性，三是无指征滥用，四是表明医生对自己的诊断不自信，一味追求保险系数……"老先生发了一通火，走了。

后来，我找到负责教务的老师，讲了课上的情况，对他说："我就是在方案中用了抗生素的学员。我认为那位老先生的讲评有不完全的地方。我觉得冤枉。"

教务老师说："讲评的老先生是新疆最著名的医院的内科主任，是在新中国成立前的帝国医科大学毕业的；在国民党的军队里做到很高的医官，他的医术在整个新疆是首屈一指的。把这老先生请来给你们讲课，校方已冒了很大的风险。他是权威，讲得很有道理。你有什么不服的呢？"

我说："我知道老先生很棒，但是具体问题要具体分析。他提出的这个病例并没有说出就诊所在的地理位置。比如要是在我的部队，在海拔5000米以上的高原，病员出现高烧等一系列症状，明知是病毒感染，一般的抗生素无效，我也要大剂量使用。因为高原气候恶劣，病员的抵抗力大幅度下降，很可能合并细菌感染。如果到了临床上出现明确的感染征象时才开始使用抗生素的话，那就晚了，来不及了。病员的生命已受到严重威胁……"

教务老师沉默不语。最后，他说："我可以把你的意见转告给老先生，但是，你的分数不能改。"

我说："分数并不重要。您听我讲完了不同看法，我已知足了。"

教室的门开了，校工闪了进来，搬进来一把木椅子摆在讲案旁，且侧放着。我们知道，老先生又要来了。也许是年事已高，也许是习惯使然，总之，老先生讲课的时候是坐着的，而且要侧着坐，面孔永远不面向学生，只是对着有门或有窗的墙壁。不知道他这是积习，还是不屑于面对我们，或是有什么难言之隐。

这一次，老先生反常地站着。他满头白发，面容黢黑如铁，身板挺直如笔管，让我笃信了他曾是国民党医官一说。

老先生目光如锥，直视大家，音量不大，但在江南口音中运了力道，话语中就有种清晰的硬度了。他说："听说有人对我的讲评有意见，好像是一个叫毕淑敏的同学。这位同学，你能不能站起来，让我这个当老师的也认识你一下？"

我只得站起来。

老先生很注意地看了我一眼，说："好。毕淑敏，我认识你了，你可以坐下了。"

说实话，那几秒钟，真把我吓坏了。不过，有什么办法呢？说出的话就像注射到肌肉里的药水一样，你是没办法抠出来的。

全班寂静无声。

老先生说："毕淑敏，谢谢你。你是好学生，你讲得很好。你的话里有一部分不是从我这儿学到的，因为我还没有来得及教给你那么多。是的，作为一个好的医生，一定不能照搬书本，一定不能教条，要根据具体的情况制定治疗方案。在这一点上，你们要记住，无论多么好的老师，也不可能把所有的规则都教给你们。我没有去过毕淑敏所在的那个5000米高的阿里，但是我知道缺氧对人的影响。在那种情况下，她主张使用抗生素是完全正确的。我要把她的分数改过来……"

我听到教室里响起一阵轻微的欢呼声。因为写了抗生素治疗的不止我一个，很多同学为这一改正而欢欣。

老先生紧接着说："但在全班，我只改毕淑敏一个人的分数。你们有人和她写的一样，还是要被扣分。因为你们没有说出她那番道理，是知其然而不知其所以然。你现在再找我说也不管事了，即使你是冤枉的也不能改。因为就算你原来想到了，但对上级医生的错误没敢指出来。对年轻的医生来说，忠诚于病情和病人，比忠实于导师要重要得多。必要的时候，你宁可得罪你的上司，也万万不能得罪你的病人……"

这席话掷地有声。这件事过去这么多年，我仍旧能够清晰地记得老先生如锥的目光和舒缓但铿锵有力的语调。平心而论，他出的那道题目是要求给出在常规情形下的治疗方案，而我竟从某个特殊的地理环境出发，并苛求于

015

他。对一个初出茅庐的年轻人的不全面的异议，老先生表现出虚怀若谷的气量和真正医生应有的磊落品格。

真的，那个分数对我来说完全不重要，重要的是我在此番高屋建瓴的话语中体察到了一个优等医生的拳拳之心。

有时我甚至会想，班上同学应该很感激我的挑战才对。因为没过多长时间，老先生就因为身体的关系不再给我们讲课了。如果不是我无意中创造了这个机会，我和同学们的人生就会残缺一段非常凝重宝贵的教诲。

我的三年习医生涯，在我的生命中是一个重大的转折。我从生理上明了了人体，也从精神上对自己有了更多的信任。我知道了我们的灵魂居住在怎样的一团组织之中，也知道了它们的寿命和限度。如果说在阿里的时候我对生命还是模模糊糊地敬畏，那么，先生的教诲使我确立了这样的观念：一生珍爱自身，并把他人的生命看得如珠似宝，全力保卫这宝贵而脆弱的珍品。

精神的三间小屋

面对那句——人的心灵，应该比大地、海洋和天空都更为博大的名言，自惭形秽。我们难以拥有那样雄浑的襟怀，不知累积至那种广袤，需如何积攒每一粒泥土，每一朵浪花，每一朵云霓。

甚至那句恨不能人人皆知的中国古话——宰相肚里能撑船，也让我们在敬仰之余，不知所措。也许因为我们不过是小小的草民，即便怀有效仿的渴望，也终究是可望而不可即，便以位卑宽宥了自己。

两句关于人的心灵的描述，不约而同地使用了空间的概念。人的肢体活动，需要空间。人的心灵活动，也需要空间。那容心之所，该有怎样的面积和布置？

人们常说，安居才能乐业。如今的城里人一见面，就问，你是住两居室还是三居室啊？……喔，两居室窄巴点，三居室虽说也不富余，也算小康了。

身体活动的空间是可以计量的，心灵活动的疆域，是否也可有个基本达标的数值？

有一颗大心，才盛得下喜怒，输得出力量。于是，宜选月冷风清竹木萧萧之处，为自己的精神修建三间小屋。

第一间，盛着我们的爱和恨。对父母的敬爱，对伴侣的情爱，对子女的疼爱，对朋友的关爱，对万物的慈爱，对生命的珍爱……对丑恶的仇恨，对污浊的厌烦，对虚伪的憎恶，对卑劣的蔑视……这些复杂而对立的情感，林林总总，会将这间小屋挤得满满当当，间不容发。你的一生，经历过的所有悲欢离合喜怒哀乐，仿佛以木石制作的古老乐器，铺陈在精神小屋的几案上，一任岁月飘逝。在某一个金戈铁马之夜，它们会无师自通地与天地呼应，铮铮作响。假若爱比恨多，小屋就光明温暖，像一座金色池塘，有红色的鲤鱼游弋，那是你的大福气。假如恨比爱多，小屋就阴风惨惨，厉鬼出没，你的精神悲戚压抑，形销骨立。如果想重温祥和，就得净手焚香，洒扫庭除。销毁你的精神垃圾，重塑你的精神天花板，让一束圣洁的阳光，从天窗洒入。

无论一生遭受多少困厄欺诈，请依然相信人类的光明大于暗影。哪怕是只多一个百分点呢，也是希望永恒在前。所以，在布置我们的精神空间时，给爱留下足够的容量。

第二间小屋，盛放我们的事业。

一个人从二十五岁开始做工，直到六十岁退休，他要在工作岗位上度过整整三十五年的时光。按一日工作八小时、一周工作五天计算，每年就要为你的职业付出二千小时。倘若一直干到退休，那就是七万小时。在这个庞大的数字面前，相信大多数人都会始于惊骇终于沉思。假如你所从事的工作，是你的爱好，这七万小时，将是怎样快活和充满创意的时光！假如你不喜欢它，漫长的七万小时，足以让花容磨损日月无光，每一天都如同穿着淋湿的衬衣，如芒在背。

我不晓得一下子就找对了行业的人，能占多大比例？从大多数人谈到工作时乏味麻木的表情推算，估计这样的幸运儿不多。不要小觑了事业对精神的濡养或反之的腐蚀作用，它以深远的力度和广度，挟持着我们的精神，以成为它麾下持久的人质。

适合你的事业，不靠天赐，主要靠自我寻找。这不但是因为相宜的事业，并非像雨后白桦林里的菌子一样，俯拾即是，而且因为我们对自身的认识，也是抽丝剥茧，需要水落石出的流程。你很难预知，将在十八岁还是四十岁甚至更沧桑的时分，才真正触摸到倾心的爱好。当我们太年轻的时候，因为尚无法真正独立，受种种条件的制约，那附着在事业外壳上的金钱地位，或是其他显赫的光环，也许会灼痛我们的眼睛。当我们有了足够的定力，将事业之外的赘生物一一剥除，露出它单纯可爱的本质时，可能已耗费半生。然费时弥久，精神的小屋，也定需住进你所爱好的事业。否则，鸠占鹊巢，李代桃僵，那屋内必是鸡飞狗跳，不得安宁。

我们的事业，是我们的田野。我们背负着它，播种着，耕耘着，收获着，欣喜地走向生命的远方。规划自己的事业生涯，使事业和人生呈现缤纷和谐相得益彰的局面，是第二间精神小屋坚固优雅的要诀。

第三间，安放我们自身。

这好像是一个怪异的说法。我们自己的精神住所，不住着自己，又住着谁呢？

可它又确乎是我们常常犯下的重大失误——在我们的小屋里，住着所有我们认识的人，唯独没有我们自己。我们把自己的头脑，变成他人思想汽车驰骋的高速公路，却不给自己的思维，留下一条细细的羊肠小道。我们把自己的头脑，变成搜罗最新信息网络八面来风的集装箱，却不给自己的发现，留下一个小小的储藏盒。我们说出的话，无论声音多么嘹亮，都是别的喉咙嘟囔过的。我们发表的意见，无论多么周全，都是别的手指圈画过的。我们把世界万物保管得好好的，偏偏弄丢了开启自己的钥匙。在自己独居的房屋里，找不到自己曾经生存的证据。

如果真是那样，我们精神的小屋，不必等待地震和潮汐，在微风中就悄无声息地坍塌了。它纸糊的墙壁化为灰烬，白雪的顶棚变作泥泞，露水的地面成了沼泽，江米纸的窗棂破裂，露出惨淡而真实的世界。你的精神，孤独地在风雨中飘零。

三间小屋，说大不大，说小不小。非常世界，建立精神的栖息地，是智慧生灵的义务，每人都有如此的权利。我们可以不美丽，但我们健康。我们可以不伟大，但我们庄严。我们可以不完满，但我们努力。我们可以不永恒，但我们真诚。

当我们把自己的精神小屋建筑得美观结实，储物丰富之后，不妨扩大疆域，增修新舍。矗立我们的精神大厦，开拓我们的精神旷野。因为，精神的宇宙，是如此的辽阔啊。

我很重要

当我说出"我很重要"这句话的时候，颈项后面掠过一阵战栗。我知道这是把自己的额头裸露在弓箭之下了，心灵极容易被别人的批判洞伤。许多年来，没有人敢在光天化日之下表示自己"很重要"。我们从小受到的教育都是——我不重要。

作为一名普通士兵，与辉煌的胜利相比，我不重要。

作为一个单薄的个体，与浑厚的集体相比，我不重要。

作为一位奉献型的女性，与整个家庭相比，我不重要。

作为随处可见的人的一分子，与宝贵的物质相比，我们不重要。

我们——简明扼要地说，就是每一个单独的"我"——到底重要还是不重要？

我是由无数星辰日月草木山川的精华汇聚而成的。只要计算一下我们一生吃进去多少谷物，饮下了多少清水，才凝聚成一具美轮美奂的躯体，我们一定会为那数字的庞大而惊讶。平日里，我们尚要珍惜一粒米、一叶菜，难道可以对亿万粒菽粟亿万滴甘露濡养出的万物之灵，掉以丝毫的轻心吗？

当我在博物馆里看到北京猿人窄小的额和前凸的吻时，我为人类原始时期的粗糙而黯然。他们精心打制出的石器，用今天的目光看来不过是极简单的玩具。如今很幼小的孩童，就能熟练地操纵语言，我们才意识到已经在进化之路上前进了多远。我们的头颅就是一部历史，无数祖先进步的痕迹储存于脑海深处。我们是一株亿万年苍老树干上最新萌发的绿叶，不单属于自身，更属于土地。人类的精神之火，是连绵不断的链条，作为精致的一环，我们否认了自身的重要，就是推卸了一种神圣的承诺。

　　回溯我们诞生的过程，两组生命基因的嵌合，更是充满了人所不能把握的偶然性。我们每一个个体，都是机遇的产物。

　　常常遥想，如果是另一个男人和另一个女人，就绝不会有今天的我……

　　即使是这一个男人和这一个女人，如果换了一个时辰相爱，也不会有此刻的我……

　　即使是这一个男人和这一个女人在这一个时辰，由于一片小小落叶或是清脆鸟啼的打搅，依然可能不会有如此的我……

　　一种令人怅然以至于陷入恐惧的想象，像雾霭一般不可避免地缓缓升起，模糊了我们的来路和去处，令人不得不断然打住思绪。

　　我们的生命，端坐于概率垒就的金字塔的顶端。面对大自然的鬼斧神工，我们还有权利和资格说我不重要吗？

　　对于我们的父母，我们永远是不可重复的孤本。无论他们有多少儿女，我们都是独特的一个。

　　假如我不存在了，他们就空留一份慈爱，在风中蛛丝般飘荡。

　　假如我生了病，他们的心就会皱缩成石块，无数次向上苍祈祷我的康复，甚至愿灾痛以十倍的烈度降临于他们自身，以换取我的平安。

　　我的每一滴成功，都如同经过放大镜，进入他们的瞳孔，摄入他们心底。

　　假如我们先他们而去，他们的白发会从日出垂到日暮，他们的泪水会使太平洋为之涨潮。面对这无法承载的亲情，我们还敢说我不重要吗？

　　我们的记忆，同自己的伴侣紧密地缠绕在一处，像两种混淆于一碟的颜色，已无法分开。你原先是黄，我原先是蓝，我们共同的颜色是绿，绿得生机勃勃，绿得苍翠欲滴。失去了妻子的男人，胸口就缺少了生死攸关的肋骨，心房裸露着，随着每一阵轻风滴血。失去了丈夫的女人，就是齐崭崭折断的琴弦，每一根都在雨夜长久地自鸣……面对相濡以沫的同道，我们忍心说我不重要吗？

　　俯对我们的孩童，我们是至高至尊的唯一。我们是他们最初的宇宙，我们是深不可测的海洋。假如我们隐去，孩子就永失淳厚无双的血缘之爱，天倾东南，地陷西北，万劫不复。盘子破裂可以粘起，童年碎了，永不复原。伤口流血了，没有母亲的手为他包扎。面临抉择，没有父亲的智慧为他谋划……面对后代，我们有胆量说我不重要吗？

与朋友相处，多年的相知，使我们仅凭一个微蹙的眉尖、一次睫毛的抖动，就可以明了对方的心情。假如我不在了，就像计算机丢失了一份不曾复制的文件，他的记忆库里留下不可填补的黑洞。夜深人静时，手指在揿了几个电话键后，骤然停住，那一串数字再也用不着默诵了。逢年过节时，她写下一沓贺卡。轮到我的地址时，她闭上眼睛……许久之后，她将一张没有地址只有姓名的贺卡填好，在无人的风口将它焚化。

相交多年的密友，就如同沙漠中的古陶，摔碎一件就少一件，再也找不到一模一样的成品。面对这般友情，我们还好意思说我不重要吗？

我很重要。

我对于我的工作我的事业，是不可或缺的主宰。我的独出心裁的创意，像鸽群一般在天空翱翔，只有我才捉得住它们的羽毛。我的设想像珍珠一般散落在海滩上，等待着我把它用金线串起。我的意志向前延伸，直到地平线消失的远方……没有人能替代我，就像我不能替代别人。我很重要。

我对自己小声说。我还不习惯嘹亮地宣布这一主张，我们在不重要中生活得太久了。我很重要。

我重复了一遍。声音放大了一点。我听到自己的心脏在这种呼唤中猛烈地跳动。我很重要。

我终于大声地对世界这样宣布。片刻之后，我听到山岳和江海传来回声。

是的，我很重要。我们每一个人都应该有勇气这样说。我们的地位可能很卑微，我们的身份可能很渺小，但这丝毫不意味着我们不重要。

重要并不是伟大的同义词，它是心灵对生命的允诺。

人们常常从成就事业的角度，断定我们是否重要。但我要说，只要我们在时刻努力着，为光明在奋斗着，我们就是无比重要地生活着。

让我们昂起头，对着我们这颗美丽的星球上无数的生灵，响亮地宣布——我很重要。

心理拒绝创可贴

我有过若干次讲演的经历,在北大和清华,在军营和监狱,在农村土坯搭建的课堂和美国最奢华的私立学校……面对从医学博士到纽约贫民窟的孩子等各色人群,我都会很直率地谈出对问题的想法。在我的记忆中,有一次的经历非常难忘。

那是一所很有名望的大学,约过我好几次了,说学生们期待和我进行讨论。我一直推辞,我从骨子里不喜欢演说。每逢答应一桩这样的公差,就要莫名地紧张好几天。但学校方面很执着,在第 N 次邀请的时候说:该校的学生思想之活跃甚至超过了北大,会对演讲者提出极为尖锐的问题,常常让人下不了台,有时演讲者简直是灰溜溜地离开学校。

听他们这样一讲,我的好奇心就被激励起来,我说,我愿意接受挑战。于是,我们就商定了一个日子。

那天,大学的礼堂挤得满满的,当我穿过密密的人群走向讲台的时候,心里涌起怪异的感觉,好像是"文化大革命"期间的批斗会场,不知道今天将有怎样的场面出现。果然,从我一开始讲话,就不断地有条子递上来,不一会儿,就在手边积成了厚厚一堆,好像深秋时节被清洁工扫起的落叶。我一边讲课,一边充满了猜测,不知树叶中潜伏着怎样的思想炸弹。讲演告一段落,进入回答问题阶段,我迫不及待地打开了堆积如山的纸条,一张张阅读。那一瞬,台下变得死寂,偌大的礼堂恍若空无一人。

我看完了纸条,说,有一些表扬我的话,我就不念了。除此之外,纸条上提的最多的问题是——"人生有什么意义?请你务必说真话,因为我们已经听过太多言不由衷的假话了"。

我念完这个纸条以后，台下响起了掌声。我说你们今天提的这个问题很好，我会讲真话。我在西藏阿里的雪山之上，面对着浩瀚的苍穹和壁立的冰川，如同一个茹毛饮血的原始人，反复地思索过这个问题。我相信，一个人在他年轻的时候，是会无数次地叩问自己——我的一生，到底要追索怎样的意义？

我想了无数个晚上和白天，我终于得到了一个答案。今天，在这里，我将非常负责地对大家说，我思索的结果是：人生是没有任何意义的！

我这句话说完，全场出现了短暂的寂静，如同旷野。但是，紧接着，就响起了暴风雨般的掌声。

那是我在讲演中获得的最热烈的掌声。在以前，我从来不相信有什么"暴风雨般的掌声"这种话，觉得那只是一个拙劣的比喻。但这一次，我相信了。我赶快用手做了一个"暂停"的手势，但掌声还是绵延了若干时间。

我说，大家先不要忙着给我鼓掌，我的话还没有说完。我说人生是没有意义的，这不错，但是——我们每一个人要为自己确立一个意义！

是的，关于人生的意义的讨论，充斥在我们的周围。很多说法，由于熟悉和重复，已让我们从熟视无睹滑到了厌烦。可是，这不是问题的真谛。真谛是，别人强加给你的意义，无论它多么正确，如果它不曾进入你的心理结构，它就永远是身外之物。比如我们从小就被家长灌输过人生意义的答案。在此后漫长的岁月里，谆谆告诫的老师和各种类型的教育，也都不断地向我们批发人生意义的补充版。但是，有多少人把这种外在的框架，当成了自己内在的标杆，并为之下定了奋斗终生的决心？

那一天结束讲演之后，我听到有同学说，他觉得最大的收获是听到有一个活生生的中年人亲口说，人生是没有意义的，你要为之确立一个意义。

其实，不单是中国的青年人在目标这个问题上飘忽不定，就是在美国的著名学府哈佛大学，也有很多人无法在青年时代就确立自己的目标。我看到一则材料，说某年哈佛的毕业生临出校门的时候，校方对他们做了一个有关人生目标的调查。结果是27%的人，完全没有目标。60%的人目标模糊。

10%的人有近期目标。只有3%的人，有着清晰而长远的目标。

25年过去了，那3%的人不懈地朝着一个目标坚韧不拔地努力，成了社会精英，而其余的人，成就要相差很多。

我之所以提到这个例子，是想说明在人生目标的确立上面，无论中国还是外国的青年，都遭遇到了相当程度的朦胧或是混沌状态。有人会说，是啊，那又怎么样？我可以一边慢慢成长，一边寻找自己的人生意义啊。我平日也碰到很多青年朋友，诉说他们的种种苦难。我在耐心地听完那些折磨他们的烦心事之后，把他们渴求帮助的目光撇在一旁，我会问，你的人生目标是什么呢？

他们通常会很吃惊，好像怀疑我是否听懂了他们的愁苦，甚至恼怒我为什么对具体的问题视而不见，而盘问他们如此不着边际的空话。更有甚者，以为我根本就没有心思听他们说话，自己胡乱找了个话题来搪塞。

我会迎着他们疑虑的目光，说，请回答我的这个问题，你为什么而活着呢？年轻人一般会很懊恼地说，这个问题太大了，和我现在遇到的事没有一点关联。我会说，你错了。世上的万物万事都有关联。有人常常以为心理上的事只和单一的外界刺激有关，就事论事，其实心理和人生的大目标有着纲举目张的紧密接触。很多心理问题，实际上都是人生的大目标出现了混乱和偏移。

举个例子。一个小伙子找到我，说他为自己说话很快而苦恼，他交了一个女朋友，感情很好。但女孩子不喜欢他说话太快。一听他口若悬河滔滔不绝地说个没完，女孩就说自己快变成大头娃娃了。还说如果他不改掉这毛病，就不能把他引荐给自己的妈妈，因为老人家最烦的就是说话爱吐唾沫星子的人。

你说我怎么才能改掉说话太快的毛病？他殷切地看着我，闹得我都觉得如果不帮他这个忙，简直就成了毁掉他一生的爱情和事业的凶手。

我说，你为什么要讲话那么快呢？

他说，如果慢了，我怕人家没有耐心听完我的话。您知道，现今的社会，节奏那么快，你讲慢了，人家就跑了。

我说，如果按照你的这个观点发挥下去，社会节奏越来越快，你岂不是就得说绕口令了？你的准丈母娘并不是这样的人啊，她就喜欢说话速度慢一点并且注意礼仪的人啊。

他说，好吧，就算你说的这两种人可以并存，但我还是觉得说话快一些比较占便宜，可以在单位时间内传达更多的信息。

我说，那你的关键所在就是期待别人能准确地接收你的信息。你以为只有快速发射信息才是唯一的途径。你对自己的观点并不自信。

他说，正是这样。我生怕别人不听我的，我就快快地说，多多地说。

当他这样说完之后，连自己也笑起来。我说，其实别人能否接受我们的观点，语速并不是最重要的。而且，你能否告诉我，你为什么这样在意别人是否能接受你的观点？

这个说话很快的男孩突然语塞起来，忸怩着说，我把理想告诉你，你可不要笑话我。

我连连保证绝不泄密，他说，我的理想是当一个政治家。所有的政治家都很雄辩，你说对吧？

我说，这咱们就比较接近问题的本质了。要当一个政治家，第一要自信。他们的雄辩不是来自速度，而是来自信念。一个自信的人，不论说话快还是慢，他们对自我信念的坚守流露出来，会感染他人。我知道你有如此远大的理想，这很好。你要做的事，不是把话越说越快，而是积攒自己的力量，让自己的信念更加坚定。

那一天的谈话到此为止，后来，这个男生告诉我，他讲话的速度已经慢了下来，也被批准见到了自己的准丈母娘，听说很受欢迎。

这厢刚刚解决了一个说话快的问题，紧接着又来了一位女硕士，说自己的问题是讲话太慢，周围的人都认为她有很深的城府，不敢和她交朋友，以为在她那些缓慢吐出的话语背后，隐藏着怎样的阴谋。

我试了很多方法，却无法让自己说话快起来，烦死了。她慢吞吞地对我说，语速的确有一种令人感到压抑的迟缓，好像在一句话的背后还隐藏着另一句话。

我看她急迫的神情，知道她非常焦虑。

我说，你讲每一句话是否都要经过慎重的考虑？

她说，是啊。如果不考虑，讲错了话，谁负得了这个责？

我说，你为什么特别怕讲错话？

女硕士说，因为我输不起。我家庭背景不好，家里有犯罪的人，周围的人都看不起我们。很穷，从小就靠亲戚的施舍才能维持学业。我生怕一句话说差了，人家不高兴，就不给我学费了。所以，连问一句"你吃了吗"这样的话，我也要三思而后言。我怕人家说，你连自己的饭都吃不饱，也配来问别人的吃饭问题。

听到这里，我说我明白了。你觉得自己的每一句话都可能招致他人的误解，给自己造成不良影响。

女硕士连连说，对，对，就是这样的。

我笑了，说，你这一句话说得并不慢啊。

她说，那我是相信你不会误会我。

我说，这就对了。你说话速度慢，不是一个技术性的问题，是你不能相信别人。你是否准备一辈子都不相信任何人？如果是这样的话，我断定你的讲话速度是不会改变的。如果你从此相信他人，讲话的速度自然会比较适宜，既不会太慢，也不会太快，而是能收放自如。

那个女生后来果然有了很大的改变，她的人际关系也有了进步。

今天我们从一个很大的目标谈起，结果要在一个很小的地方结束。我想说，一个人的心理是一座斗拱飞檐的宫殿，这座宫殿的基础就是我们对自己人生目标的规划和对世界对他人的基本看法。一些看起来是技术和表面的问题，其实内里都和我们基本的人生观有着千丝万缕的联系。心理问题切不可头痛医头脚痛医脚，那样如同创可贴，只能暂时封住小伤口，却无法从根本上让我们的精神强健起来。

你要学着自己强大

小时候学古诗，杜甫的这几句背得熟："挽弓当挽强，用箭当用长。射人先射马，擒贼先擒王。"主要是因为它像个童谣，或者说简直是个顺口溜。

问过大人，"挽强"是什么意思。大人说，强就是指弓很硬，拉这种弓要用大力气，好处是射得远。从此把"强"和弓联系起来，再说，谁让这个强字的偏旁部首就是个"弓"呢？更是和弓箭逃不脱干系了。

渐渐年长，才知这个"强"字的根源，和弓箭并没有丝毫关联，那答案真是匪夷所思，本意居然说的是一枚虫。这要从"强"的繁体"強"说起，它原本的模样是在"弘扬"的"弘"字右下角嵌进了个"虫"字组成。汉字简化的时候，将"弘"的右半边改成了一个"口"，让无限的深意丢却了注脚。它原本是什么意思呢？"虫"指代的是单一的卑微生命。不过若这小虫把体内的精神弘扬出来，就构成了坚强雄厚的力量。

这个字里蕴含的能量，让人心意难平。"强"字像部微电影，描绘了一条卑弱小虫的奋斗史。

再来说说这个"大"字。

有一些字，因为太熟稔，念起它们的时候，就像嘴巴接触了牙膏，虽知是异物，却难得留心思谋它的深意。"大"是什么意思呢？就是范围广，高度高，体积阔吧？估计大多数人都会同意这个解释。

"大"的本义，其实和范围高度什么的毫无关系，就是非常单纯地独指一个人。

作为一个象形字，在甲骨文里，这个"大"字伸胳膊撇腿，就是一个人的体态临摹。东周战国之后大行其道的金文中,"大"也是笔触鲜明、四肢俱全的人形。与甲骨文笔道细弱的"大"字相比,金文粗肥猛壮,把人的形象镌刻得更雄硕伟岸。

等到了小篆和现代文字,这个"大"字就和人的形状渐行渐远,一时让人想不起命名它时的初心,不那么相似了。

"强大"是"强"和"大"组成的一个铿锵有力的词。你看到它,不由得会挺起胸膛浑身充满能量。但倘若问某人,你觉得自己强大吗?大多数都会说,我还不够强大,我希望自己有一天会强大起来。

然而,错了。我们每个人,本身就是强大的。强大的原意指的就是一个卑微如虫的生命,只要将精神弘扬出来,它就有力量。只要你是一个人,天然就强大。

爱因斯坦说过:有百折不挠的信念所支持的人的意志,比那些似乎是无敌的物质力量有更强大的威力。

我们孜孜以求的强大,以为远在天边的强大,以为要靠什么人赐予或是相助才能达到的境界,其实原驻于自己身上。

一个再弱小的人,也比一条虫子要有力量。

所以,强大并不难,难的是我们不自知自己的强大。这真是天下第一大悲剧。我们四处寻找的东西,我们以为自己一生也不可能具备的东西,其实从未须臾离开过我们。

我们要学习的不是如何让自己强大起来,而是让自己原本就具有的强大,拂去尘埃,闪闪发光,铮铮作响。

毛笔就在我们手里,墨汁的瓶盖已经打开。如果你的时间足够,慢慢研磨墨汁也是极好的。总之万事俱备,只等我们用自己的心和手,书写人生的美丽篇章。

我们有很多瑕疵,但只要内心坚定,我们就依然强大。我们可以修补自己的瑕疵,也可以携带着瑕疵前进。这个世界上没有瑕疵的人根本没有出生。

我们有很多不完善,但只要宽容地待人待己,我们就依然强大。完善可以不懈追求,但不必形成坚硬的桎梏。世上的事情就像吃饭,八分饱即是完美。处处尽善尽美，就是一种无言的慢性自杀。

我们常常受伤，伤痕累累。不过，听说只有一生都圈养在棉花堡中的牲畜，才不会受伤，留待把它们的皮毛制成贵人的衣裘。我们要和命运厮杀，哪里能不受伤？伤痕不是耻辱，而是勋章。强大的人也会受伤，只不过修复的能力比较强，速度比较快，能够在更短的时间内重上战场。

据说每个人每天都会和自己进行 5000 次对话，其中绝大多数话语都是在否定自己。比如说：我很差，我无力，我不行，我要等等看，算了……这一切的根源，都来自我们认定自己不强大。

"你生而有翼，为何竟愿一生匍匐前进，形如蝼蚁？"这是莫拉维·贾拉鲁丁·鲁米的诗，每当读起，我都心生痛楚的觉醒。

希望从今天开始，我们对自己说的第 5001 次话是——我已学会了自己强大。

坦言——心灵的力量

在报上看到两个年轻人的故事。他们非常聪明，是很好的朋友，都有硕士学位，并且在证券业有骄人的成就。其中一位还获得过全国证券交易排行榜第五名。

他们可谓少年得志，面前也有辉煌的前景。受一位朋友的引荐，他们双双接受一家公司的委托，成为国债交易的操盘手。应该说，他们的工作很努力，两个月后，他们已经为公司净赚了两百万元。但是，公司一直未与他们签订聘用合同，也没有在提成方面有一个明确的分配。他们内心不平衡，甲就对乙说，咱们给公司赢了那么多利，他们对我们也没有个交代，找个时间把国债做一下，给公司施加一点压力。

两个人策划之后，一个自以为得计的阴谋形成了。他们又找到了在武汉也是做操盘手的丙，让他准备一笔两千万的款子，伺机而动。

约定的日子到了。他们的手法说复杂很复杂，不在其中的人，是绝不能操纵成功的。说简单也简单，就是甲和乙不按常理，在开盘集合竞价的时候，把一只头一天还报 113 元卖出的国债，共计 4 万手，按 80 块钱卖出，企图让武汉的丙把它们买下来。最后给公司造成了四百万元的损失。

现在，这两位曾经才华横溢前程远大的青年，在铁窗内度着生涯。他们的一生将因此笼罩在巨大的阴影中。在牢狱中，他们叹息自己不懂法律，付出了惨痛的代价。也许法学家或是金融家能从这一案例当中分析出各种经验教训，在我看来，还有一个极为重要的方面不应被忽视。

这一重大案件就是因为甲和乙的心理不平衡造成的。他们还不够有经验，其实在和公司合作伊始，就要把劳务合同和奖惩条例签好，这是他们的一个失误。有了失误可以挽回，他们本可以向公司方面坦陈自己的意见，来个亡羊补牢。可是，他们似乎根本就没有朝这个正确的方向努力，而是一步就迈向了法律所禁止的边缘，开始了犯罪的谋划。

我们常常听到这样的故事。一对年轻人，彼此都很有好感，可是谁都没有勇气表白自己的内心。于是无数的旁敲侧击，无数的委屈误会，无数次试探和揣摩，窗户纸始终不能捅破。结果呢，清高占了上风，谁都等着对方说第一句话，最后不了了之。漫长岁月后，彼此都已人到暮年，再次重逢袒露心迹，才知两人的家庭都不幸福，后悔当年的迟疑。但现实是残酷的，逝去的青春不可能改写，只能存留永远的遗憾。

回想我们的经历，真是有太多时候，我们没有勇气将自己的真实想法和盘托出，我们一厢情愿期待着事件按照我们的想象向前发展。可惜这样的机遇总是十分稀少，不如意者十之八九。一旦失望，要么是退避躲让，要么是走向极端，却忘了一条最直接最简单的捷径，那就是坦言。

其实那两位年轻的操盘手，如果在走马上任三个月后，认为没有得到相应的待遇，心中愤愤不平，就可以直截了当地提出意见，争取自己的利益。如果公司方面答复不如意，也可以用更坚决更理智的方法，争取合法权益。可惜啊，他们舍近求远，他们弃易取难，甚至不惜用犯罪这样极端的手段，来达到一个原本正当的目的。

世上有多少痛苦和支离破碎，是因为双方的故弄玄虚？世上有多少悲剧，是因为误解和朦胧而发生？世间有多少罪恶，是因为隔膜和延宕而萌动？世上有多少流血和战争，是因为彼此的关闭和封锁而爆发？

坦言的"坦"字，在字典里的含义是"平"。把自己想要表达的意见，一马平川地说出来，不遮掩，不隐藏，不埋设地雷不挖掘壕沟，不云山雾罩也不神龙见首不见尾……清晰明白，心平气和，这是做人的基本功之一。

坦言常常被误认为是缺少城府、涉世不深，其实这是一个天大的误会。在素以严谨著称的外交谈判中，坦率也是一个使用频率极高的词汇。越是面对分歧和隔阂，越需要开诚布公的坦言。

有人以为坦言是一个技术性的问题，以为掌握了若干讲话的小诀窍，就可游刃有余，其实坦言的基础是一个心理素养的问题。

首先，你要是一个襟怀坦荡、敢于负责的人。它不是阿谀奉承的话，也不是人云亦云的话。它是你自我思考的结晶，它将透露你的真实想法，所包含的信息和观点，是你人格的体现。如果你畏葸求全，唯马首是瞻，那么，你无法坦言。

坦言说起来容易，真正做起来，那过程往往令人不安和焦灼。可能是一个集会或课堂的公开发言，也可能是和你的上司或师长的对谈，可能是面对心仪的异性的首次表白，也可能是因为我们的过失而道歉和忏悔……总之，坦言是一次精神和语言的冒险，其中蕴含着情感的未知和不可预测的反应。

然而，尽管困难重重，我们还是需要坦言。坦言是一种勇敢，因为你面对着世界，发出了独属于你的声音。坦言是一种敢作敢当的尝试，因为你们既不是权势的传声筒，也不是旁人的回音壁。无论你的声音多么微弱和幼稚，可那是属于你的喉咙，它昭显了你的独立和思索。

有人以为坦言是不安全的，藏藏掖掖才是老练。我要说，往往你以为最不保险的地方才是最安全的。社会节奏如此之快，你吞吞吐吐，别人怎能知晓你繁复的内心活动？如果说在缓慢的农耕社会，人们还可以容忍剥茧抽丝的离题万里，那么在现代，坦言简直就是人生的必修课了。

有人以为坦言仅仅是嘴皮子上的功夫，其实不然。有人无法坦言，是因为他不知道自己究竟需要坚守怎样的观点。坦言建筑在对自己和对社会的深切了解之上。如果你反对，你就旗帜鲜明。如果你热爱，你就如火如荼。如果你坚持，你就矢志不渝。如果你选择，你就当机立断。

年轻人容易犯的一个毛病，就是假装深沉。这个责任不在青年，而是在我们民族的约定俗成中，不恰当地推崇少年老成。年轻的特点就是反应机敏、头脑灵活、快人快语。如果强作拖沓徐缓之状，那是对青春活力的不敬。说话不在缓急，而在其中是否蕴含真情，富有真知灼见。如果一个老年人言之无物，看在他体弱健忘的分上，人们还能有几分谅解的话，年轻人的故作深沉，只能让人生出悲哀。老年人对于新生事物，难以避免倦怠，但一个年轻人，违背天性欲盖弥彰，那简直就是逃避和无能的同义词了。

坦言的核心是自信，是尊重自己也是尊重他人。你值得我信任，所以我对你说真话。你可以拒绝我的意见，但不要轻视我的热情。我相信我自己是有价值的，所以我能够直率地面向这个世界。

学会坦言，会对人的一生发生重大的影响。我看过很多应聘成功的例子，那骨子里很多是面对权威的坦言。坦言常常更快地显露你的人品和才华，显露你应变的能力。坦言是现代社会人际互动中极富建设性的策略，是一种建立良好情感环境的强大动力。

很多人在开始尝试坦言的时候，常易紧张和失态。如同一只刚刚出壳的小鸡，感到湿漉漉的寒冷。但是，你一定要坚持下去，你一定会渐渐地熟练。坦言之后，即使被心爱的异性拒绝，也比潜藏着愿望追悔一生要好。即使得罪了昏庸的上级，也比唯唯诺诺丧失了人格要好。因为坦言，我们把自己的弱点暴露在光天化日之下，就更有了改正和提升的动力。因为坦言，我们会结识更多肝胆相照的朋友，会获得更多打磨历练的机遇。

珍惜坦言，那是一种心灵力量的体现。我们的意志在坦言中锤打，变得坚强。我们的勇气在坦言中增强，变得坚定。我们的爱在坦言中经受风雨，变成养料。我们的友谊在坦言中纯粹，变得醇厚。

坦言会让我们失去面纱，得到赤裸裸的真实。世上有很多人是经受不起坦言的，一如雪人不能和春风会面。但是，这正说明了坦言的宝贵。从年轻就学会坦言，那就等于你获得了一棵益寿延年的心理灵芝。你可以在有限的时间内，得到更多行动和交流的自由。

每天都冒一点险

"衰老很重要的标志,就是求稳怕变。所以,你想保持年轻吗?你希望自己有活力吗?你期待着清晨能在对新生活的憧憬中醒来吗?有一个好办法啊——每天都冒一点险。"

以上这段话,见于一本国外的心理学小册子。像给某种青春大力丸做广告。本待一笑了之,但结尾的那句话吸引了我——每天都冒一点险。

"险"有灾难狠毒之意。如果把它比成一种处境一种状态,你说是现代人碰到它的时候多呢,还是古代甚至原始时代的人碰到它的机会多呢?粗略一想,好像是古代多吧?茹毛饮血刀耕火种的,危机四伏。仔细一想,不一定。那时的"险"多属自然灾害,虽然凶残,但比较单纯。现代呢,天然险这种东西,也跟热带雨林似的,日渐稀少,人工险增多,险种也丰富多了。以前可能被老虎毒蛇害掉,如今是被坠机车祸失业污染所伤。以前是躲避危险,现代人多了越是艰险越向前的嗜好。住在城市里,反倒因为无险可冒而焦虑不安。一些商家,就制造出"险"来售卖,明码标价。比如"蹦极"这事,实在挺惊险的,要花不少钱,算高消费了。且不是人人享用得了的,像我等体重超标,一旦那绳索不够结实,就不是冒一点险,而是从此再也用不着冒险了。

穷人的"险"多呢,还是富人的"险"多呢?粗略一想,肯定是穷人的"险"多,爬高上低烟熏火燎的,恶劣的工作多是穷人在操作,就是明证。但富人钱多了,去买险来冒,比如投资或是赌博,输了跳楼饮弹,也扩大了风险的范畴。如此一来,就不好说谁的"险"更多一些了。看来,"险"可以分大小,

第一章 没有一棵小草自惭形秽

035

却是不宜分穷富的。

"险"是不是可以分好坏呢？什么是好的冒险呢？带来客观的利益吗？对人类的发展有潜在的好处吗？坏的冒险又是什么呢？损人利己夺命天涯？

嗨！说远了。我等凡人，还是回归到普通的日常小险上来吧。

每天都冒一点险，让人不由自主地兴奋和跃跃欲试，有一种新鲜的挑战性。我给自己立下的冒险范畴是：以前没干过的事，试一试。当然了，以不犯法为前提。以前没吃过的东西，尝一尝。条件是不能太贵，且非国家保护动物（有点自作多情。不出大价钱，吃到的定是平常物）。

有些想法之后，随即蠢蠢欲动。可惜因眼下在北师大读书，冒险的半径有限。清晨等车时，悲哀地想到，"险"像金戒指，招摇而靡费。比如到西藏，可算是大众认可的冒险之举，走一趟，费用可观。又一想，早年我去那儿，一文没花，每月还给6元的津贴，因是女兵，还外加7角5分的卫生费，真是占了大便宜。

车来了。在车门下挤得东倒西歪之时，突然想起另一路公共汽车，也可转乘到校，只是我从来不曾试过这种走法，今天就冒一次险吧。于是抽身退出，放弃这路车，换了一趟新路线。七绕八拐，挤得更甚，费时更多，气喘吁吁地在差一分钟就迟到的当儿，闯进了教室。

不悔。改变让我有了口渴般的紧迫感。一路连跑带颠的，心跳增速，碰了人不停地说对不起，嘴巴也多张合了若干次。

今天的冒险任务算是完成了。变换上学的路线，是一种物美价廉的冒险方式，但我决定仅用这一次，原因是无趣。

第二天冒险生涯的尝试是在饭桌上。平常三五同学合伙吃午饭，AA制，各点一菜，盘子们汇聚一堂，其乐融融。我通常点鱼香肉丝辣子鸡丁之类，被同学们讥笑为"全中国的乡镇干部都是这种吃法"。这天凭着巧舌如簧的菜单，要了一盘"柳芽迎春"，端上来一看，是柳树叶炒鸡蛋。叶脉宽得如同观音净瓶里洒水的树枝，还叫柳芽，真够谦虚了。好在碟中绿黄杂糅，略带苦气，味道尚好。

第三天的冒险颇费思索。最后决定穿一件宝石蓝色的连衣裙去上课。要说这算什么冒险啊，又不是樱桃红或是帝王黄色，蓝色老少咸宜，有什么穿不出去的。怕的是这连衣裙有一条黑色的领带，好似起锚的水兵。衣服是朋友所送，始终不敢穿的症结正因领带。它是活扣，可以解下。为了实践冒险计划，铆足了勇气，我打着领带去远航。浑身的不自在啊，好像满大街的人都在端详议论。仿佛在说：这位大妈是不是有毛病啊，把礼仪小姐的职业装穿出来了？极想躲进路边公厕，一把揪下领带，然后气定神闲地走出来。为了自己的冒险计划，咬着牙坚持了下来。走进教室的时候，同学友好地喝彩，老师说，哦，毕淑敏，这是我自认识你以来，你穿的最美丽的一件衣裳。

　　三天过后，检点冒险生涯，感觉自己的胆子比以往大了一点。有很多的束缚，不在他人手里，而在自己心中。在别人看来微不足道的一件事，在本人，也许已构成了茧鞘般的裹挟。突破是一个过程，首先经历心智的拘禁，继而是行动的惶惑，最后是成功的喜悦。

行使拒绝权

拒绝是一种权利，就像生存是一种权利。古人说，有所不为才能有所为。这个"不为"，就是拒绝。人们常常以为拒绝是一种迫不得已的防卫，殊不知它更是一种主动的选择。

纵观我们的一生，选择拒绝的机会，实在比选择赞成的机会，要多得多。因为生命属于我们只有一次，要用唯一的生命成就一种事业，就需在千百条道路中寻觅仅有的花径。我们确定了"一"，就拒绝了九百九十九。拒绝如影随形，是我们一生不可拒绝的密友。

我们无时无刻不是生活在拒绝之中，它出现的频率，远较我们想象的频繁。你穿起红色的衣服，就是拒绝了红色以外所有的衣服。

你今天上午选择了读书，就是拒绝了唱歌跳舞，拒绝了参观旅游，拒绝了与朋友的聊天，拒绝了和对手的谈判……拒绝了支配这段时间的其他种种可能。

你的午餐是馒头和炒菜，你的胃就等于庄严宣布同米饭、饺子、馅饼和各式各样的煲汤绝缘。无论你怎样逼迫它也是枉然，因为它容积有限。

你选择了律师这个职业，毫无疑问就等于拒绝了建筑师的头衔。也许一个世纪以前，同一块土地还可套种，精力过人的智慧者还可多方向出击，游刃有余。随着现代社会的发展，任何一行都需从业者的全力以赴，除非你天分极高，否则多线出击的最大可能性，是在各条战线都功败垂成。

你认定了一个男人或是一个女人为终身伴侣，就斩钉截铁地拒绝了这世界上数以亿计的男人或女人，也许他们更坚毅更美丽，但拒绝就是取消，拒绝就是否决，拒绝使你一劳永逸，拒绝让你义无反顾，拒绝在给予你自由的同时，取缔了你更多的自由。拒绝是一条单行道，你开启了闸门，江河就奔涌而去，无法回头。

拒绝对我们如此重要，我们在拒绝中成长和奋进。如果你不会拒绝，你就无法成功地跨越生命。拒绝的实质是一种否定性的选择。

拒绝的时候，我们往往显得过于匆忙。

我们在有可能从容拒绝的日子里，胆怯而迟疑地挥霍了光阴。我们推迟拒绝，我们惧怕拒绝。我们把拒绝比作困境中的背水一战，只要有一分可能，就鸵鸟似的缩进沙砾。殊不知当我们选择拒绝的时候，更应该冷静和周全，更应有充分的时间分析利弊与后果。拒绝应该是慎重思虑之后一枚成熟的浆果，而不是强行捋下的酸葡萄。

拒绝的本质是一种丧失，它与温柔热烈的赞同相比，折射出冷峻的付出与掷地有声的清脆，更需要果决的判断和一往无前的勇气。

你拒绝了金钱，就将毕生扼守清贫。

你拒绝了享乐，就将布衣素食天涯苦旅。

你拒绝了父母，就可能成为飘零的小舟，孤悬海外。

你拒绝了师长，就可能被逐出师门，自生自灭。

你拒绝了一个强有力的男人的帮助，他可能反目为仇，在你的征程上布下道道激流险滩。

你拒绝了一个神通广大的女人的青睐，她可能笑里藏刀，在你意想不到的瞬间刺得你遍体鳞伤。

你拒绝上司，也许意味着与一个如花似锦的前程分道扬镳。

你拒绝了机遇，它永不再回头光顾你一眼，留下终身的遗憾任你咀嚼。

拒绝不像选择那样令人心情舒畅，它森严的外衣里裹着我们始料不及的风刀霜剑。像一种后劲很大的烈酒，在漫长的夜晚，使我们头晕目眩。

于是我们本能地惧怕拒绝。我们在无数应该说"不"的场合沉默，我们在理应拒绝的时刻延宕不决。我们推迟拒绝的那一刻，梦想拒绝的冰冷体积，会随着时光的流逝逐渐缩小乃至消失。

可惜这只是我们善良的愿望，真实的情境往往适得其反。我们之所以拒绝，是因为我们不得不拒绝。

不拒绝，那本该被拒绝的事物，就像菜花状的癌细胞，蓬蓬勃勃地生长着，浸润着，侵袭我们的生命，一天比一天更加难以救治。

拒绝是苦，然而那是一时之苦，阵痛之后便是安宁。

不拒绝是忍，心字上面一把刀。忍是有限度的，到了忍无可忍的那一刻，贻误的是时间，收获的是更大的痛苦与麻烦。

拒绝是对一个人胆魄和心智的考验。

因为拒绝，我们将伤害一些人。这就像春风必将吹尽落红一样，有时是一种进行中的必然。如果我们始终不拒绝，我们就不会伤害别人，但是我们伤害了一个跟自己更亲密的人，那就是我们自己。

拒绝的味道，并不可口。当我们鼓起勇气拒绝以后，忧郁和惆怅将会伴随着我们，一种灵魂被挤压的感觉，久久挥之不去。

因为惧怕这种难以言说的感觉，我们有意无意地减少了拒绝。

在人生所有的决定里，拒绝是属于破坏而难以弥补的粉碎性行为。这一特质决定了我们在拒绝的时候，需要格外地镇定与慎重。

然而拒绝一旦做出，就像打破了的牛奶杯，再不会复原。它凝固在我们的脚步里，无论正确与否，都不必在原地长久地停留。

拒绝是没有过错的，该负责任的是我们在拒绝前做出的判断。

不必害怕拒绝，我们只需更周密地决断。

拒绝是一种删繁就简，拒绝是一种举重若轻。拒绝是一种大智若愚，拒绝是一种水落石出。

当利益像万花筒一般使你眼花缭乱之时，你会在混沌之中模糊了视线。尝试一下拒绝吧。

你依次拒绝那些自己最不喜欢的人和事，自己的真爱就像退潮时的礁石，嶙峋地凸现出来，等待你的攀缘。

当你抱怨时间像被无数餐刀分割的蛋糕，再也找不到属于你自己的那朵奶油花时，尝试一下拒绝。

你把所有可做可不做的事拒绝掉，时间就像湿毛巾里的水，一滴一滴地拧出来了。

当你发现生活中蕴藏着太多的苦恼，已经迫近一个人能够忍受的极限，情绪面临崩溃的边缘时，尝试一下拒绝吧。

你也许会发现，你以前不敢拒绝，是为了怕增添烦恼。但是恰恰相反，拒绝像一柄巨大的梳子，快速地理顺了杂乱无章的日子，使天空恢复明朗。

当你被陀螺般旋转的日子搅得耳鸣目眩，忘记了自己是从哪里来、要到哪里去的时候，尝试一下拒绝吧。

你会惊讶地发觉自己从复杂的包装中清醒，唤起久已枯萎的童心，感叹我们每一个人都是自然之子。拒绝犹如断臂，带有旧情不再的痛楚。

拒绝犹如狂飙突进，孕育天马行空的孤独的背影。

拒绝有时是一首挽歌，回荡袅袅的哀伤。

拒绝更是破釜沉舟的勇气，一种直面淋漓鲜血惨淡人生的气概。

拒绝也不可太多啊。假如什么都拒绝，就从根本上拒绝了每个人只有一次的辉煌生命，所以要智慧地勇敢地行使拒绝权。

这是我们每个人与生俱来的权利，这是我们意志之舟劈风斩浪的白帆。

心中的死结

我很小的时候，四五岁吧，有一次看到人们抬着一个奇怪的箱子在走。我问别人，箱子里是什么？旁人随口回答，那是棺材，里面有一个死人。我又问，他们要把他抬到哪里去？人家回答，抬到土里去。

这就是我对死亡最初的理解，觉得很不舒服。我想一个人躺在土里，鼻孔里会有蚯蚓在爬，眼皮里夹满了沙子，饿了吃不到饭，冷的时候，虽说有箱子盖挡着风雪，也会冻得打颤。

后来我成为医学院的学生，解剖尸体是必修课。我因为来自高原，算是经历了艰苦的考验，大家希望我能做个表率。我也不愿意被人家说女孩子胆小，就装作无所畏惧的样子，要求第一个开始操作。那种在死人身上动刀的恐惧经验，刻骨铭心。（你切开一个人，他却不出血。你不知道他究竟是人不是人）表面上还要装作从容镇定谈笑风生，心中的感觉更是骇异。

特别是我所解剖的那具尸体，是一个死刑犯，当天上午处死他之前，还让他站在车上游了街。当时我站在路边，车子驶得很快，人脸晃过都很模糊。在解剖的时候，我不能确定自己早上是否看到过他（因为同时执行死刑的还有其他人），就不由自主地仔细察看他的脸和表情，觉得他痛苦而狰狞，在恨我。他的灵魂盘踞在充满福尔马林气味的解剖室里，威胁着我。

（当我此时写到这里的时候，心跳急剧加快，呼吸感到十分急迫，好像有什么爪子扼在喉咙处。）

后来我当了实习医生，我医治的第一个病人是位中年妇女，肾功能衰竭，已到晚期。她的死亡来得十分急骤，那天晚上别人都去看电影了，老医生也不在。我正在写病程记录，护士突然报告说病人呼叫我。我赶到她身边，她死死地抓住我的手，说："小皮（她是南方人，总把毕说成皮）医生，我好难受啊……"我急忙听诊，她的胸膛里，已是无边无际的沉默。我开始抢救，但采取的所有急救措施都宣告无效。后来老医生来了，看了记录，说我很恰当地履行了一个医生的职责，干得不错，但我还是非常沮丧。

她的丈夫那天晚上看电影回来，放声痛哭，急着问：谁最后在她身边？我说，是我。他又问，她最后留下的一句话是什么？我本来想如实相告，但又一想，那位丈夫因为妻子逝去时，不在她身边，已充满内疚，如果我再转述了他妻子临终时很痛苦很难受的遗言，是不是他会终生谴责自己？于是我咬着牙说，你妻子走得很安详，她什么也没说。

多少年来，我为自己当时的处置忧虑，不知道自己做得是否得体。也许，让一个挚爱自己妻子的丈夫，得知她诀别人世的真实情况，应该是更重要的选择。

后来，我当了许多年的医生，看到了无数死亡，已经可以做到心如枯井处变不惊。但我自知关于死亡的恐惧和忧虑，并未缓解或消失。它们像冬眠的蛇，潜伏在我意识最深的地窖里，等待惊蛰。

大约八年前，我的父亲得了骨髓癌，这是一种极为恶性的疾病，治愈率为零。当我确知这一诊断结果的时候，只觉得天塌地陷。父亲以为我是医生，可以治好他的病。我承受着巨大的压力，还要不断地对父亲做出光明的许诺。作为戎马一生的军人，父亲有极强的洞察力，我想他是知道一切的，但他从来没有叙述过自己的痛苦，他在最后的苦难中，对我说的是——他很幸福。

为了保护母亲和家里人，我一个人独自面对医生，把日趋一日恶化的各种化验报告仔细地粘贴，来回分析。我知道父亲的生命已一天天消失，再也无法挽回，我能做的只是减轻他临终的痛苦，让全家人特别是母亲，减少一些重创的剧痛。

父亲是叫着我的名字，死在我面前的……

多年来，我无法回忆这一惨痛的时刻，我无法与任何人谈起，只有深锁心底。（同母亲谈，会勾起她的痛苦。同弟妹谈，会使他们难过。同朋友谈，一般的安慰对我无效）我曾寄托于无往不胜的时间，以为它会渐渐冲淡我的痛苦。但我似乎错了，长久的时间过去了，那创伤依旧绽裂着，血流不止。只要一想起父亲，无论何时何地，我都会泪流满面。

（此刻，滚滚而下的泪水，已将计算机的键盘打湿。）

父亲的丧礼过后，我使劲吃饭，总也吃不饱。我知道自己心理上出了毛病。因为父亲的病最初被发现，就是从体重无缘无故减轻开始。那样强壮的人，最后被疾病摧残得虚弱无比。潜意识里，我觉得吃饭似乎可以抵挡病魔，竟以体重的不断增加为安全。

我开始恐惧医院。哪怕是极要好的朋友病了，我只肯到家里探望，绝不敢进医院的门。因为父亲逝世前一个月，我天天守在病房，寸步不离，神经对白色过敏并厌恶，我再也不想见到病床和药瓶了。

我不能参加追悼会。哪怕是极尊敬的前辈去世，家属发来治丧函，邀我参加遗体告别仪式，我都以种种理由推托，或者干脆就不给回音，让对方觉得很没礼貌。我无法面对那种氛围，唯恐自己失态——放声痛哭。

甚至我的弃医从文，也和这段经历有很大关系。我觉得医生太无奈了，充其量只能预报病情恶化的时间，却无能力挽救生命。我虽然可以承认这是新陈代谢的规则，但再也无法从容对待病人和家属满怀期望的眼神。我要逃避这种对视。

对于死亡的思索，使我有了《预约死亡》《红处方》这一类以生命为题材的作品，但我知道自己要超越生死，对死亡有一种更达观更理性的认识，还有很长的路要走。我希望自己能够摆脱"死"这个结的困扰。

抵制"但是"

"但是"是我们常常用到的一个词。我们原来有一个领导，就因为太爱使唤这个词了，外号就叫"老但"。

"但是"主要是作连词，好像那把皮坎肩的碎皮子缀在一处的彩色丝线。多用在一句话的后半截，表示转折语气。

比方说，你这次的考试成绩不错，但是——不能骄傲自满。

比方说，这地方的风景挺优美的，但是——离城里太远了点。

比方说，这女孩身材相当好，但是皮肤太黑了些。

等等。

我不知道"但是"这个词刚发明的时候，是不是对于在它的前半部分和后半部分的分量一视同仁？也就是说，它只是一个公平的纽带，并不偏着谁向着谁。可惜在长期的运用过程中，"但是"这个词，成了类似音乐简谱中"符点"的标记，把后面半拍的节奏，挪到前面去了。当人们看到这个词的时候，无论在"但是"的前面，堆积了多少美好的说明，都像碰上盐酸的污垢，冒了些泡沫，就没了踪影。人们记住的总是"但是"后面的转折，如同好不容易爬上高坡，还没来得及喘口匀气，"但是"这个陡峭的下坡，不由分说把你掳住，一下就滑到了谷底。

于是，"但是"就几乎成了贬义的先兆。只要一出现，气氛就大变。它成了把人心捆成炸药包的细麻绳，成了马上有冷水泼面的前奏曲。"但是"让你打了个激灵，立马把"但是"前面的温暖忘了，只有抖擞起精神，准备迎击扑面而来的顿挫。

"但是"便在这种频频警戒的气氛中，削减了平凡的连接之意，增添了沮丧的灰色意味。

其实，所有的光明都有暗影，"但是"的本意不过是强调事情还有另一方面。可惜日积月累的负面暗示，使得"但是"这个预报一出现，就抹去了喜色，忽略了成绩，轻慢了进步，贬斥了攀升。

一位心理学专家讲学时说，她主张大家从此不用"但是"，而改用"同时"。

比如我们形容天气的时候，早先是这样说：今天的太阳很好，但是风很大。

今后可以改成：今天的太阳很好，同时风很大。

当你最初看这两句话的时候，好像没有多大的分别。你不要急，轻声地多念几遍，那分量和语气的差异，就体味出来了。

但是风很大——会把人的情绪向糟糕的那一面倾斜，注意力凝固在不利的因素上。觉着太阳好是件不值得太高兴的事情，风大才是关键。借助了"但是"的威力，风就把阳光打败。

同时风很大——它更中性和客观，好似一个导游小姐，在指点我们注意了某一种情形之后，又把她手中的金属棒，向另一个方向示去。前言余音袅袅，后语也言之凿凿。不偏不倚，公允而平整。它使我们的心神安定，目光精准，两侧都观察得到，头脑中自有定夺。

一词之差，它的背后，是怎样看待世界和自身。

我们绝不文过饰非，也不夸大其词。好比是花和虫子，一并存在。我们的眼光降落在哪里？

降落在花丛中？降落在虫背上？

"但是"，是一副偏光镜，把我们的目光聚焦在虫子上。花园里花朵很美丽，"但是"把虫子的影子放大。

"同时"，是一个透明的水晶球，把我们均衡地分散在两方面。花园里花朵很美丽，"同时"，它也提示尚有虫子。

"但是"和"同时"，谁更持重和完整，更有利于我们对客观事物的评价和对主观判断的把持，想必会有公论。

如此讨论，仿佛和一个简单的连词过不去，有悖恕道。不过，这不单是如何连接上下两句话的问题，在词的背后隐伏着思维方式。

当我尝试着用"同时"代替"但是"以后，一天两天，似也看不出多大的变化。可时间长了，我发现自己比较地多了勇气，因为我的精神得到了补给和呵护。我发现自己比较地对人友善，因为我更明确地发现了他人的长处和优异。我发现自己较为敏捷地从跌倒的地上爬起，因为我看到了沟坎也看到了辙印。我发现自己多了宽容和慈悲，因为我每当意识到不足的时刻，都同时给自己鼓励。

被老师读作文的时候

我小的时候,作文很好。主要是我爱写得与众不同。比如说老师出了个作文题,叫"一次谈话"。一般的同学写的都是自己做了一件错事,被爸爸妈妈或是其他的长辈批评了一顿,于是铭记在心等等。也有写同学之间闹了点小误会,一谈心就和解了的。这两种写法我都想到了,可我想写一次更奇妙的谈话。想啊想啊,我就设想通过电话同一位非洲的黑人小朋友谈话,谈他们的苦日子和我们的幸福生活。其实这个想法有很不合理的成分在内,一个当奴隶的黑孩子怎么会有电话呢?但当时是小学生的我,可想不到这么多,只顾按照自己的想象写下去。

我们的语文老师是山东大学中文系毕业的,对我这些有漏洞也有一点新意的小作文,给了很好的评语。王老师不止一次给我的作文批过"5+"的分数,还经常在课堂上读我的作文。

被老师读作文的时候,心情像一颗怪味豆。最初当然是甜的了,哪个学生不愿意受到老师的夸奖?可慢慢地,咸味和涩味就涌上心头。

首先是我觉得自己写得很不好,应该写得更好一些。特别是老师那些表扬的话,仿佛椅子上堆满了图钉,叫人不敢坐踏实。

最主要的是下课以后,同学们的神情怪怪的。"哦——哦——老师又用时传祥淘粪的勺子刳(夸)毕淑敏啦!"那时候我们刚学过一篇淘粪工人的课文,在北方话里,刳与夸同音。全班同学好像结成了孤立我的统一战线,跳皮筋,两边都不要我。要知道平日里,因为我个子高,跳得又好,大伙都抢着跟我一拨呢!我和谁说话,她会装作没听见扭身走开,然后故意跟别的人大声说笑，一块儿边说边看着我。

在我幼小的心里，第一次懂得了什么叫孤独，什么叫被嫉妒。

这样的日子一般持续两三天，就会过去。一来是孩子们毕竟小，健忘；二来我那时是大队长，人缘挺好，大伙儿有事都爱找我。

作文每两周讲评一次，我便要经受一次精神的炼狱。

怎么办呢？

我想到的第一个办法是：从此不要把作文写得那样好。我开始挺随意地写作文，随大流，平平淡淡。果然，王老师不再把我的作文当范文，同学们也和我相亲相爱。正在我很得意的时候，王老师找我了。"你的作文退步了，是不是骄傲了？"我执拗地保持沉默。不是不愿意告诉老师原因，而是不知道怎么说。假如我说了，老师会在班上把同学们数落一顿（她会的，她的脾气很急躁），那我的处境就更糟了。

我讨厌打小报告、告密的人。

王老师苦口婆心地开导我半天。虽说不是对症下药，我还是受到了教育。我想不能这样下去，我不应该用学习赌气。

于是我又开始认认真真地写作文，争取每一篇都写得不同凡响。王老师是满意了，可同学们敌视的恶性循环又开始了。

就没有一个万全之策吗？

我小小的脑筋动了又动，我发现同学们并不是讨厌我的作文。老师念它们的时候，大伙儿听得津津有味，不时还发出会意的笑声。同学们只是不喜欢老师反反复复只提一个名字：毕淑敏。

在我年长以后，我知道在心理学上，这种情况叫作"压抑"。同学们为了宣泄自身的情绪，把不满的火焰转移到了我的身上。

我当时自然是不懂这些的。我只觉得自己按老师的要求好好学习，并没有得罪谁，为什么大家伙儿要和我过不去？

又要写好作文，又要和大家处好关系，小小的我好累！不行，不能这样了。

我小心翼翼地说："王老师，我最近的作文有进步吗？"

退回到三十年前，老师的威严比现在要强大得多。我的这个办法非得老师答应才成，因此心里发虚。"噢，你近来写得不错。今天下午我还要读你的作文。"王老师说。

"我有一个小小的请求……"我战战兢兢地说。

"什么事，你说好了。"王老师的眼睛明亮地注视着我。

"我想……您念我的作文的时候……是不是可以……不念我的名字……"我鼓足勇气说完蕴藏在心中许久的话。

"为什么？我当了这么多年的老师，还是第一次听到这种要求。你总不能让同学们觉得那是一篇无名氏写的东西吧？"王老师有些不耐烦了。

我知道王老师会这么说的，要说服她可不是一件容易的事。索性一不做二不休，我镇静下来，一板一眼地说："我觉得您读谁的作文，主要是看文章写得好不好。至于是谁写的，并不重要。不说名字，您让大伙儿讨论的时候，没人拘着面子，反倒更好表达意见了。我也好给我自己的作文提不足之处……"

我说的都是实话。只是最重要的理由我没有说：我想为自己求一分心灵的安宁。

"你说得有一些道理。好吧，我们下午试一试。"王老师沉吟着答应了。

那天下午的情形，一如我小小的心所预料的，同学们充满了好奇，发言比平日热烈得多。下课以后，我和大伙儿快活地跳皮筋。

"嗨！毕淑敏，今天念的范文是你写的吧？"有人问我。

"还能老是她写得好哇？我看今天一准是旁人写的。"有人这样说。

我一概只笑不回答。问得急了，我就说："我猜是你写的。"

从此以后，我的作文越写越好，和同学们也能和睦相处。

我至今不知道这算是少年人的机智还是一种早熟的狡猾。它养成了我勤奋不已而又淡泊名利的性格。

但长大以后，看到一则名人名言："走自己的路，让别人说去吧。"我想那是一种更积极更勇敢的生活态度。

只是我小时候，就是听到了这句教导，也未必敢照着去做。因为我是太珍视同小朋友们无忧无虑跳皮筋的机会了。

第二章　格布上的花

格布上的花

好日子和坏日子，是有一定比例的。就是说，你的一生，不可能都是好日子——天天蜜里调油；也不可能都是坏日子——每时每刻黄连拌苦胆。必是好坏日子交叉着来，如同一块花格子布。如果算下来，你的好日子多，就如同布面上的红黄色多，亮堂鲜艳。如果你的坏日子多，那就是黑灰色多，阴云密布。

以上的说法，想来会有人同意，但好日子和坏日子，是以什么来划分的呢？什么是好坏日子的分水岭试金石呢？看法恐怕就不一致了。比如，钱吗？好像不是。有钱的人不一定承认他过的是好日子，钱少的人或没钱的人，也不一定感觉他过的就是坏日子。健康吗？好像也不是。无病无灾的人不一定觉得他过的是好日子，罹病残疾的人也不一定承认他过的就是坏日子。美丽和能力吗？似乎更不是了。看看周围，有多少漂亮能干的男人女人，锁着眉苦着脸，抱怨着岁月的难熬啊……

说了若干的标准，都不是。那么，什么是好日子和坏日子的界限呢？

不知他人的答案若何，我猜，是爱吧？

有爱的日子，也许我们很穷，但每一分钱都能带给我们双倍的快乐。也许我们的身体坏了，每况愈下，但我们执着相爱之人的手慢慢老去，旅途就不再孤独。也许我们是平凡和渺小的，但我们竭尽全力做着喜欢的事，心中便充溢着温暖安宁。

这是什么呢？这就是好日子了。你的那块花格子布上，绽开了鲜花。

幸福和不幸永在

第二章 格布上的花

我不认为幸福与科学之间有什么关系。我觉得它们既不成正比，也不成反比。也就是说，它们分属于两个系统。一个是情感的范畴，属于精神的领域。一个是物质的范畴，属于无生命的领域（这样划分不严谨，对生命科学有点不敬，请原谅。我说的生命指的是变化万千的活体感觉）。在科学产生之前很久，幸福就存在于我们的感知之中。后来科学出现了，但幸福感并没有出现相应的增长，它们是两股道上跑的车，虽然有的时候，轨道会发生小小的交叉。

我相信在原始人那里，远在科学的胚胎还包裹于子夜的黑暗襁褓之中时，幸福就顽强地莅临刀耕火种的山洞。证据之一就是那个时候的人，快乐地唱歌和跳舞，还创造出玄妙的神话和精美的文字。你不能说在通红的篝火旁手舞足蹈的那些裸人，不知道什么是幸福。如果谁硬要这么说，以为只有现代人方才知晓和能够享受幸福，因而看不起我们的祖先，那倘若不是出于无知，就是赤裸裸的现代沙文主义。

在某种物质十分匮乏的时候，当它一旦出现，可能会在短暂的时间内帮助人们引发幸福的感觉。比如，一名男子十分思念热恋中的女友，如果在古代，他只有骑上一匹马，在草原上驰骋三天三夜，才能一睹女友的芳颜，当他看到女友眸子的那一瞬，我相信荡漾在他内心的感觉，就是幸福。如今，当同样的思念袭来的时候，他可以买上一张机票，两个小时之后就平安到达上海，当他看到女友眸子的那一瞬，我相信他的幸福感同样强烈和震撼。

我们可以简单地说，飞机是和科学有重要关联的物件。因此，好像科学

053

帮助了幸福感的获得。但接下来的问题是，这种幸福感是来源于马匹还是飞机？抑或是草原上的风还是空中的白云？我想，可能众说纷纭。即便问当事人，也会有不同的答案。有人会说，幸福当然和马匹和飞机有关了。如果没有马匹和飞机，这对相爱的恋人如何聚到一起？从马匹到飞机，这就是科技的进步和力量，使幸福的感觉提前出现，并变得比以前要省事、容易。

我不同意这种意见。理由很简单，马匹和飞机只是这个人通往幸福的工具，而非幸福的理由和必然。在那架飞机上有很多乘客，有的人是例行公事，有的人还可能是奔丧。幸福和飞机的翅膀无关，只和当事人的心情有关。幸福是一种心灵深层的感觉，在最初的温饱和生殖的快感解决之后，它主要来源于人的精神体系的满足。

我知道我的观点可能会遭到很多人的质疑。比如有人会说，当你患病的时候，突然有了特效的药品，难道你和你的亲人不浮现出幸福的感觉吗？这死里逃生的光芒难道不是直接来源于科学的太阳吗？

我当过很多年医生，我知道科技的进步对生命的延续是怎样地重要和宝贵。但生命延续本身，并不一定达至幸福的彼岸。生命只是幸福感得以附丽的温床，生命本身是一个中性的存在。它是既可以涂写痛苦也可以泼洒快乐的一匹白绢。当病人和他的家属为某种特效药喜极而泣的时候，那种幸福的感觉主要源自骨肉间的深情。如果没有这种生死相依的情感，任何药物都无法发动快乐和幸福的过山车。

科学使粮食的产量增高，但这个世界上依然有吃不饱的穷人。既然引发贫困的源头不是科学，那么由贫穷所导致的痛苦，也不是科学的创可贴所能抚平。科学使交通工具的速度更快，人们可以更迅捷地从甲地到乙地，但时间的缩短和幸福的产出，并不成正相关。君不见朝夕相处近在咫尺的夫妻，往往并不充溢幸福，而是满怀深仇？科学使人类升上太空，得以了解遥远的宇宙发生的变化。但我看到一位宇航员的回忆录说，他在太空中最深刻的念想是——回到地球。科学发现了原子能巨大的力量，但核武器的堆积，把人类推到了亘古未有的悬祸之中。科学延长了老年人的生命，但如果没有亲情的滋润和生存的尊严，这份延长的时间便与幸福毫不相干。

科学提供了产生幸福的新的机遇，但科学并不导致幸福的必然出现。我看到国外的一份心理学家的报告，说在地铁卖唱为生的流浪者和千万富翁对于幸福的感知频率与强度，几乎是一样的。当一个人晚饭没有着落的时候，一个好心人给的汉堡就能给他带来幸福的感觉，但千万富翁就丧失了得到这份幸福的缘分。幸福是不嫌贫爱富的，我们至今没有办法确知某一种情况将必然导致幸福，同样，也无法确认某一种情况将必然导致不幸。

妈妈看到婴儿的出生，想来是天下的大幸福。但对于一个未婚母亲或是遭夫遗弃的妻子来说，这幸福的强度就可能要打折扣。生命消失之际按说和幸福不搭界，但我确实听到过一个人在他生命垂危之际，说他——很幸福——这个人就是我的父亲。这是他所给予我的最宝贵的精神财富之一，令我知道即使是面对永恒的消失，人也可以满怀幸福地沉稳走去。

说到这儿，离科学就有些远了，而是和人性有了更多的链接。科学要发展，人性要完善，幸福和不幸永在。

疲　倦

疲倦是现代人越来越常见的一种生存状态，在我们的周围，随便看一眼吧，有多少垂头丧气的儿童，萎靡不振的青年，疲惫已极的中年，落落寡合的老年？……人们广泛而漠然地疲倦了。很多人已见怪不怪，以为疲倦是正常的了。

有一次，我把一条旧呢裤送到街上的洗染店。师傅看了以后，说，我会尽力洗熨的。但是，你的裤子，这一回穿得太久了，恐怕膝盖前面的鼓包是没法熨平了。它疲倦了。

我吃惊地说，裤子——它居然也会疲倦？

师傅说，是啊。不但呢子会疲倦，羊绒衫也会疲倦的，所以，穿过几天之后，你要脱下晾晾它，让毛衫有一个喘气的机会。皮鞋也会疲倦的，你要几双倒换着上脚，这样才可延长皮子的寿命……

我半信半疑，心想，莫不是这老师傅太热爱他所从事的工作了，所以才这般体恤手下无生命的衣料。

又一次，我在一家先进的工厂，看到一种特别的合金，如同谄媚的叛臣，能折弯多少次，韧度不减。我说，真是天下无双了。总工程师摇摇头道，它有一个强大的对手。

我好奇地发问，谁？

总工程师说：就是它自己的疲劳。

我讶然，金属也会疲劳啊？

总工程师说，是啊。这种内伤，除了预防，无药可医。如果不在它的疲劳限度之前让它休息，那么，它会突然断裂，引发灾难。

那一瞬，我知道了疲倦的厉害。钢打铁铸的金属尚且如此，遑论肉胎凡身！

疲倦发生的时候，如同一种会流淌的暗流，在皮肤表面蔓延，使人整个地困顿和蜷缩起来。如果不加克服和调整，这种黏滞的不适，就会如寒露一般，侵袭到我们身体的底层。到那个悲惨的时候，我们就不再将这种令人不安的情况，称之为"疲倦"，我们会径直地说——我病了——我垮了。

疲倦首先是从眼睛开始的。在通常需要集中注意力的时刻，我们无奈地垂下睫毛。我们以自己的充满了血液的眼帘，充当了厚重的幕布，隔绝光线和信息无休止地介入。我们就地取材地为自己制造了一场人工的黑暗。

在那些老生常谈的会议上，在那些议而不决的争执中，在那些絮絮叨叨的繁杂中，在那些痛苦焦灼的等待中……五花八门的无聊冲击，让我们的瞳孔，首先磨损了。它无法明亮清晰地观察这个世界，便怯懦地后退了，选择了躲闪和逃避。

疲倦然后蔓延到我们的表情。疲倦的人，通常是无精打采的。在呆滞的目光之下，是苍白或是潮红的面庞。疲倦使血的流速异常地减慢或是加快，失去了内部的平衡与稳定。在应该急速反应的时候，疲倦的人延宕迟疑。在应该稳健沉着的时候，疲倦的人如同受惊的公鸡一般病态亢奋。殊不知这种竭泽而渔的抖擞，更加快了疲倦的发展。

疲倦的人，很难听到别人的声音。因为，声音是一种锐利的刺激。你丧失快速反应的同时，为了遮盖你的乏力，索性封闭了传达的通道。常常听到有人说，对不起，我把某某事忘记了。别人不解，奇怪他记忆为何如此之差。其实结论可能很简单——他疲倦了。疲倦的时候，我们的耳朵就不由自主地关拢闸门。不要埋怨他们的听觉，猜疑他们的品质，负罪的该是疲倦。

疲倦的人，通常懒言寡语。发表意见，是为了阐发观点，影响他人。此种特别的愉悦，来自为了让世界注意你的存在。你丧失了对外界的关注，也就主动取消了自己的发言权。当你不再聆听的同时，你也不再歌唱。喉舌是听命于大脑的。大脑钝了，大脑枯竭了，大脑空白了，我们必无话可说。

当疲倦在全身泛滥的时候，我们是徒有虚名的人了。我们了无热情，心灰意懒。我们不再关注春天何时萌动，秋天何时凋零。我们迷茫地看着孩子的微笑，不知道他们为何快乐。我们不爱惜自己了，觉察不到自己的珍贵。我们不热爱他人了，因为他人是使我们厌烦的源头。我们麻木困惑，每天的太阳都是旧的。阳光已不再播撒温暖，只是射出逼人的光线。我们得过且过地敷衍着工作，因为它已不是创造性思维的动力。

疲倦是一种淡淡的腐蚀剂，当它无色无臭地积聚着，潜移默化地浸泡着我们的时候，意志的酥软就发生了。

在身体疲倦的背后，是精神率先疲倦了。我们丧失了好奇心，不再如饥似渴地求知，生活纳入灰色的模式。甚至婚姻，也会疲倦。它刻板地重复着，没有新意，没有发展。婚姻的弹性老化了，像一只很久没有充气的球，表皮皲裂，塌陷着，摔到地上，噗噗地发出充满怨恨的声音，却再不会轻盈地跳起，奔跑着向前。

疲倦到了极点的时候，人会完全感觉不到生命和生活的乐趣，所有的感官都在感受苦难，于是它们就保护性地不约而同地封闭了。我们便被闭锁在一个狭小的茧里，呼吸窘迫，四肢蜷曲，渐渐逼近窒息了。

疲倦的可怕，还在于它的传染性。一个人疲倦了，他就变成一炷迷香，在人群中持久地散布着疲倦的细微颗粒。他低落地徘徊着，拖带着整体的步伐。当我们的周围生活着一个疲倦的人，就像有一个饿着肚子的人，无声地要求着我们把自己精神的谷粒，拨一些到他的空碗中。不过，如果我们这样做了之后，才发觉不但没有使他振作起来，自身也莫名其妙地削弱了。

身体的疲倦，转而加剧着精神的苦闷。

变更太频繁了，信息太繁复了，刺激太猛烈了，扰动太浩大了，强度太凶，频率太高……即使是喜悦和财富吧，如果没有清醒的节制，铺天盖地而来，也会使我们在震惊之后深刻地疲倦了。

当疲倦发生的时候，我们怎么办呢？

当无计可施的时候，看看大自然吧。春天的花开得疲倦的时候，它们就悄然地撤离枝头，放弃了美丽，留下了小小的果实。当风疲倦的时候，它就停止了荡涤，让大地恢复平静。当海浪疲倦的时候，洋面就丝绸般的安宁了。

当天空疲倦的时候，它就用月亮替换太阳……

人们应对疲倦的办法，没有自然界高明。不信，你看。当道路疲倦的时候，就塞车。当办公室疲倦的时候，就推诿和没有效率。当组织者疲倦的时候，就出现混乱和不公。当社会出现疲倦的时候，就冷漠和麻木……

疲倦对我们的伤害，需要平心静气的休养生息。让目光重新敏锐，让步伐恢复轻捷，让天性生长快乐，让手足温暖有力。耳朵能够捕捉到蜻蜓的呼吸，发梢能够感受到阳光的抚摸，微笑能如鲜橙般耀眼，眼泪能如菩提般仁慈……

疲倦是可以战胜的，法宝就是珍爱我们自己。疲倦是可以化险为夷的，战术就是宁静致远。疲倦考验着我们，折磨着我们。疲倦也锤炼着我们，升华着我们。

像烟灰一样松散

有一位从事射击的朋友，极端地冷静。他常在非常危急的情势下，弹无虚发。我向他请教这其中的要领，他说，最大的诀窍是你要像烟灰一样放松。只有放松，全部潜在的能量才会释放出来，协同你达到完美。

我对他的话似懂非懂，但从此我开始注意以前忽略了的烟灰。烟灰非常松散，几乎是没有重量和形状的。它们懒洋洋地趴在那里，好像在冬眠。其实，在烟灰的内部，栖息着高度警觉和机敏的鸟群，任何一阵微风掠过，哪怕只是极清淡的叹息，它们都会不失时机地腾空而起驭风而行。它们的力量来自放松，来自一种飘扬的本能。本身没有结构，没有动力，甚至是微不足道的烟灰，却能够利用能量，飞向远方。

人们啊，需要常常提醒自己，像烟灰一样放松。放松不是无所事事，不是听天由命，不是随波逐流。放松是一种高度的自信，放松是一种磨炼之后的整合，放松是举重若轻玉树临风。当你放松的时候，你所有的岁月和经验，你的勇气和智慧，便都厉兵秣马地集合于你的内心，情绪就会安然从容，勇气就会源源不断。你不一定能胜利，但你能竭尽全力去参与过程。

提醒幸福

我们从小就习惯了在提醒中过日子。天气刚有一丝风吹草动，妈妈就说，别忘了多穿衣服。才相识了一个朋友，爸爸就说，小心他是个骗子。你取得了一点成功，还没容得乐出声来，所有关切着你的人一起说，别骄傲！你沉浸在欢快中的时候，自己不停地对自己说："千万不可太高兴，苦难也许马上就要降临……"我们已经习惯了在提醒中过日子。看得见的恐惧和看不见的恐惧始终像乌鸦盘旋在头顶。

在皓月当空的良宵，提醒会走出来对你说：注意风暴。于是我们忽略了皎洁的月光，急急忙忙做好风暴来临前的一切准备。当我们大睁着眼睛枕戈待旦之时，风暴却像迟归的羊群，不知在哪里徘徊。当我们实在忍受不了等待灾难的煎熬时，我们甚至会恶意地祈盼风暴早些到来。

风暴终于姗姗地来了。我们怅然地发现，所做的准备多半是没有用的。事先能够抵御的风险毕竟有限，世上无法预计的灾难却是无限的。战胜灾难靠的更多的是临门一脚，先前的惴惴不安帮不上忙。

当风暴的尾巴终于远去，我们守住零乱的家园。气还没有喘匀，新的提醒又智慧地响起来，我们又开始对未来充满恐惧的期待。

人生总是有灾难。其实大多数人早已练就了对灾难的从容，我们只是还没有学会灾难间隙的快活。我们太多注重了自己警觉苦难，我们太忽视提醒幸福。请从此注意幸福！幸福也需要提醒吗？

提醒注意跌倒……提醒注意路滑……提醒谨防受骗上当……提醒务必宠辱不惊……先哲们提醒了我们一万零一次，却不提醒我们幸福。

也许他们认为幸福不提醒也跑不了的。也许他们以为好的东西你自会珍惜，犯不上谆谆告诫。也许他们太崇尚血与火，觉得幸福无足挂齿。他们总是站在危崖上，指点我们逃离未来的苦难。但避去苦难之后的时间是什么？

那就是幸福啊！

享受幸福是需要学习的，当幸福即将来临的时刻需要提醒。人可以自然而然地学会感官的享乐，人却无法天生地掌握幸福的韵律。灵魂的快意同器官的舒适像一对孪生兄弟，时而相傍相依，时而南辕北辙。

幸福是一种心灵的震颤。它像会倾听音乐的耳朵一样，需要不断地训练。

简言之，幸福就是没有痛苦的时刻。它出现的频率并不像我们想象的那样少。

人们常常只是在幸福的金马车已经驶过去很远后，捡起地上的金鬃毛说，原来我见过它。

人们喜爱回味幸福的标本，却忽略幸福披着露水散发清香的时刻。那时候我们往往步履匆匆，瞻前顾后不知在忙着什么。

世上有预报台风的，有预报蝗虫的，有预报瘟疫的，有预报地震的。没有人预报幸福。其实幸福和世间万物一样，有它的征兆。

幸福常常是朦胧的，很有节制地向我们喷洒甘霖。你不要总希冀轰轰烈烈的幸福，它多半只是悄悄地扑面而来。你也不要企图把水龙头拧得更大，使幸福很快地流失。而需静静地以平和之心，体验幸福的真谛。

幸福绝大多数是朴素的。它不会像信号弹似的，在很高的天际闪烁红色的光芒。它披着本色外衣，亲切温暖地包裹起我们。

幸福不喜欢喧嚣浮华，常常在暗淡中降临。贫困中相濡以沫的一块糕饼，患难中心心相印的一个眼神，父亲一次粗糙的抚摸，女友一张温馨的字条……这都是千金难买的幸福啊。像一粒粒缀在旧绸子上的红宝石，在凄凉中愈发熠熠夺目。

幸福有时会同我们开一个玩笑，乔装打扮而来。机遇、友情、成功、团圆……它们都酷似幸福，但它们并不等同于幸福。幸福会借了它们的衣裙，袅袅婷婷而来，走得近了，揭去帏幔，才发觉它有钢铁般的内核。幸福往往很短暂，不像苦难似的笼罩天空。如果把人生的苦难和幸福分置于天平两端，苦难体积庞大，幸福可能只是一块小小的矿石。但指针一定会向幸福这一侧倾斜，因为它是生命的黄金。

幸福有梯形的切面，它可以扩大也可以缩小，就看你是否珍惜。

我们要提高对于幸福的警惕，当它到来的时刻，满怀激情地享受每一分钟。据科学家研究，有意注意的结果比无意要好得多。

当春天来临的时候，我们要对自己说，这是春天啦！心里就会泛起茸茸的绿意。

幸福的时候，我们要对自己说，请记住这一刻！幸福就会长久地伴随我们。那我们岂不是拥有了更多的幸福！

所以，丰收的季节，先不要去想可能的灾年，我们还有漫长的冬季来得及考虑这件事。

我们要和朋友们跳舞唱歌，享受喜悦。既然种子已经回报了汗水，我们就有权沉浸在幸福中。不要管以后的风霜雨雪，让我们先把麦子磨成面粉，烘一个香喷喷的面包。

所以，当我们从天涯海角相聚在一起的时候，请不要踌躇片刻后的别离。在今后漫长的岁月里，有无数孤寂的夜晚可以独自品尝愁绪。现在的每一分钟，都让它像纯净的酒精，燃烧成幸福的淡蓝色火焰，不留一丝渣滓。让我们一起举杯，说：我很幸福。

所以，当我们守候在年迈的父母膝下时，哪怕他们鬓发苍苍，哪怕他们垂垂老矣，你都要有勇气对自己说：我很幸福。因为天地无常，总有一天你会失去他们，会无限追悔此刻的时光。

幸福并不与财富、地位、声望、婚姻同步，这只是你心灵的感觉。

所以，即使在一无所有的时候，我们也能够说：我很幸福。因为我们还有健康的身体。

当我们不再享有健康的时候，那些最勇敢的人依然可以微笑着说：我很幸福。因为我还有一颗健康的心。甚至当我们的心也将停止跳动的时候，那些人类最优秀的分子仍旧可以大声地对宇宙说：我很幸福。因为我来过，爱过。

常常提醒自己注意幸福，就像在寒冷的日子里经常看看太阳，心就不知不觉地暖洋洋亮堂堂。

泥沙俱下的生活

有年轻人问，对于生活，你有没有产生过厌倦的情绪？

说心里话，我是一个从本质上对生命持悲观态度的人，但对生活，基本上没产生过厌倦情绪。这好像是矛盾的两极，骨子里其实相通。也许因为青年时代，在对世界的感知还混混沌沌的时候，我就毫无准备地抵达了海拔五千米的藏北高原。猝不及防中，灵魂经历了大的恐惧、大的悲哀。平定之后，也就有了对一般厌倦的定力。面对穷凶极恶的高寒缺氧、无穷无尽的冰川雪岭，你无法抗拒人是多么渺小、生命是多么孤单这副铁枷。你有一千种可能性会死，比如雪崩，比如坠崖，比如高原肺水肿，比如急性心力衰竭，比如战死疆场，比如车祸枪伤……但你却在苦难的夹缝当中，仍然完整地活着。而且，只要你不打算立即结束自己的生命，就得继续活下去。愁云惨淡畏畏缩缩的是活，昂扬快乐兴致勃勃的也是活。我盘算了一下，权衡利弊，觉得还是采取后一种活法比较适宜。不单是自我稍觉愉快，而且让他人（起码是父母）也较为安宁。就像得过了严重的水痘，对类似的疾病就有了抗体，从那以后，一般的颓丧就无法击倒我了。我明白日常生活的核心，其实是如何善待每人仅此一次的生命。如果你珍惜生命，就不必因为小的苦恼而厌倦生活。因为泥沙俱下并不完美的生活，正是组成宝贵生命的原材料。

他又问，你对自己的才能有没有过怀疑或是绝望？

我是一个"泛才能论"者，即认为每个人都必有自己独特的才能，赞成李白所说的"天生我材必有用"。只是这才能到底是什么，没人事先向我们交底，大家都蒙在鼓里。本人不一定清楚，家人朋友也未必明晰，全靠仔细寻找加上运气。有的人可能一下子就找到了；有的人费时一世一生；还有的人，干脆终生在暗中摸索，不得所终。飞速发展的现代科技，为我们提供了越来越多施展才能的领域。例如，爱好音乐，爱好写作……都是比较传统的项目；热爱电脑，热爱基因工程……则是近若干年才开发出来的新领域。有时想，擅长操纵计算机的才能，以前必定悄悄存在着，但世上没这物件时，具有此类本领潜质的人，只好委屈地干着别的行当。他若是去学画画，技巧不一定高，就痛苦万分，觉得自己不成才。比尔·盖茨先生若是生长在唐朝，整个就算瞎了一代英雄。所以，寻找才能是一项相当艰巨重大的工程，切莫等闲视之。

　　人们通常把爱好当作才能，一般来说，两相符合的概率很高，但并不像克隆羊那样惟妙惟肖。爱好这个东西，有时候很能迷惑人。一门心思凭它引路，也会害人不浅。有时你爱的恰好是你所不擅长的东西，就像病人热爱健康、矮个儿渴望长高一样。因为不具备这方面的才能，所以，就更爱得痴迷，九死不悔。我判断人对自己的才能，产生深度的怀疑以至绝望，多半产生于这种"爱好不当"的旋涡之中。因此，在大的怀疑和绝望之前，不妨先静下心来，冷静客观地分析一下，考察一下自己的才能真正投映于何方。评估的关头，最好先安稳地睡一觉，半夜时分醒来，万籁俱寂时，摈弃世俗和金钱的阴影，纯粹从人的天性出发，充满快乐地想一想。

　　为什么一定要强调充满快乐地去想呢？我以为，真正令才能充分发育的土壤，应该同时是我们分泌快乐的源泉。

　　他的最后一个问题是，你是怎样度过人生的低潮期的？

　　安静地等待。好好睡觉，像一只冬眠的熊。锻炼身体，坚信无论是承受更深的低潮还是迎接高潮，好的体魄都用得着。和知心的朋友谈天，基本上不发牢骚，主要是回忆快乐的时光。多读书，看一些传记。一来增长知识，顺带还可瞧瞧别人倒霉的时候是怎么挺过去的。趁机做家务，把平时因为忙碌而顾不上干的活儿都抓紧此时干完。

苦难之后

谈谈关于苦难的问题，你们可有兴趣？有人一定会捂着耳朵说，不听不听……说句心里话，我也怕谈这个难题。对我来说这也是一个大考验。咱们好像共同面对着一碗苦苦的药汤，要一口一口慢慢地喝下去，有时还得咂着嘴回味一番，更是苦上加苦。可是中国有句古话，叫作"良药苦口利于病"，对于某些重要的命题，回避不是一个好法子。所以，咱们就一块儿皱着眉咬着牙，坚持讨论下去吧。

我之所以不称你们为"老朋友"，不是因为咱们相识的时间还短，而是因为你们的年龄比较小。我原来总以为研究"苦难"这个大题目，要放在人比较成熟的时候——起码要到男孩下巴上长出软软的胡须，女孩身姿婀娜之后。可是，生活根本就不理会我们的安排，它我行我素，肆无忌惮。可以顷刻之间，就把严酷的灾难，比如山崩地裂，比如天灾人祸，比如父母离异，比如病魔缠身……莅临到无数人头上，丝毫不对儿童和少年稍存体恤之情。

这就证明了一个铁一般冷酷的事实——苦难的降临是不以人的善良意志为转移的。它就像空气一样，围绕着成人，也围绕着未成年人。对于注定要发生的风浪，单纯地依靠一厢情愿的堤坝，是无法躲避的。更重要更有效的策略，是我们具备直面它的勇气，然后从容冷静坚定顽强地走过苦难，重建生活。

有一句说得很滥的话——"不要总是生活在童话中"。这话是什么意思呢？大概是说——童话虽然很美好，但现实生活中远不是那个样子。面对真实的生活的时候，我们要忘掉童话的气氛。

我不同意这种说法。其实在那些最优秀的童话里，是充满了苦难和对于苦难的抗争的。比如说灰姑娘吧。她小小的年纪，就失去了母亲，父亲也并不关爱她。（在那个经典的故事中，没有对灰姑娘爸爸的具体描写，我估计不是作者的疏忽，而是灰姑娘的老爸乏善可陈。从他找的第二任夫人的品行可看出，这老先生对人的洞察能力不佳。）在继母的冷漠和姐姐们的白眼下生活，没法读书，做着力所不及的杂役……嗨！简直就是未成年人被家庭虐待的典型。

比如卖火柴的小女孩，更是悲惨已极。没有吃的，没有喝的，在节日的夜晚，还要光着脚在风雪中售卖火柴，以至于饥寒交迫冻饿而死……真是惨绝人寰的景象。依我在西藏雪域生活多年的经验，作家笔下所描绘的小女孩临死前所看到的温暖光明的家庭图画，其实很有科学根据。濒临冻僵的人，神经麻痹之后会出现神秘的幻觉——平日的理想都虚无缥缈地浮现出来了。包括小女孩脸上的笑容，也有医学基础。严寒会使人的肌肉强烈痉挛，我当过多年的医生，所见过的被冻死的人，表情都好似在微笑……

再说白雪公主。亲妈早早仙逝，后母不容，因为嫉妒她的美丽，竟然雇了杀手要取她首级。好不容易死里逃生，被好心的小矮人收留。为了报答恩人，她从高贵的公主摇身一变，成了打扫居所烹炸菜肴的小时工，这个落差不可谓不大。就这样，她的厄运还远未终结，后母死死追杀，最后险些被毒苹果夺去红颜……

怎么样，以上所谈童话中的阴谋与死亡、贫困与灾难……其惨烈程度，就是今人，也要为之垂泪吧？

我还可以举出许多。比如美人鱼变鳍为脚的痛楚，小红帽面对狼外婆的恐惧，孙悟空戴上紧箍咒的折磨和唐僧九九八十一难的艰辛……怎么样，我说得不错吧？童话并不遮盖苦难，它们比今天那些搞笑的故事，更多悲凉和灾难的警策。

也许是因为童话多半有一个光明的结尾，好人得到神灵相助，就使人们忽略了那些惨淡的忧郁，以为童话总是祥云笼罩，这实在是一个大误会。

小朋友和中朋友们，说句真心话，依我这些年跋山涉水走南闯北的经验，苦难就像感冒，几乎是不可避免的。如果谁告诉你们世界永远是阳光灿烂，请记住——他是一个骗子。

灾难埋伏在我们前进的拐弯处，不知何时会突袭我们。怕，是没什么用的。我们不能取消灾难，各位能够做到的就是面对灾难不屈服。

灾难会带给我们巨大的痛苦。亲人去世、房屋倒塌、财产毁坏、学业中断、断臂失明、瘫痪失语、孤苦无依、诬陷迫害……这些词令人窒息，我都不忍心写下去了。但我深深地知道，以上绝境还远远不是灾难的全部，在人生过程中，还有大大小小许许多多匪夷所思的艰涩，会不期而遇。

既然灾难不可避免，灾难之后，我们怎么办？我想答案一定是形形色色的。不过万变不离其宗，大致可以分成两大类。

一条路是——我们可以终日啼哭，用泪水使太平洋的海平面上升。我们可以一蹶不振徘徊在墓地，时时沉湎在对亲人的怀念和追悼中。我们可以怨天尤人，愤然叩问苍穹的不公和大自然的残忍。我们可以从此心地晦暗，再也不会欢笑和宽容……

沿着这条路一直走下去，那结局是末日的黑暗和冰冷。

还有一条路是——我们拭干眼泪，重新唤醒生的勇气。掩埋了亲人之后，我们努力振奋新的精神，以告慰天上的目光。我们更珍惜生命的价值和意义，争取用自己的存在让这颗星球更美。我们对他人更多温情和宽厚，因为我们从患难中理解了友谊和支援……

沿着这条路走下去，那结局是火焰般的橘黄色，明媚温暖。

小朋友和中朋友们，这两条路可是大相径庭啊。灾难之后，何去何从，千万三思而后行！

灾难是一把双刃剑，可以把一个人从精神上杀死，也可以把他锻造得更加坚强。所以，选择非常重要。

毋庸置疑，何时遭遇灾难，是不受我们控制的，但遇到灾难之后如何应对，却是我们可以掌握的。在灾难的废墟上，愿生命之树依然常青。

生命之序

一位患"非典"的香港心脏科医生住进了医院的"深切治疗部"。"深切治疗"这个词是温煦的,但缝隙间有幽幽的冷风散了出来,让人感到病情的重笃。医生脱险后接受采访,记者问,一个人孤独地住在病房里,想了些什么?医生沉吟了一会儿说,想得最多的是,要把人生中最重要的事和一般的事分开,先做那些重要的事情。记者追问,你生命中最重要的事是什么?医生答,和我的家人在一起。

几天后,我又见到一位当过脚夫的老人。大家都熟悉的陕北民歌《赶牲灵》,就是脚夫们走沟穿壑在高原上吼出来的。他说"活着做遍,死了无怨"。意思是人活着的时候,把你想做的事都做了,就一生完满,活得够本,可以安然就死了。

医生是留洋博士,脚夫满面黄尘满目苍凉。不同层面的人,异曲同工的话,于是在突如其来的瘟疫背后,就有了哲学的味道。人是脆弱的,种种意外的蛰伏,使得能上天入地能让电脑每秒钟运算若干亿次的现代人,却无法估算出每人大限到来的时刻。面对永恒之困境,只剩下一个可行的方法,就是把那些我们以为最重要的事,抓紧做完。简言之,你要给生命排个序。

什么是生命中最重要的事呢?夜深人静月朗星稀之时,每个人心平气和地想想:也许是事业有成,也许是周游世界,也许是孝顺父母,也许是舍己为人,也许是永远探索,也许是安分守己……我相信每个人都会找到自己的答案。

寻找最重要的事情,其实就是寻找生命的价值——它是我们立下的宏愿,是你选定的主牌。有了它,一应事务的顺序就排出来了。现代人陷入日常的忙碌,无数细小而琐碎的事件,缭乱了我们的双眼,模糊了我们的视线,凝滞了我们的脚步,壅塞了我们的襟怀……现在,"非典"这个微小但却凶狠的病毒,抑缓了陀螺转动的速度,让我们被迫停步眺望。于是无数人像那位香港医生一样,在病榻的阴影下,情不自禁地思考起了生命的顺序和意义。

  无论"非典"还将肆虐多久,相信它必被遏制。但人类对于自己生存状态的判断,却永不会终结。把你杂乱的牌阵梳理得井然有序,把对你来说最重要的事情放在首位,无论怎样邪恶的病毒,也扰乱不了我们澄清的心。

我的五样宝贵的东西

老师出了个题目——写下"你生命中最宝贵的五样东西",我拿着笔,面对一张白纸,周围顿时静寂无声。万物好似缩微成超市货架上的物品,平铺直叙地摆在那里,等待我的挑选。货筐是那样小而细密,世上的林林总总,只有五样可以塞入。

也许是当过医生的缘故,片刻的斟酌之后,我本能地挥笔写下:空气、水、太阳……

这当然是不错的。你不可能设想在一个没有空气和水的星球上,滋长出如此斑斓多彩的生命。但我很快发现自己陷入了困境——如果继续按照医学的逻辑推下去,马上就该写下心脏和气管,它们对于生命之泵也是绝不可缺的零件。结果呢,我的小筐子立马就装满了,五项指标额度用尽。想想那答案的雏形将是:我生命中最宝贵的东西——空气、水、阳光、气管、心脏……哈!充满了科普意味。

如此写下去,恐有弊病。测验的功能,是引导我们分辨出什么是自我生命中最重要的因子,以至于面临人生的重大选择和丧失时,会比较地镇定从容,妥帖地排出轻重缓急。而我的答案,抽象粗放大而化之,缺乏甄别和实用性。

改弦易辙。我决定在水、空气和阳光三要素之后,写下对我个人,更为独特和生死攸关的因子。

于是,写下第四样宝贵的东西——鲜花。

真有些不好意思啊。挂着露滴的鲜花,那样娇弱纤巧,似乎和庄严的题目开了一个玩笑。但我真是如此地挚爱它们,觉得它们美轮美奂,不可或缺绚烂的有刺的鲜花，象征着生活的美好和无可回避的艰难，愿有一束火红的玫瑰，伴我到天涯。

写下鲜花之后，仅剩一样挑选的余地了。刹那间，无数声音充斥于耳膜，呱呱地申诉着自己的不可替代性，想在最后一分钟，挤进我珍贵的小筐。

偷着觑了一眼同学们的答案，不禁有些惶惑。

有人写下："父母。"我顿觉自己的不孝。是啊，对于我的生命来说，父母难道不是极为宝贵的因素吗？且不说没有他们哪来的我，单是一想到他们会先我而去，等待我的是生离死别，永无相见，心就极快地冰冷成坨。

有人写下："孩子。"我惴惴不安，甚至觉得自己负罪在身。那个幼小的生命，与我血脉相连。我怎能在关键时刻，将他遗漏？

有人写下："爱人。"我更惭愧了。说真的，在刚才的抉择过程中，几乎将他忘了。或许因为潜意识里，认为在未曾识得他之前，我的生命就已存在许久。我们也曾有约，无论谁先走，剩下的那人都要一如既往地好好活着。既然当初不是同月同日生，将来也难得同月同日死，彼此已商定不是生命的必需，未被提名，也有几分理由吧？

正不知将手中的孤球抛向何处时，老师的一句话救了我。她说，这生命中最宝贵的东西，不必从逻辑上思索推敲是否成立，只要是你情感上的真爱即可。

凝神再想。

略一顿挫之后，拟写"电脑"。因为基本上已不用笔写作，电脑便成了我密不可分的工作伴侣。落笔之际我凝思，电脑在此处，并不只是单纯的工具，而是一种象征，代表我挚爱的劳动和神圣的职责。很快又联想到电脑所受制约较多，比如停电或是病毒入侵，都会让我无所依傍。唯有朴素的笔，虽原始简陋，却可朝夕相伴风雨兼程。

于是我在洁白的纸上，记下了我生命中最宝贵的五样东西——水、阳光、空气、鲜花和笔。（未按笔画排序，排名不分先后。）

同学们嘻嘻笑着，彼此交换答案。一看之后，却都不作声了。我吃惊地发现，每人的物件，万千气象，绝不雷同，有些简直让人瞠目结舌。比如某男士的"足球"，某女士的"巧克力"，在我就大不以为然。但老师再三强调，不要以自己的观点去衡量他人，于是不露声色。

接下来，老师说，好吧，每个人在你写下的五样东西当中，划去相对不那么重要的一样，只剩下四样。

权衡之后，我在"鲜花"一栏旁边，打了一个小小的"×"，表示在无奈的选择当中，将最先放弃清丽芬芳的它。

老师走过来看到了，说，不能只是在一旁做个小记号，放弃就意味着彻底的割舍。你必须用笔把它全部涂掉。

依法办了，将笔尖重重刺下。当鲜花被墨笔腰斩的那一刻，顿觉四周惨失颜色，犹如20世纪初叶的黑白默片。我拢拢头发咬咬牙，对自己说，与剩下的四样相比，带有奢侈意味和浪漫情调的鲜花，在重要性上毕竟稍逊一筹，舍就舍了吧。虽然花香不再，所幸生命大致完整。

请在剩下的四样东西当中，再剔去一种，仅剩三样。老师的声音很平和，却带有一种不容商榷的断然的压力。

我对着面前的纸，犯了难。阳光、水、空气和笔……删掉哪样是好？思忖片刻，提笔把"水"划去了。从医学知识上讲，没有了空气，人只能苟延残喘几分钟，没有了水，在若干小时内尚可坚持。两害相权取其轻吧。

也许女人真是水做的骨肉，"水"一被勾销，立觉喉咙苦涩，舌头肿痛，心也随之焦躁成灰，人好似成了金字塔里风干的长老。

我已经约略猜到了老师的程序，便有隐隐的痛楚弥漫开来。不断丧失的恐惧，化作乌云大兵压境。痛苦的抉择似一条苦难巷道，弯弯曲曲伸向远方。

果然，老师说，继续划去一样，只剩两样。

这时教室内变得异常寂静，好似荒凉的冢。每个人都在冥思苦想举棋不定。我已顾不得探查他人的答案，面对着自己人生的白纸，愁肠百结。

笔、阳光、空气……何去何从？

闭起眼睛一跺脚，我把"空气"划去了。

刹那间好像有一双阴冷的鹰爪，丝丝入扣地扼住我的咽喉。我手指发麻眼冒金星，心搏如鼓气息凝滞……

我曾在海拔五千多米的冰山上攀缘绝壁，缺氧的滋味撕心裂肺。无论谁隔绝了空气，生命便飘然而逝。一切只能成为哲学意义上的讨论。

好了，现在再划去一样，只剩下最后一样。老师的音调很温和，但执着、坚定、决绝。对已是万般无奈之中的我们，此语一出，不啻惊雷。

教室内已经有轻轻的哭泣声。人啊，面临丧失，多么软弱苦楚。即使只是一种模拟，已使人肝肠寸断。

笔和阳光。它们在纸上誓不两立地注视着我，陷我于深重的两难境地。

留下太阳吧——心灵深处在反复呼唤。妩媚温暖明亮洁净，天地一派光明。玫瑰花会重新开放，空气和水将濡养而出，百禽鸣唱，欢歌笑语。曾经失去的一切，都会在不知不觉当中悄然归来。纵使除了阳光什么也没有，也可以在沙滩上直直地卧晒太阳。

想到这里，心的每一个犄角旮旯，都金光灿灿起来。

只是，我在哪里？在干什么？

我看到自己孤独的身影，在海边寂寞的椰子树下拉长缩短，百无聊赖。孤独地看日出日落，听潮涨潮落。

那生命的存在，于我还有怎样的意义？！我执着地仰起头来问天。

天无语。

自问至此，水落石出。我慢而稳定地拿起笔，将纸上的"太阳"划掉了。偌大的一张纸，在反复勾勒的斑驳墨迹中，只残存下来一个固守的字——"笔"。

这种充满痛苦抉择的测验，像一个渐渐缩窄的闸孔，将激越的水流凝聚成最后的能量，冲刷着我们纷繁的取向。当那通道变得一夫当关，万夫莫开之时，生命的重中之重，就简洁而挺拔地凸显出来。

感谢这一过程，让我清晰地得知什么是我生命中的真爱——就是我手中的这支笔啊。它噗噗跳动着，击打着我的掌心，犹如我的另一颗心脏，推动我的一腔热血四肢百骸。

突然发现周围万籁无声。人们在清醒地选择之后，明白了自己意志的支点，便像婴儿一般，唯余单纯而明朗的宁静了。

我细心地收起这张白纸，一如珍藏一张既定的船票。知道了航向和终点，剩下的就是帆起桨落战胜风暴的努力了。

关于生命与命运的遐想

甲为乙办事，乙就付给甲报酬，价钱彼此可以谈得很清楚。

甲为乙丙两人办事，乙丙就付报酬给甲，也是很清楚的事。但每个人只需付二分之一，也很明白。

甲若是为一百个人办事，无论每个人得到的收益如何，大家只觉得自己付给甲百分之一是正当的，否则就是甲多吃多占了。

假如甲为一千个人、十万个人服务呢？假如他服务的人群数字无限地增大下去呢？按照数学的规律，这个无穷大的分之一，结果就是零。

也就是说，受惠的人群可以心安理得地享受甲的劳动成果，却不必为此支付报酬，甚至连感谢都不必说一声。

这就是为什么传说中的英雄丹柯掏出自己的心，燃烧起来为众人引路。危险过去后，人们却把他跌落地上仍在发光的心踩灭。

这不是众人无情，是铁的规律。

文学在某种意义上，就是这种为无穷大的民众服务的事业。

所以它的清贫与无功利性，几乎是命中注定的。

矢志于这一行的人，不必愤愤不平，只问自己是否愿意承受。

人的生命是一根链条，永远有比你年轻的孩子和比你年迈的老人。我们每个人都有自己的位置，它是一宗谁也掠夺不去的财宝。不要计较何时年轻，何时年老。只要我们生存一天，青春的财富，就闪闪发光。能够遮蔽其光芒的暗夜只有一种，那就是你自以为已经衰老。

人类的表情肌，除了绽放笑容表达快乐，还用以表达愤怒、悲哀、思索、惆怅乃至绝望。它就像天空中的七色彩虹，相辅相成。所有的表情都是完整的人生所必需的，是生命的元素。

痛苦有两种存在形式——包裹的和开放的。

就我个人来讲，我比较喜欢开放的痛苦。它就像会褪色的毛衣一样，在阳光下渐渐失去新鲜的色彩。

有些人不敢敞开自己的痛苦，是因为惧怕打开痛苦那一瞬刺入肺腑的疼痛。但包裹着的痛苦会像癌症一般生长，蔓延，吞噬我们的心灵。

我们只要把最猛烈的痛苦硬挺过去，就会发现可以比较从容地收拾痛苦的残骸了。

每个人的血液中都有与众不同的液体，可惜我们往往意识不到。如果有一种可以测量出我们特殊才能的仪器，我们就会发现有多少人荒废了他们的才能，终生在从事和他们天性相悖的职业。

每个人都在寻找，从幼年就开始找。找准了自己位置的人，是极少数的幸运者。

许多人在黑暗中摸索了一生，终究在迷茫中告别。如果我们找到了自己热爱的事业，万万不要放松。它会使我们不再计较得失，最大限度地感到自己存在的价值。

生理是心理的镜子。

每个人都是他自己的朋友和杀手。许多人的疾病其实是自身心理攻击生理造成的。一个人越是懦弱，他伤害自己的频率越高。

无论爱一个人还是恨一个人，有时都是很残忍的事情。

爱和恨，都有两个层面，一个是精神的，一个是肉体的。

你嘘寒问暖或是往对方脸上泼硫酸，都是首先作用于肉体，然后传递于心灵。你呵护或是残害他的灵魂，作用更为深远。肉体和精神有时相连，有时隔膜。有的人肉体残缺后精神愈加完整，有的人躯体强健，精神却是破碎的。精神可以支配肉体，肉体却不可能控制精神。

小的危机就像感冒，不单是无法完全避免的，而且还可以给人以刺激，调动其防御能力，增强其免疫功能。

但是注意不要转成肺炎。

每个人都会有伤口。有的人愈合得天衣无缝，有的人留下累累疤痕。

这当然和利物刺入的深浅有关了。但我们经常看到，有的人，在深刻的创伤之后，仍然完整光滑。有的人，在小小不言的刺激下，就面目全非了。

在医学上，后一种人有一个特殊的名称，叫作"疤痕体质"。

愿我们每一个人都不是意志上的"疤痕体质"。

我们可以受伤，我们可以流血，但我们要在最短的时间里，医治好自己的伤口，尽可能整旧如新。

没有快乐，谁也别想留住健康。

眼睛对眼睛，是可以说话的。它们进行无声的交流，在这种通行的世界语里，容不得谎言，用不着翻译。它们比嘴巴更真实地反映着一个人隐秘的内心世界。

我们可以吓唬别人，但不可吓唬病人。当我们患病的时候，精神是一片深秋的旷野。无论多么轻微的寒风，都会引起萧萧黄叶的凋零。

让我们像呵护水晶一样呵护病人的心灵。

生命的燧石在死亡之锤的击打下，易于迸溅灿烂的火花。死亡使一切结束，它不允许反悔。无论选择正确还是错误，死亡都强化了它的力量。尤其是死亡的前夕，大奸大恶、大美大善、大彻大悟、大悲大喜，都有极淋漓的宣泄，成为人生最后的定格。

一个人有太多选择的时候，常常径直选了那最容易、最易在短时间内见到成效的一条路。一个人只有一种选择的时候，实际上丧失了选择的权利，只是接受命运。所以选择不宜太多也不宜太少，以能充分发挥意志、表达信念为最好。

惊奇，是天性的一种流露。

生命的第一瞬就是惊奇。我们周围的世界，为什么由黑暗变明朗？为什么由水变成了汽？温度为什么由温暖变得清凉？外界的声音为何如此响亮？那个不断俯视我们亲吻我们的女人是谁？……

从此我们在惊奇中成长。

这个世界上，有多少值得惊奇的事情啊。苹果为什么落地，流星为什么下雨，人类为什么兵戎相见，历史为什么世代更迭……

孩子大睁着纯洁的双眼，面对着未知的世界，不断地惊奇着，探索着，在惊奇中渐渐长大。

惊奇是幼稚的特权，惊奇是一张白纸。

当我沮丧的时候，当我彷徨的时候，当我孤独寂寞悲凉的时候，我曾格外地相信命运，相信命运的不公平。

世上可真有命运这种东西？它是物质的还是精神的？难道说我们的一生都早早地被一种符咒规定，谁都无力更改？我们的手难道真是激光唱片，所有的祸福都像音符微缩其中？

不幸者常常愿意同幸运者相比，抱怨自己的运气。

幸运者常常不愿同不幸者相比，相信自己的努力。

命运中的不速之客永远比有速之客来得多。

所以应付前一种客人，是人生的必修课。他既为客，就是你拒绝不了的。所以怨天尤人没有用，平安地尽快把客人送走，才是高明的主人。

命运是我怯懦时的盾牌，当我叫嚷命运不公叫得最响的时候，正是我预备逃遁的前奏。命运像一只筐，我把对自己的姑息、原谅以及所有的延宕都一股脑儿地塞进去，然后蒙一块宿命的轻纱。我背着它慢慢地向前走，心中有一分心安理得的坦然。

当我快乐当我幸福当我成功当我优越当我欣喜的时候，当一切美好辉煌的时刻，我要提醒我自己——这是命运的光环笼罩了我。在这个光环里，居住着机遇，居住着偶然性，居住着所有帮助过我的人。

假如一个人在死亡将至的时候，依然刻骨铭心地惦记着一件事，依然期望等待，不依不饶，那这个心愿便集中反映了他的个性，甚至是他生命的支点。古人说的死不瞑目，指的就是这种情况。

死亡基本上可以分为两种——有准备的死和没有准备的死。猝死就是没有准备的死（当然在广义上除了极幼小的孩童，我们都或多或少考虑过死亡），有准备的死则是一个缓慢的过程。人们冷静地回忆自己的一生，犹如上溯一条绵长的河流。世俗的纠缠，在死亡的背景之下，它平素所具有的魔力，异乎寻常地浅淡了，人便格外地公允格外地豁达，有置身物外的超然与智慧。

平安扣

女友送我一只翡翠平安扣，红丝绳系着。它碧绿地沉重地坠在我胸口，澄清中透出云雾状的"棉"，水色迷漾。扣的正中有一个完整的孔，仿佛一支竹箫横断。清冽的空气在扣中穿行，染出一缕青黛。

我问，真的吗？

友人说，什么啊？

我说，翡翠呀。

友人说，美得你！这么大一块上乘翡翠，价值连城，把我的身家都卖了，也送你不起的。当然是假的了，经过化学处理的石头而已。

我把平安扣摘下来说，既是假的，那还有什么意思呢？我看这平安扣，倒是很像一枚铜钱。

朋友抚摸着平安扣说，它和铜钱，实在是大不相同。铜钱外圆内方，上书××通宝的字样，内芯尖锐刻板，实为锱铢必较之相。平安扣不着一字，外圈是圆的，象征着辽阔天地混沌无限。内圈也是圆的，祈愿着我们内心的安宁辽远。在它微小的空间里，蕴含了整个壮丽的大自然。它昭示着当你的心与天地一致时，便有了伟大的包容和协调，锁定了你的平安。

我叹了一口气说，讲得虽好，但世事维艰，我们脆弱的心，在历经沧桑之后，怎样才能清风朗月圆润如初？

友人陪着我叹气说，是啊，没人能承诺我们一生永远晴天，没人能预知草莽中潜藏毒蛇猛兽，没人能勾勒出命运的风刀霜剑，没人能掐算出何时将至大限……从这个意义上讲，纵然用尽天下翡翠，打凿出如泰山那般巨大的一枚平安扣,悬挂在星辰间,也是没有丝毫作用的。然而,外界虽不能把握,内心却可以调适。任你弱水三千,我自谈笑风生,谁又能奈何我们呢?你我也许不知道,命运将在哪一个急转弯处踉跄跌倒,但我们确知,即使匍匐在地,也依然强韧地准备着爬起……

我把石头雕成的平安扣,重又挂在颈上。友人说,送你的翡翠是假,平安的祝福是真。每个人,都是自己的平安扣啊。

生命的借记卡

我有一个西式钱包，钱包里有很多小格子，这些格子的用途是装载各式各样的卡。我没让它们闲着，装得满满当当。我有附近多家超市的亲情卡，虽然我每次购物之后都毕恭毕敬地出示该店的卡，但一年下来累积的分数，总也到不了可以领取优惠券的地步（因为我购物不够专一，总是在各个不同的店家游荡），于是就在某一个商家规定的日子里被残忍地"归零"，一切又要重新开始。

我还有电话卡，到外地出差的时候，虽然接待方会很热情地说，房间的长途已经开通，您只管用。我还是为酒店附加在电话上的费用斤斤计较，出于为邀请方省些银两的考虑，自己到酒店大堂去打公用电话。每打一次，都有一种小小的成就感。我还有几家馆子的优惠卡，有一次拿出来结账，服务员看了半天，说不认识这种卡，从来没见客人使过。我说，你来这家店多久了呢？她说，一年了。我说，这卡是你们店开张的时候给的，说是永久有效呢。服务员就拿了卡去问元老，笑吟吟地回来说，你说得不错，只是连她们也没见过这种卡，一直找到老板才说确有这么回事。

啰唆了这半天，还没说到正题上。我的正题是什么呢？就是我虽然有多张看起来也是硬邦邦光灿灿的卡，但其实那种可以透支可以境外使用的货真价实的银行卡，一张也没有。先生说过很多次了，说这是时尚，你在高档场所结账的时候，如果掏出一大把皱皱巴巴的现金，是要遭人耻笑的。我说，你又不是不知道，我平日最频繁的交易场所就是农贸市场，别说那里没有刷卡的设备，即便是有，买上一个西瓜刷一次卡，买三条黄瓜斤半草莓再刷两次卡,你觉得如何呢?

于是家人就嘲讽我近乎一个纯粹的农妇,不能在金融方面与时俱进。好在这羞惭近日得到了雪洗的机会。单位为了发放工资方便,为大家统一办理了银行借记卡。

我拿到借记卡,反复端详并仔细地阅读了有关条文,突然思绪就飞到了很远的地方。

喜欢这个"借"字。我们的一切都是借来的,总归有要还的那一天。《红楼梦》里的公子贾宝玉出生的时候,嘴里是衔了一块玉的。我们每个人出生的时候,并非两手空空,而是捏了一本生命的借记卡。

阳世通行的银行卡有钻石卡白金卡等区别,生命的借记卡则一律平等,并不因为出身的高下和财富的多寡,就对持卡人厚此薄彼。

这张卡是风做的,是空气做的,透明、无形,却又无时无刻不在拂动着我们的羽毛。

在你的亲人还没有为你写下名字的时候,这张卡就已经毫不延迟地启动了业务。卡上存进了我们生命的总长度,它被分解成一分钟一分钟的时间,树木倾斜的阴影就是它轻轻的脚印了。

密码虽然在你的手里,但储藏在生命借记卡里的这个数字,你虽是主人,却无从知道。这是一个永恒的秘密,不到借记卡归零的时候,你在混沌中。也许,它很短暂呢,幸好我不知你不知,咱们才能无忧无虑地生活着,懵懂向前,支出着我们的时间,在哪一个早上那卡突然就不翼而飞,生命戛然停歇。

很多银行卡是可以透支的,甚至把透支当成一种福祉和诱饵,引领着我们超前消费,然而它也温柔地收取了不菲的利息。生命银行冷峻而傲慢,它可不搞这些花样,制度森严铁面无私。你存在账户上的数字,只会一天天一刻刻地义无反顾地减少,而绝不会增多。也许将来随着医学的进步,能把两张卡拼成一张卡,现阶段绝无可能,以后也要看生命银行的脸色,如果它感觉尊严被冒犯和亵渎,只怕也难以操作。咱们今天就不再讨论。

也许有人会说,现在发布的生命预期表,人的寿命已经到了七八十岁的高龄,想起来,很是令人神往呢。如果把这些年头折算成分分秒秒,1年365天,

1天24小时，1小时3600秒……按照我们能活80年计算，卡上的时间共计2522880000秒。（没找到计算器，老眼昏花地用笔算，反复演算了几遍，应该是准确的。）

　　真是一个天文数字，一下子呼吸也畅快起来，腰杆子也挺直了，每个人出生的时候，都是时间的大富翁。不过，且慢，既然算账，就要考虑周全。借记卡有一个名为"缴费通"的业务，可以代缴代扣。比如手机话费、小灵通话费、宽带上网费、水电费、图文电视费……呵呵，弹指间，你的必要消费就统统交付了。

　　生命也是有必要消费的。就在我们这一呼一吸之间，卡上的数字就要减掉若干秒了。我们有很多必不可少的支出，你必须优先保证。首先，令人晦气的是——我们要把借记卡上大约三分之一的数额，支付给床板。床板是个哑巴，从来不会对你大叫大喊，可它索要最急，日日不息。你当然可以欠着床板的账，它假装敦厚，不动声色。一年两年甚至十年八年，它不威逼你，是个温柔的黄世仁。它的阴险在长久的沉默之后渐渐显露，它不动声色地无声无息地报复你，让你面色干枯发摇齿动，烦躁不安歇斯底里……它会让你乖乖地把欠着它的钱加倍偿还，如果它不满意，还会把还账的你拒之门外。倘若你欠它的太多了，一怒之下，也许它会彻底撕毁你的借记卡，纷纷扬扬飘洒一地，让杨白劳就此永远躺下。所以，两害相权取其轻吧，从长远计，你切不可以怠慢了床板这个索债鬼，不管它多么笑容可掬，你每天都要按时还它时间。

　　你还要用大约三分之一的时间来吃饭、排泄、运动、交通、打电话、接吻、示爱和做爱，到远方去旅游，听朋友讲过去的事情，当然也包括发脾气和生气，和上司吵架还有哭泣……当然你也可以将这些压缩到更少的时间，但你如果在这些方面太吝啬支出的话，你就变成了一架冰冷的机器，而不再是活生生的人。为了让我们的生命丰富多彩，这些支出你无法逃避。

　　当你太老的时候，或者你太小的时候，你有一些时间将不知道自己干了什么。当然，如果有另外的人清楚地记录着你的支出的话，我想那些时间应该被称为"成长"和"休养生息"。这是一些时间的黑洞，你却必不可少。

就像你原来有一笔积蓄，你觉得自己很是俭省，从未乱花过一分钱，但那些钱财还是在不知不觉中流失，让你囊中渐空。你幼小的时候不能工作和学习，这不是你的过错，只是你的过程。你年老的时候不能创造和奋斗，这也不是你的过错，而是你的必然。为了盛极时的响彻云天，蝉虫必须在泥土中蛰伏蜕变15年，和它相比，人类还算早熟。人类的进步带来了人类的长寿，那么多积攒下来的时间，基本上都是晚年。所以，你不能埋怨。你的生命借记卡上的时间的价值并不等值，对此你只有一笑了之。

借记卡有一个功能，就是代缴各种费用。你的生命刨去了这样多的必需支出，你还剩下多少黄金时段？

如果我们知道自己生命中能够有效利用的时间到底有多少，我相信一半以上的人，都会活得更加精彩。因为借记卡里的数字隐藏在无边的黑暗中，这就更需要我们在黑暗中坚定地摸索着前进。

你的密码只有你自己知道。不要把密码告诉陌生人，不要让他人主宰你的生活。如果你的密码泄露，不要伤心，不要自暴自弃。密码是可以修改的，你可以重新夺回你对自己生命的控制权。这张借记卡，只要你自己不拱手相让，就没有任何人能把它从你手中夺走。

不要用你手中的卡，去做纯粹为了虚荣和炫耀的消费。因为那都是过眼烟云，你付出的是生命，收获的是荒凉。

不要用你手中的卡，去买你不喜欢的东西。生命是我们能够享有的唯一，它的光彩和价值就在于它独树一帜的意义。找寻你生命的脐带，它维系着你的历史和光荣，这是你的责任和勇敢所在。如果你逃避或是挥霍，你就彻头彻尾地对不起了一个人，让那个人在无望中泪水流淌。这个人不是你的爸爸妈妈，虽然他们也可能为此伤感，但在他们逝去之后，你依然可以看到新鲜的泪珠在闪耀。这个人也不是你的师长，虽然他们可能会因此失望，但他们还有更多的学生可以期待。要知道你最对不起的人就是你自己，你委屈了千载难逢的表达。

唯有我们不知道生命的长短，生命才更凸显其宝贵。也许，运动可以在我们的卡里增添一些跳动的数字？也许，大病一场将剧烈地减少我们的存款？

不知道。那么，在不知道自己有多少银两的时候，精打细算就不但是本能更是澄澈的智慧了。在不知道自己所要购买的愿景和器物多么昂贵，就一掷千金地毅然付出，那才是视金钱如粪土的"真的猛士"。

这张卡是朴素的，也是昂贵的。你可以在卡上镶上钻石，那就是你的眼泪和汗珠了。没有白金也没有黄金，如果一定要找到类似的东西美化我们的借记卡，那只有骨骼的硬度和血液的温度了。

你的借记卡就是你的藏獒。当我们最后驾鹤西行的时候，能带走的唯一物品，是我们空空如也的借记卡。当那个时候，我们回首查询借记卡上一项项的支出，能够莞尔一笑，觉得每一笔支出都事出有因不得不花，并将这笑容实实在在地保持到虚无缥缈间，那就是灵魂的勋章了。

其实，当你吐出最后的呼吸之时，你的借记卡就铿锵粉碎了。但是，且慢，也许在那之后，有人愿意收藏你的借记卡，犹如收藏一枚古钱币。

今世的五百次回眸

佛说，前世的五百次回眸，才换来今生的擦肩而过。顿生气馁，这辈子是没得指望了，和谁路遇和谁接踵，和谁相亲和谁反目，都是命定，挣扎不出。特别想到我今世从医，和无数病患咫尺对视。若干垂危之人，经我医治，每日查房问询，执腕把脉，相互间凝望的频率更是不可胜数，如有来世，将必定与他们相逢，赖不脱躲不掉的。于是这一部分只有作罢，认了就是。但尚余一部分，却留了可以掌握的机缘。一些愿望，如果今生屡屡瞩目，就埋了一个下辈子擦肩而过的伏笔，待到日后便可再接再厉地追索和厮守。

今世，我将用余生五百次眺望高山。我始终认为高山是地球上最无遮掩的奇迹。一个浑圆的球，有不屈的坚硬的骨骼隆起，离太阳更近，离平原更远，它是这颗星球最勇敢最孤独的犄角。它经历了最残酷的折叠，也赢得了最高耸的荣誉。它有诞生也有消亡，它将被飓风抚平，它将被酸雨冲刷，它将把溃败的肌体化作肥沃的土地，它将在柔和的平坦中温习伟大。我不喜欢任何关于征服高山的言论，以为那是人的菲薄和短视。真正的高山是不可能被征服的，它只是在某一个瞬间，宽容地接纳了登山者，让你在它头顶歇息片刻，给你一窥真颜的恩赐。如同一只鸟在树梢啼叫，它敢说自己把大树征服了吗？山的存在，让我们永葆谦逊和恭敬的姿态，知道在这个世界上，有一些事物必须仰视。

今生，我将用余生一千次不倦地凝望绿色。我少年戍边，有十年的时间面对的是皑皑冰雪，看到绿色的时间已经比他人少了许多。若是因为这份不属于我选择的怠慢，罚我下辈子少见绿色，岂不冤枉死了？记得在千百个与

第二章 格布上的花

087

绿色隔绝的日子之后，我下了喀喇昆仑山，在新疆叶城突然看到辽阔的幽深的绿色之后，第一反应竟是悚然，震惊中紧闭了双眼，如同看到密集的闪电。眼神荒疏了忘却了这人间最滋润的色彩，以为是虚妄的梦境。就在那一瞬，我皈依了绿色。这是最美丽的归宿，有了它，生命才得以繁衍和兴旺。常常听到说地球上的绿地到了××年就全部沙化了，那是多么恐怖的期限。为了人类的长盛不衰，我以目光持久地祷告。

今生，我将一万次目不转睛地注视人群。如果有来生，我期望还将成为他们之中的一员，而不是其他的什么动物或是植物。尽管我知道人类有那么多可怕的弱点和缺陷，我还是为这个物种的智慧和勇敢而赞叹。我做过一次人类了，我知道了怎样才能更好地做人。做人是一门长久的功课，当我们刚刚学会了最初的运算，教科书就被合上。卷子才答了一半，收卷的铃声就响了，岂不遗憾？

把自己喜欢的事一一想来，我还要看海看花，看健美的运动员看睿智的科学家，看慈祥的老人和欢快的少女，当然还有无邪的小童，突然就笑了。想我这余生，也不用干其他的事了，每天就在窗前屋后呆呆地看山看树看人群吧，以求个来世的擦肩而过。这样一路地看下去，来世的愿望不知能否得逞，今生的时光可就白白荒废了。于是决定，从此不再东张西望，只心定如水，把握当前。

不为虚渺的擦肩而过，而把余生定格在回眸之中。喜欢山所表达的精神，就游历和瞻仰山的英拔和广博，期望自己也变得如许坚强。喜欢绿色和生命，喜爱人的丰饶和宝贵，就爱惜资源，尊重自己也尊重他人。

第三章 谁是你的重要他人

谁是你的重要他人

"重要他人"是一个心理学名词,意思是在一个人心理和人格形成的过程中,起过巨大影响甚至是决定性作用的人物。

"重要他人"可能是我们的父母长辈,或者是兄弟姐妹,也可能是我们的老师,抑或萍水相逢的路人。童年的记忆遵循着非常玄妙神秘的规律,你着意要记住的事情和人物,很可能湮没在岁月的灰烬中,但某些特定的人和事,却挥之不去,影响我们的一生。如果你不把它们寻找出来,并加以重新认识和把握,它就可能像一道符咒,在下意识的海洋中潜伏着,影响潮流和季风的走向。你的某些性格和反应模式,由于"重要他人"的影响,而被打上了深深的烙印。

这段话有点拗口,还是讲个故事吧。故事的主人公是我和我的"重要他人"。

她是我的音乐老师,那时很年轻,梳着长长的大辫子,有两个漏斗一样深的酒窝,笑起来十分清丽。当然,她生气的时候酒窝隐没,脸绷得像一块苏打饼干,木板样干燥,很是严厉。那时我大约十一岁,个子长得很高,是大队委员,也算个孩子里的小官,有很强的自尊心和虚荣心。

学校组织"红五月"歌咏比赛,要到中心小学参赛。校长很重视,希望歌咏队能拿好名次,为校争光。最被看好的是男女小合唱,音乐老师亲任指挥。每天下午集中合唱队的同学们刻苦练习。我很荣幸地被选中,每天放学后,在同学们羡慕的眼光中,走到音乐教室,引吭高歌。

有一天练歌的时候,长辫子的音乐老师突然把指挥棒一丢,一个箭步从台上跳下来,东瞧西看。大家不明所以,齐刷刷地闭了嘴。她不耐烦地说,都看着我干什么？唱！该唱什么唱什么，大声唱！说完，她侧着耳朵，走到队伍里，歪着脖子听我们唱歌。大家一看老师这么重视，唱得就格外起劲。

长辫子老师铁青着脸转了一圈儿，最后走到我面前，做了一个斩钉截铁的手势，整个队伍瞬间安静下来。她叉着腰，一字一顿地说，毕淑敏，我在指挥台上总听到一个人跑调儿，不知是谁。我走下来一个人一个人地听，总算找出来了，原来就是你！一颗老鼠屎坏了一锅汤！现在，我把你除名了！

我木木地站在那里，无法接受这突如其来的打击。刚才老师在我身旁停留得格外久，我还以为她欣赏我的歌喉，唱得分外起劲，不想却被抓了个"现行"。我灰溜溜地挪出了队伍，羞愧难当地走出教室。

那时的我，基本上还算是一个没心没肺的女生，既然被罚下场，就自认倒霉吧。我一个人跑到操场，找了个篮球练起来，给自己宽心道，嘿，不要我唱歌就算了，反正我以后也不打算当女高音歌唱家。还不如练练球，出一身臭汗，自己闹个筋骨舒坦呢（嘿！小小年纪，已经学会了中国小老百姓传统的精神胜利法）！这样想着，幼稚而好胜的心也就渐渐平和下来。

三天后，我正在操场上练球，小合唱队的一个女生气喘吁吁地跑来说，毕淑敏，原来你在这里！音乐老师到处找你呢！

我奇怪地说，找我干什么？

那女生说，好像要让你重新回队里练歌呢！

我挺纳闷，不是说我走调厉害，不要我了吗？怎么老师又改变主意了？对了，一定是老师思来想去，觉得毕淑敏还可用。从操场到音乐教室那几分钟路程，我内心充满了幸福和憧憬，好像一个被发配的清官又被皇帝从边关召回来委以重任，要高呼"老师圣明"了（正是瞎翻小说、胡乱联想的年纪）。走到音乐教室，我看到的是挂着冰霜的"苏打饼干"。长辫子老师不耐烦地说，毕淑敏，你小小年纪，怎么就长了这么高的个子？！

我听出话中的谴责之意，不由自主就弓了脖子塌了腰。从此，这个姿势贯穿了我的整个少年和青年时代，总是略显驼背。

老师的怒气显然还没发泄完，她说，你个子这么高，唱歌的时候得站在队列中间，你跑调儿走了，我还得让另外一个男生也下去，声部才平衡。人家招谁惹谁了？全叫你连累得上不了场！

我深深低下了头，本来以为只是自己的事，此刻才知道还把一个无辜者拉下水，实在无地自容。长辫子老师继续数落，小合唱团本来就没有几个人，队伍一下子短了半截，这还怎么唱？现找这么高个子的女生，合上大家的节奏，哪儿那么容易？现在，只剩下最后一个法子了……

老师看着我，我也抬起头，重燃希望。我猜到了老师下一步的策略，即便她再不愿意，也会收我归队。我当即下决心要把跑了的调儿扳回来，做一个合格的小合唱队员！

我眼巴巴地看着长辫子老师，队员们也围了过来。在一起练了很长时间的歌，彼此都有了感情。我这个大嗓门儿走了，那个男生也走了，音色轻弱了不少，大家也都欢迎我们归来。

长辫子老师站起来，脸绷得好似新纳好的鞋底。她说，毕淑敏，你听好，你人可以回到队伍里，但要记住，从现在开始，你只能干张嘴，绝不可以发出任何声音！说完，她还害怕我领会得不到位，伸出颀长的食指，笔直地挡在我的嘴唇间。

我好半天才明白了长辫子老师的禁令——让我做一个只张嘴不出声的木头人。泪水憋在眼眶里打转，却不敢流出来。我没有勇气对长辫子老师说，如果做傀儡，我就退出小合唱团。在无言的委屈中，我默默地站到了队伍中，从此随着器乐的节奏，口形翕动，却不得发出任何声音。长辫子老师还是不放心，只要一听到不和谐音，锥子般的目光第一个就刺到我身上……

小合唱在"红五月"歌咏比赛中拿了很好的名次，只是我从此遗留下再不能唱歌的毛病。毕业的时候，音乐考试是每个学生唱一支歌，但我根本发不出自己的声音。音乐老师已经换人，并不知道这段往事。她很奇怪，说，毕淑敏，我听你讲话，嗓子一点毛病也没有，怎么就不能唱歌呢？如果你坚持不唱歌，你这门课没有分数，你不能毕业。

我含着泪说，我知道。老师，不是我不想唱，是我真的唱不出来。老师看我着急成那样，料我不是成心捣乱，只得特地出了一张有关乐理的卷子给我，我全答对了，才算有了这门课的分数。

第三章 谁是你的重要他人

后来，我报考北京外国语学院附中，口试的时候，又有一条考唱歌。我非常决绝地对主考官说，我不会唱歌。那位学究气的老先生很奇怪，问，你连《学习雷锋好榜样》也不会？那时候，全中国人都会唱这首歌，我要是连这也不会，简直就是白痴。但我依然很肯定地对他说，我不会唱。主考官说，我看你胳膊上戴着三道杠，是个学生干部。你怎么能不会唱？当时我心里想，我豁出去不考这所学校了，说什么也不唱。我说，我可以把这首歌词默写出来，如果一定要测验我，就请把纸笔找来。那老人居然真的去找纸笔了……我抱定了被淘汰出局的决心，拖延时间不肯唱歌，和那群严谨的考官们周旋对峙，弄得他们束手无策。没想到发榜时，他们还是录取了我。也许是我一通胡搅蛮缠，使考官们觉得这孩子没准儿以后是个谈判的人才吧。入学之后，我迫不及待地问同学们，你们都唱歌了吗？大家都说，唱了啊，这有什么难的。我可能是那一年北外附中录取的新生中唯一没有唱歌的孩子。

在那以后几十年的岁月中，长辫子老师那竖起的食指，如同一道符咒，锁住了我的咽喉。禁令铺张蔓延，到了凡是需要用嗓子的时候，我就忐忑不安，逃避退缩。我不单再也没有唱过歌，就连当众发言演讲和出席会议做必要的发言，都会在内心深处引发剧烈的恐慌。我能躲则躲，找出种种理由推托搪塞。会场上，眼看要轮到自己发言了，我会找借口上洗手间溜出去，招致怎样的后果和眼光，也完全顾不上了。有人以为这是我的倨傲和轻慢，甚至是失礼，只有我自己才知道，是内心深处不可言喻的恐惧和哀痛在作祟。

直到有一天，我在做"谁是你的重要他人"这个游戏时，写下了一系列对我有重要影响的人物之后，脑海中不由自主地浮现出长辫子音乐老师那有着美丽的酒窝却像铁板一样森严的面颊，一阵战栗滚过心头。于是我知道了，她是我的"重要他人"。虽然我已忘却了她的名字，虽然今天的我以一个成人的智力，已能明白她当时的用意和苦衷，但我无法抹去她在一个少年心中留下的惨痛记忆。烙红的伤痕直到数十年后依然冒着焦煳的青烟。

弗洛伊德精神分析学派认为，即使在那些被精心照料的儿童那里，也会留下心灵的创伤。因为根据儿童智力发展的规律，当他们幼小的时候，不能够完全明辨所有的事情，以为那都是自己的错。

孩子的成长，首先是从父母的瞳孔中确认自己的存在。他们稚弱，还没有独立认识世界的能力。如同发育时期的钙和鱼肝油会进入骨骼一样，"重要他人"的影子也会进入儿童的心理年轮。"重要他人"说过的话，做过的事，他们的喜怒哀乐和行为方式，会以一种近乎魔法的力量，种植在我们心灵最隐秘的地方，生根发芽。

在我们身上，一定会有"重要他人"的影子。

美国有一位著名的电视主持人，叫作奥普拉·温弗瑞。2003年，她登上了《福布斯》身家超过十亿美元的"富豪排行榜"，成为黑人女性获得巨大成功的代表。

父母没有结婚就生下了她，从小住的房子连水管都没有。一天，温弗瑞正躲在屋角读书，母亲从外面走进来，一把夺下她手中的书，破口大骂道，你这个没用的书呆子，把你的屁股挪到外面去！你真的以为你有什么了不起？你这个白痴！

温弗瑞九岁就被表兄强奸，十四岁怀了身孕，孩子出生后就死了。温弗瑞自暴自弃，开始吸毒，然后又暴饮暴食，吃成了一个大胖子，还曾试图自杀。那时，没有人对她抱有希望，包括她自己。就在这时，她的生父对她说：

有些人让事情发生，
有些人看着事情发生，
有些人连发生了什么都不知道。

极度空虚的温弗瑞开始挣扎奋起，她想知道自己的生命中究竟会有些什么样的事情发生。她要顽强地去做"让事情发生的人"。大学毕业之后，她获得了一个电视台主持人的位置。1984年，她开始主持《芝加哥早晨》这档节目，大获成功，在很短的时间里成为全美收视率最高的节目。她开始发起全国范围内的读书行动，她对书的疯狂热爱和她的影响力，改变了很多书的命运。只要她在自己的脱口秀节目里对哪本书给予好评，那本书的销量就会节节攀升。

温弗瑞成立了自己的公司，创办了畅销杂志，还参股网络公司。她乐善好施的名声和她的节目一样响亮。她每年把自己收入的百分之十用来做慈善捐助。温弗瑞亲手推动了太多的事情发生！她认为，这主要来源于父亲的那一句话。

如果让温弗瑞写下她的"重要他人"，她的父亲一定高居榜首。他不但给予了温弗瑞生命，而且给予了她灵魂。温弗瑞的母亲也算一个。她以精神暴力践踏了幼小的温弗瑞对书籍的热爱，潜藏的愤怒在蛰伏多年之后变成了不竭的动力，使成年以后的温弗瑞，以极大的热情投入和书籍有关的创造性劳动中，不但自己读了大量的书，还不遗余力地把好书推荐给更多的人。那个侮辱侵犯了温弗瑞的表哥，也要算作她的"重要他人"，这直接导致了她的巨大痛苦和放任自流，也在很多年后，主导了她执掌财富之后，把大量款项用于慈善事业，特别是援助儿童和黑人少女。

看，"重要他人"就是如此影响人的生活和命运的。

美国通用电气公司的 CEO 杰克·韦尔奇，被誉为全球第一 CEO。在短短二十年里，韦尔奇使通用电气的市值增加了三十多倍，达到了四千五百亿美元，排名从世界第十位升到了第二位。韦尔奇说，母亲给他的最伟大的礼物就是自信心。韦尔奇从小就口吃，就是平常所说的"结巴"。在大学读书的时候，每逢星期五，天主教徒是不准吃肉的，所以在学校的餐厅里，韦尔奇经常会点一份烤面包夹金枪鱼。奇怪的是，女服务员端上来的都是两份。为什么呢？因为韦尔奇结巴，总是把这份食谱的第一个单词重复一遍，服务员就听成了"两份金枪鱼"。

面对这样一个吭吭哧哧的孩子，韦尔奇的母亲居然找出了完美的理由。她对幼小的韦尔奇说："这是因为你太聪明了，没有任何一个人的舌头，可以跟得上你这样聪明的脑袋。"

韦尔奇记住了母亲的这种说法，从未对自己的口吃有过丝毫的忧虑。他充分相信母亲的话，他的大脑比他的舌头转得更快。母亲引导着韦尔奇不断进取，直到他抵达辉煌的顶峰。母亲是韦尔奇的"重要他人"。

再讲一个苹果的故事。正确地说，是两个苹果的故事。

一位妈妈有两个孩子，她拿出两个苹果。苹果一个大一个小，妈妈让两个孩子自己来挑。大儿子很想要那个大苹果，正想着怎么说才能得到这个苹果，弟弟先开了口，说，我想要大苹果。妈妈呵斥道，你想要大的苹果，你不能说。这个大儿子灵机一动，改口说，我要这个小苹果，大苹果就给弟弟吧。妈妈说，这才是好孩子。于是，妈妈就把小苹果给了小儿子，大儿子反倒得到了又红又大的苹果。大儿子从妈妈这里得到了一条人生经验：你心里的真心话不可以说，你要把真实的意图隐藏起来。后来，这个大儿子就把从苹果中得到的启发应用于自己的生活，见人只说三分话，要阴谋使诡计，巧取豪夺，直到有一天把自己送进了监狱。这个成了犯人的大儿子，如果写下自己的"重要他人"，我想他会写下妈妈和这个红苹果。

还有一位妈妈，有一篮苹果和三个儿子，也是人人都想得到大苹果。妈妈把苹果拿到手里，说，大苹果只有一个，你们兄弟这么多，给谁呢？我把门前的草坪划成三块，你们每人去修剪一块草坪。谁修剪得又快又好，谁就能得到这个大苹果。

众兄弟中的老大得到了大苹果。

他从中悟出的生活哲理是：享受要靠辛勤的劳动换取。

这个信念指导着他，直到他最后走进了白宫，成为著名的政治家。如果由他来写下自己的"重要他人"，妈妈和红苹果也会赫然在列。

看了以上的例子，你是不是对"重要他人"的重要性有了进一步的认识？也许有的人会说，我儿时的记忆早已模糊，可不记得什么他人不他人的了。我现在的所作所为，都是我自己决定的，和其他人没关系。

这个说法有一定的道理，在我们的意识中，很多决定的确是经过仔细思考才做出的。但人是感情动物，情绪常常主导着我们的决定。而情绪是怎样产生的呢？这也和我们与"重要他人"的关系密切相关。

有一位著名的心理学家，叫作艾利斯，他认为，人的非理性信念会直接影响一个人的情绪，使他遭受困扰，导致人的很多痛苦。比如，有的人绝对需要获得周围环境的认可，特别是获得每一位"重要他人"的喜爱和赞许，其实这是不可能实现的事。有人就是笃信这个观念，把它奉作真理，千辛万苦，甚至委屈自己来取悦"重要他人"，以后还会扩展到取悦更多的人，甚至所有的人，以得到其赞赏。结果呢，达不到目的不说，还令自己沮丧、失望、受挫和被伤害。

传统脑神经学认为，每一种情绪都是经过大脑的分析才做出反应的，但近年来，美国的神经科学家却找到了情绪神经传输的栈道。通过精确的研究，科学家们发现，有部分原始信号是直接从人的丘脑运动中枢发出的，引起逃避或是冲动的反应，其速度极快，大脑的分析根本来不及介入。大脑里，有一处记忆情绪经验的地方，叫作杏仁核，它将我们过去遇见事情时的情绪、反应记录下来，好像一个忠实的档案保管员。在以后的岁月中，只要一发生类似事件，杏仁核就会越过大脑的理性分析，直接做出反应。

真是"成也萧何，败也萧何"。杏仁核这支快速反应部队，既帮助我们在危急时刻，成功地缩短应对时间，保全我们的利益，也会在某些时候形成固定的模式，贻误我们的大事。

杏仁核里储存的关于情绪应对的档案资料，不是一时一刻积存的。"重要他人"为什么会对我们产生那么重要的影响？我猜想，关于"重要他人"的记忆，是杏仁核档案馆里使用最频繁的卷宗。往事如同拍摄过的底片，储存在暗室，一有适当的药液浸泡，它们就清晰地显影，如同刚刚发生一般，历历在目，相应的对策不经大脑筛选就已经完成。

魔法可以被解除。那时你还小，你受了伤，那不是你的错。但你的伤口至今还在流血，你却要自己想法包扎。如果它还像下水道的出口一样嗖嗖地冒着污浊的气味，还对你的今天、明天继续发挥着强烈的影响，那是因为你仍在听之任之。童年的记忆无法改写，但对一个成年人来说，却可以循着"重要他人"这条缆绳，重新梳理我们和"重要他人"的关系，重新审视我们应对问题的规则和模式。如果它是合理的，就变成金色的风帆，成为理智的一部分。如果它是晦暗的荆棘，就用成年人有力的双手把它粉碎。这个过程不是一蹴而就的，有时自己完成力不从心，或是吃力和痛苦，还需要借助专业人士的帮助，比如求助于心理咨询师。

也许有人会说，"重要他人"对我的影响是正面的，正因为心中有了他们的身影和鞭策，我才取得了今天的成绩。这个游戏，并不是要把"重要他人"像拔萝卜一样连根揪出来，然后与之决裂。对我们有正面激励作用的"重要他人"，已经成为我们精神结构的一部分。他们的期望和教诲已化成了我们的血脉，我们永远不会丢弃对他们的信任和爱戴。但我们不是活在"重要他人"的目光中，而是活在自己的努力中。无论那些经验和历史多么宝贵，对于我们来说，已是如烟往事。我们是为了自己而活着，并为自己负起全责。

经过处理的惨痛往事，已丧失实际意义上的控制魔力。长辫子老师那句"你不要发出声音"的指令，对今天的我来说，早已没有了辖制之功。

就是在最饱含爱意的环境中长大的孩子，也会存有心理的创伤。

寻找我们的"重要他人"，就是抚平这创伤的温暖之手。

当我把这一切想清楚之后，好像有热风从脚底升起，我能清楚地感受到长久以来禁锢在我咽喉处的冰霜噼噼啪啪地裂开了，一个轻松畅快的我，从符咒下解放了出来。从那一天开始，我可以唱歌了，也可以面对众人讲话而不胆战心惊。从那一天开始，我宽恕了我的长辫子老师，并把这段经历讲给其他老师听，希望他们面对孩子稚弱的心灵，懂得该是怎样地谨慎小心。童年时留下烙印的负面情感，难以简单地用时间的橡皮轻易地擦去。这就是心理治疗的必要性所在。和谐的人格不是从天上掉下来的，而是和深刻的内省有关。

告诉缺水的人哪里有水源，告诉寒冷的人哪里有篝火，告诉生病的人哪里有药草，告诉饥饿的人哪里有野果，这些都是天下最好的礼物。

如果让我选出自己最喜欢的游戏，我很可能要把票投给"谁是你的重要他人"。感谢这个游戏，它在某种程度上修改了我的人生。人的创造和毁灭都是由自己完成的，人永远是自己的主人。即使当他在最虚弱、最孤独的时候，他也是自己的主人。当他开始反省自己的状况，开始辛勤地寻找自己的生命所依据的法则时，他就变得渐渐平静而快乐了。

爱的回音壁

现今中年以下的夫妻，几乎都是一个孩子，关爱之心，大概达到中国有史以来的最高值。家的感情像个苹果，姐妹兄弟多了，就会分成好几瓣。若是千亩一苗，孩子在父母的乾坤里，便独步天下了。

在前所未有的爱意中浸泡大的孩子，是否物有所值，感到莫大的幸福？我好奇地问过。孩子们撇撇嘴说，不，没觉着谁爱我们。

我大惊，循循善诱道，你看，妈妈工作那么忙，还要给你洗衣做饭，爸爸在外面挣钱养家，多不容易！他们多么爱你们啊……

孩子们很漠然地说，那算什么呀！谁让他们当了爸爸妈妈呢！也不能白当啊，他们应该做的。我以后当了爸爸妈妈也会这样。这难道就是爱吗？爱也太平常了！

我震住了。一个不懂得爱的孩子，就像不会呼吸的鱼，出了家族的水箱，在干燥的社会上，他不爱人，也不自爱，必将焦渴而死。

可是，你怎样让你一手哺育大的孩子，懂得什么是爱呢？从他眼睛接受第一缕光线时起，已被无微不至的呵护环绕，早已对关照体贴熟视无睹。生物学上有一条规律，当某种物质过于浓烈时，感觉迅速迟钝麻痹。

如果把爱定位于关怀，随着孩子年龄的增长，对他的看顾渐次减少，孩子就会抱怨爱的衰减。"爱就是照料"这个简陋的命题，把许多成人和孩子一同领入误区。

寒霜陡降也能使人感悟幸福，比如父母离异或是早逝。但它是灾变的副产品，带着天力人力难违的僵冷。孩子虽然在追忆中，明白了什么是被爱，那却是一间正常人家不愿走进的课堂。

孩子降生人间，原应一手承接爱的乳汁，一手播撒爱的甘霖，爱是一本收支平衡的账簿。可惜从一开始，成人就间不容发地倾注了所有爱的储备，劈头盖脸地砸下，把孩子的一只手塞得太满，全是收入，没有支出，爱沉淀着，淤积着，从神奇化为腐朽，反让孩子成了无法感知爱意的精神残疾。

我又问一群孩子，那你们什么时候感到别人是爱你的呢？

没指望得到像样的回答。一个成人都争执不休的问题，孩子能懂多少？比如你问一位热恋中的女人，何时感觉被男友所爱？回答一定光怪陆离。

没想到孩子的答案明朗坚定。

我帮妈妈买醋来着。她看我没打碎瓶子，也没洒了醋，就说，闺女能帮妈干活了……我特高兴，从那一刻起，我知道她是爱我的。翘翘辫女孩说。

我爸下班回来，我给他倒了一杯水，因为我刚在幼儿园里学了一首歌，歌词里说的是给妈妈倒水，可我妈还没回来呢，我就先给我爸倒了。我爸只说了一句，好儿子……就流泪了。从那一刻起，我知道他是爱我的。光头小男孩说。

我给我奶奶耳朵上夹了一朵花，要是别人，她才不让呢，马上就得揪下来。可我插的，她一直戴着，见着人就说，看，这是我孙女打扮我呢……我知道她最爱我了……另一个女孩说。

我大大地惊异了。讶然于这些事的琐碎和孩子们铁的逻辑。更感动于他们谈论时的郑重神气和结论的斩钉截铁。爱与被爱高度简化了，统一了。孩子们在被他人需要时，感受到了一个幼小生命的意义。成人注视并强调了这种价值，他们就感悟到深深的爱意。在尝试给予的同时，他们懂得了什么是接受。爱是一面辽阔光滑的回音壁，微小的爱意反复回响着，折射着，变成巨大的轰鸣。当付出的爱被隆重地接受并珍藏时，孩子们终于强烈地感觉到了被爱的尊贵与神圣。

被太多的爱压得麻木，腾不出左手的孩子，只得用右手，完成给予和领悟爱的双重任务。

天下的父母，如果你爱孩子，一定让他从力所能及的时候，开始爱你和周围的人。这绝非成人的自私，而是为孩子一世着想的远见。不要抱怨孩子天生无爱，爱与被爱是铁杵成针百年树人的本领，就像走路一样，需反复练习，才会举步如飞。

如果把孩子在无边无际的爱里泡得口眼翻白，早早剥夺了他感知爱的能力，育出一个爱的低能儿，即使不算弥天大错，也是成人权力的滥施，或许要遭天谴的。

在爱中领略被爱，会有加倍的丰收。孩子渐渐长大，一个爱自己爱世界爱人类也爱自然的青年，便喷薄欲出了。

谎言三叶草

人总是要说谎的。谁要是说自己不说谎，这就是一个彻头彻尾的谎言。

有的人一生都在说谎，他的存在就是一个谎言。世界是由真实的材料构成的，谎言像泡沫一样浮动在表面，时间使它消耗殆尽，就好像从来没有发生过似的。

有的人偶尔说谎，除了他自己，没有人知道这是一个谎言。谎言在某些时候只是说话人的善良愿望，只要不害人，说说也无妨。

对谎言刻骨铭心的印象，可以追溯得很远。小的时候在幼儿园，每天游戏时有一个节目，就是小朋友说自己家里有什么玩具。一个说，我家有会说话的玩具青蛙。那时我们只见过上了弦会蹦的铁皮蛤蟆，小小的心眼一计算，大人们既然能造出会跑的动物，也能让它叫唤，就都信了。另一个小朋友说，我家有一个玩具火车，像一间房子那样长……我呆呆地看着那个男孩，前一天我才到他们家玩过，绝没有看到那么庞大的火车……我本来是可以拆穿这个谎言的，但是看到大家那么兴奋地注视着说谎者，我不由自主地说：我们家也有一列玩具火车，像操场那么长……

哇！那么长的火车！多好啊！小伙伴齐声赞叹。

那你明天把它带到幼儿园里让我们看看好了。那个男孩沉着地说。

好啊！好啊！大家欢呼雀跃。

我幼小身体里的血脉一下冷凝住了。天哪，我到哪里去找那么宏伟的玩具火车？也许世界上根本就没有造出来！

我看着那个男孩，我从他小小的褐色眼珠里读出了期望。

他为什么会这么有兴趣？依我们小小的年纪，还完全不懂得落井下石……想啊想，我终于明白了！

我大声对他也对大家说：让他先把房子一样大的火车拿来给咱们看了，我就把家里操场一样长的火车带来。

危机就这样缓解了。第二天，我悄悄地观察着大家。我真怕大伙儿追问那个男孩，因为我知道他是拿不出来的。大家在嘲笑了他之后，就会问我要操场一般大的玩具火车。我和那个男孩忐忑不安，彼此没说什么。只是一整天都是我们俩在一起玩儿。幸好那天很平静，没有一个小朋友提起过这件事。

我的小小的心提在喉咙口好久，我怕哪个记性好的小朋友突然想起来。但是日子一天天平安地过去了，大家都遗忘了，甚至在以后再说起玩具的时候，我吓得要死，也并没有人说火车的事。

真正把心放下来是从幼儿园毕业的那天。当我离开朝夕相处的老师和小朋友的时候，当然也有点恋恋不舍，但主要是像鸟儿一样地轻松了。我再也不用为那列子虚乌有的火车操心了。

这是我有记忆以来最清晰的一次说谎，它给我心理上造成的沉重负担，简直是童年之最。在漫长的岁月里我无数次地反思，总结出几条教训。

一是撒谎其实不值得。图了一时之快活，遭了长期之苦难。占小便宜吃大亏。不到万不得已，不要说谎。

二是说谎很普遍。且不说那个男孩显然是在说谎，就是其他的小朋友，也经常浸泡在谎言之中。证据就是他们并不追问我大火车的下落了。小孩的记性其实极好，他们不问，并不是忘了，而是觉得此事没指望了。也就是说，他们知道这是一个骗局。他们之所以能看清真相，是因为同病相怜。

三是说谎是一门学问，需要好好研究。主要是为了找出规律，知道什么时候可说谎，什么时候不可说谎，划一个严格的界限。附带的是要锻炼出一双能识谎言的眼睛，在苍茫人海中谨防受骗。

修炼多年，对于说谎的原则，有了些许心得。

平素我是不说谎的，没有别的理由，只是因为怕累。人活在世上，真实的世界已经太多麻烦，再加上一个虚幻世界掺和在里面，岂不更乱了套？但在我的心灵深处，生长着一棵谎言三叶草。当它的每一片叶子都被我毫不犹豫地摘下来的时候，我就开始说谎了。

它的第一片叶子是善良。不要以为所有的谎言都出于恶意，善良更容易把我们载到谎言的彼岸。我当过许多年的医生，当那些身患绝症的病人殷殷地拉住我的手，眼巴巴地问：大夫，你说我还能治好吗？我总是毫不踌躇地回答：能治好！我甚至不觉得这是谎言。它是我和病人心中共同的希望，在不远的微明处闪着光。当事情没有糟到一塌糊涂的时候，善良的谎言也是支撑我们前进的动力啊！

三叶草的第二片叶子是此谎言没有险恶的后果，更像是一个诙谐的玩笑或是温婉的借口。比如文学界的朋友聚会是一般人眼中高雅的所在，但我多半是不感兴趣的。我对未知的事物充满了兴趣，很愿意同普通的工人农民或是哪一行当的专家们待在一处，听他们讲我不知道的故事。至于作家们聚在一起，要说些什么，我大概是有数的，不听也罢。但人家邀请你，是好意。断然拒绝，不但不礼貌，也是一种骄傲的表现，和我的本意相去甚远。这种时候，除了极好的老师和朋友的聚会，我兴高采烈地奔去，一般都是找一个借口推托了。比如我说正在写东西，或是已经有了约会……总之，让自己和别人都有台阶下。这算不算撒谎？好像要算的。但它结了一个甜甜的果子，维护了双方的面子，挺好的一件事。

第三片叶子是我为自己规定——谎言可以为维护自尊心而说。我们常常会做错事。错误并没有什么了不起，改过来就是了。但因为错误在众人面前伤了自尊心，就由外伤变成了内伤，不是一时半会儿治得好的。我并不是包庇自己的错误，我会在没有人的暗夜，深深检讨自己的缺憾。但我不愿在众目睽睽之下，把自己像次品一般展览。也许每个人对自尊的感受阈不同，但大多数人在这个问题上都很敏感。想当年，一个聪敏的小男孩打碎了姑妈家的花瓶，没有承认，也是怕自己太丢面子了。既然革命导师都会有这种顾虑，我们自然也可原谅自己。为了自尊，我们可以说谎，同样是为了自尊，我们不可将谎言维持得太久。因为真正的自尊是建立在不断完善自己的地基之上的，谎言只不过是暂时的烟雾。它为我们争取来了时间，我们要在烟雾还没有消散的时候，把自己整旧如新。假如沉迷于自造的虚幻之境，烟雾消散之时，现实将更加窘迫。

随着年龄的增长，心田里的谎言三叶草渐渐凋零。我有的时候还会说谎，但频率减少了许多。究其原因，我想，谎言有时表达了一种愿望，折射出我们对事实朦胧的希望。生命的年轮一圈圈加厚，世界的本来面目像琥珀中的甲虫，愈发纤毫毕现，需要我们更勇敢地凝视它。我已知觉人生的第一要素不是善，而是真。我已不惧怕残酷的真相，对过失可能造成的恶劣后果，有了兵来将挡水来土掩的勇气。甚至对于自尊，也有韧性得多了。自尊，便是自己尊重自己。只要你自己不倒，别人可以把你按倒在地上，却不能阻止你满面尘灰遍体伤痕地站起来。

有的人总是说谎，那不是谎言三叶草的问题，而简直是荒谬的茅草地了。对这种人，我并不因为自己也说过谎而谅解他们。偶尔一说和家常便饭地说，还是有原则性区别的。

中国有句古话，叫作"人之将死，其言也善"。我觉得这个"善"字就是真实的意思。也就是说，人到临死的时候，就不说谎了。

但这个省悟，似乎来得晚了一点。

活着而不说谎，当是人生的大境界。

翻浆的心

那年,我五一放假回家,搭了一辆地方上运送旧轮胎的货车,颠簸了一天,夜幕降临才进入离家百来里的戈壁。正是春天,道路翻浆。

突然在无边的沉寂当中,立起一根土柱,遮挡了银色的车灯。

"你找死吗?你!你个兔崽子!"司机破口大骂。

我这才看清是个青年,穿着一件黄色旧大衣,拎着一个系着鬃绳的袋子。

"我不是找死,我要搭车,我得回家。""不搭!你没长眼睛吗?司机楼里已经有人了,哪有你的地方!"司机愤愤地说。

"我没想坐司机楼子,我蹲大厢板就行。"司机还是说:"不带!这样的天,你蹲大厢板,会生生冻死!"说着,踩了油门,准备闪过他往前开。

那个人抱住车灯说:"就在那儿……我母亲病了……我到场部好不容易借到点小米……我母亲想吃……""让他上车吧!"我有些同情地说。

他立即抱着口袋往车厢上爬,"谢谢……谢……谢……"最后一个"谢"字已是从轮胎缝隙里发出来的。

夜风在车窗外凄厉地鸣叫。司机说:"我有一个同事,是个很棒的师傅。一天,他的车突然消失了,很长时间没有踪影。后来才知道,原来是有个青年化装成一个可怜的人,拦了他的车,上车以后把他杀死,甩在沙漠上,自己把车开跑了。直到案发我们才知道真相。从此我们司机绝不敢搭不认识的人——特别是年轻人上车。你是我的老乡,你说了话我才破例的。"我心里一沉,找到司机身后小窗的一个小洞,屏住气向里窥探。

朦胧的月色中,那个青年如一团肮脏的雾,抱着头,龟缩在起伏的轮胎里。每一次颠簸，他都像被遗弃的篮球，被橡胶轮胎击打得嘭嘭作响。

"他好像有点冷，别的就看不出什么了。"我说。

"再仔细瞅瞅。我好像觉得他要干什么。"

这一次，我看到青年敏捷地跳到两个大轮胎之间，手脚麻利地搬动着我的提包。那里装着我带给父母的礼物。"哎呀，他偷我东西呢！"

司机很冷静地说："怎么样？我说得不错吧。""然后会怎么样呢？"我带着哭音说。"你也别难过。我有个法子试一试。"只见他狠踩油门，车就像被横刺了一刀的烈马，疯狂地弹射出去。我顺着小洞看去，那人仿佛被冻僵了，弓着腰抱着头，石像般凝立着，企图凭借冰冷的橡胶御寒。我的提包虽已被挪了地方，但依旧完整。

我把所见同司机讲了，他笑了，说："这就对了，他偷了东西，原本是要跳车了，现在车速这么快，他不敢动了。"

路面变得更加难走，车速减慢了。

我不知如何是好，紧张地盯着那个小洞。青年也觉察到了车速的变化，不失时机地站起身，重新搬动了我的提包。

我痛苦地几乎大叫，就在这时，司机趁着车的趔趄，索性加大了摇晃的频率，车身剧烈地倾斜，车窗几乎吻到路旁的沙砾。

再看青年，仆倒在地，像一团被人践踏的草，虚弱但仍不失张牙舞爪的姿势，贪婪地守护着我的提包——他的猎物。

司机继续做着高难度动作。我又去看那青年，他像夏日里一条疲倦的狗，无助地躺在了轮胎中央。

道路毫无征兆地平滑起来，翻浆也消失得无影无踪。司机说："扶好你的脑袋。"

我一时没明白过来，但司机凶狠的眼神启发了我。就在他的右腿狠狠地踩下去之前，我采取最紧急的自救措施：双腿紧紧抵地，双腕死死撑住面前的铁板……

不用看我也知道，那个青年，在这突如其来的急刹车面前，可能要被卸成零件。"怎么样？最低他也是个脑震荡。看他还有没有劲儿偷别人的东西！"

司机踌躇满志地说。

我想到贼娃子一举伤了元气，一时半会儿可能不会再打我提包的主意了，心里安宁了许多。只见那个青年艰难地在轮胎缝里爬，不时还用手抹一下脸，把一种我看不清颜色的液体弹开……他把我的提包紧紧地抱在怀里，往手上哈着气，摆弄着拉锁上的提梁。这时，他扎在口袋上的绳子已经解开，就等着把我提包里的东西搬进去呢……

"师傅，他……他还在偷，就要把我的东西拿走了……"我惊恐万状地说。

"是吗？"师傅这次反倒不慌不忙，嘴角甚至显出隐隐的笑意。

"到了。"司机干巴巴地说。我们到了一个兵站，也是离那个贼娃子住的村最近的公路，他家那儿是根本不通车的，至少还要往沙漠腹地走10千米……司机打亮了驾驶室里的大灯，说："现在不会出什么事了。"

那个青年挽着他的口袋，像个木偶似的往下爬，狼狈地踩着轱辘跌下来，跪坐在地上。不过才个把时辰的车程，他脸上除了原有的土黄之外，还平添了青光，额上还有蜿蜒的血迹。"学学啦……学学……"他的舌头冻僵了，把"谢"说成"学"。

我们微笑地看着他，不停地点头。

他说："学学你们把车开得这样快，我知道你们是为我在赶路，怕我的母亲喝不上小米粥，现在到天亮前，我赶得到家了……学学……"他抹一把下颌，擦掉的不知是眼泪、鼻涕还是血。

司机一字一顿地说："甭啰唆了。拿好你的东西，回家吧！"

他点点头，恋恋不舍地离开了我们。

看着他蹒跚的身影，我不由自主地喝了一声："你停下！"

"我要查查我的东西少了没有。"我很严正地对他说。

司机赞许地冲我眨眨眼睛。

青年迷惑地面对着我们，脖子柔软地耷拉下来，不堪重负的样子。我爬上大厢板，动作是从未有过的敏捷。我看到了我的提包，像一个胖胖的婴儿，安适地躺在黝黑的轮胎之中。我不放心地摸索着它，每一环拉锁都像小兽的牙齿般细密结实。

突然触到鬃毛样的粗糙，我意识到这正是搭车人袋子上那截失踪的鬃绳。它把我的提包牢牢地固定在车厢的木条上，像焊住一般结实。

我的心像凌空遭遇寒流，冻得皱缩起来。

第三章 谁是你的重要他人

写"福"字的女孩

春节前的北方集市，热闹得像蜂巢。熙熙攘攘，喧喧嚣嚣，过年的气氛像扑面而来的海浪，把赶集的你浇个透湿。

走到干果市场，一堆堆的南瓜子、西瓜子、葵花子、散发着撩人的香气。摊主揪着你的衣袖，非要你尝一把才走。你不买他的瓜子，他不生气。你若是不肯尝尝他的货色，他就很委屈地嘟囔着说，咋啦？嫌我的瓜子不新鲜吗？新出锅的，吃一颗香你一个跟头！

你进了炮仗市场，空气中弥漫着火药库的味道。红的二踢脚，绿的震天雷，一串串红辣椒似的挂鞭，看着就让你耳边鼓起枪战般的激烈音响。那像金箍棒一样粗的"小钢炮"，长长的炮捻温顺地垂在一侧，好像一个穿红袄的嘎小子笑嘻嘻地看着你，你不由自主地绕着它走。走得远了，你又忍不住回过头去再看它两眼……

菜市场有些萧条。绿色的菜叶被冷风吹得泛出褐黄，或是翠得可疑，反射出晶莹的闪光——那是被冻透了。你叹了口气走上前来，菜老板说，真有心买吗？筐里有好的呀，摆在外面的是样品，原装的水灵着呢！说着从捂着棉絮的箱子里掏出一个西红柿，电光石火般的朝你一闪，又掖了回去。

那半个西红柿的笑脸，灿烂无比。

你买了菜，又慢慢地向前走。来到了一处较为宽敞的场地。空地上摆了几张桌子，红纸铺台，几位先生挥毫泼墨，正在写对联。四周聚集着拿钱求字的人们，人头攒动，却很安静。

这该叫个什么"市场"呢？书法市场吗？你好奇地站住了。

你发现了她,一个小小的女孩,提着几乎和她胳膊一般长的毛笔,也在为人写字。你不禁为她发愁,这么小的人,就算字写得好,能编出主顾满意的吉祥话吗?

看了一会儿,你笑了。担心真是多余的,她只写一个字——一个大大的酣畅淋漓的"福"字。

按说她的字写得并不是很好,但求她写字的人却很多。她有一绝,笔下的"福"字竟是倒着写的。

"福"倒了——"福"到了!这是中国农民世世代代的愿望啊!

她面前有一沓裁好的红纸斗方。两个小瓶,一个装着金粉,一个装着银粉。还有一个巨型砚台,半截墨块。真是个孩子啊,桌上还散乱地扔着几枚松柏叶,一片晶莹剔透的天然云母。

有主顾来了,她就很老到地问:"您是要金福还是银福还是墨福?"

主顾问了价码,做了选择,她就按要求施工。要金银福字的,她就把金银粉用调料稀释了,然后笔走龙蛇,一个倒着的"福"字一气呵成,一挥而就,博得一片喝彩。

有的主顾掂量了半天说:"我还是要个墨福吧,便宜。"

小姑娘就不再说话,用嘴哈哈砚台里稀薄的冰晶,开始磨墨。还不时地把松柏叶和云母丢进去,弄得砚池里泥泞不堪。

墨福写好了,轮到收钱的时候,主顾说:"少要点吧。你的墨是自己磨的,你看那边,用的是一得阁的香墨汁。"

小姑娘揉着红通通的手指说:"我的墨汁里加了树叶,您闻闻是不是有松柏味?还加了云母,在太阳底下,福字里能透出金星呢!"

主顾就把红斗方对着太阳看,周围的人也凑上去。墨字在太阳下确实显出苍翠的金属色泽,主顾就如数放下钱。

一个老奶奶走过来说:"闺女,给我写个……小点的……"

女孩指着纸说:"奶奶,纸都是在家就裁好了的,没小的啊。"

老人瘪着嘴说:"我就不信你那纸就没个边边角角的碎料!做衣服的还有个布头贱卖呢。闺女,再找找吧……"

围观的人说话了:"过年贴福字,有钱就贴,没钱就拉倒。这个福字可没有打折的啊!"

在人们的哄笑声中,老奶奶悄悄离去。她低着白发苍苍的头说:"我只要一个小小的福……"

女孩默不作声,挥毫饱蘸金粉,龙飞凤舞地写下一个金色的倒"福"字,追上老奶奶,说:"我送您一个大大的'福'……"

你站在北方晴朗而寒冷的天穹下,看着老人双手捧着金色的福字,消失在茫茫的人群中。

又有清新的松柏气味飘荡在你身后,写"福"字的女孩正在撕云母,传来极轻微的破碎声。

洞茶上的字迹

我16岁时在西藏海拔5000米的高原当兵。司务长分发营养品，给我一块黑乎乎的粗糙物件，说，这是茶砖！

那东西一不小心掉到雪地上，边缘破损色黑如炭，衬得格外恓惶。

我没有捡，弯腰太费体力。老医生看到了，心疼地说：关键时刻砖茶能救你命呢。

我说，它根本不像见棱见角的砖，更不像青翠欲滴的茶。

老医生说，不能从茶的颜色来判定茶的价值，就像不能从人的外表诊断病情。它叫青砖茶，是用茶树的老叶子压制而成，加以发酵，所以颜色黢黑。它的茶碱含量很高，在高原，茶碱可以兴奋呼吸系统。如果出现强烈的高原反应，喝一杯这茶，可缓解症状。它是高原之宝。

没到过酷寒国境线上的人，难以想象砖茶给予边防军的激励。高原上的水，不到70摄氏度就迫不及待地开锅了，无法泡出茶中的有效成分。我们只有把茶饼掰碎，放在搪瓷缸里，灌上用雪化成的水，煨在炉火边久久地熬煮，如同煎制古老的中药。渐渐地，一抹米白色的蒸汽袅袅升起，抖动着，如同披满香氛的纱。缸子中的水渐渐地红了，渐渐地黑了……平原青翠植物的精魂，在这冰冷的高原，以另外一种神秘的形式复活。

慢慢喝茶上瘾，便很计较每月发放砖茶的数量。司务长的手指就是秤杆，他从硕大的茶砖上掰下一片，就是你应得的分量。碰上某块特别硬，司务长会拿出寒光闪闪的枪刺，用力戳下一块。某月领完营养品，我端详着分到手的砖茶，委屈地说，司务长，你克扣了我。

当司务长的，最怕这一指控。愤然道，小鬼你可要说清楚，我哪里克扣你了？

我说，有人用手指抠走了我的茶。你看，他还留下两道深痕。

司务长说，哈！只留下了两道痕，算你好运。应该是三道痕的。那不是被人抠走的，是茶厂用机器压下的商标，三道痕是个"川"字。

我说，茶厂机器压过的沟痕，是不是所用茶叶就比较少啊？

司务长说，分量上应该并不少，可能压得比较瓷实，你多煮一会儿就是了。

我追问，这茶是哪里出产的啊？

司务长说，"川"字牌，当然是四川的啊。万里迢迢运到咱这里，外面包的土黄纸都磨掉了，只有这茶叶上的字，像一个攀山的人，手抠住崖边往下滑溜又不甘心时留下的痕迹。

从此我与这砖茶朝夕相伴，它灼痛了我的舌，温暖了我的胃，安慰了我的心，润泽了我的脑，是我无声的知己。11年后我离开高原回到北京，却再也找不到我那有三道沟痕标记的朋友。我丢失了它，遍找北京的茶庄也不见它的踪影。好像它变成我在高原缺氧时的一个幻影，与我悄然永诀。

此后30余年，我品过千姿百媚的天下名茶，用过林林总总的精美茶具，见过古乐升平的饮茶仪礼，却总充满若即若离的迷惘困惑。茶不能大口喝吗？茶不能沸水煮吗？茶不能放在铁皮缸子里煎吗？茶不能放盐巴吗？茶不能仰天长啸后一饮而尽吗？！

我不喜欢茶的矜持和贵族气，我不喜欢茶的繁文缛节，我不喜欢茶的一掷千金，我不喜欢茶的等级与身份，我不喜欢茶对于早春的病态嗜好，我不喜欢饮茶者故作高深的奢靡排场。

我出差到了四川，满怀希望地买了一块茶砖，以为将要和老友重逢。喝下却依稀只有微薄的近似，全然失却了当年的韵味。我绝望了——舌头老了，警醒甘洌的砖茶味道，和我残酷的青春纠缠在一起，埋葬于藏北的重重冰雪之下，不再复返。

今年，我在湖北赤壁终于见到了老朋友。赤壁市古称蒲圻，有个老镇叫羊楼洞。此地土地肥沃气候适宜，遍植茶树。因地名羊楼洞，所产砖茶被称为"洞茶"。山上有三条清澈的天然泉水，三水合一，即为一个"川"字，成了砖茶的商标。早在宋景德年间，这里就开始了茶马互易。清咸丰年间，汉口还没有开埠，谷雨前后，茶商千里迢迢来羊楼洞镇收茶。所制砖茶远销蒙古、新疆及俄国西伯利亚等地，享有盛誉。20世纪初期，铺着青石板的羊楼洞古街上，有茶厂30余家，年产砖茶30余万箱，天下闻名。

有了上次的教训，不敢贸然相认。砖茶沏好，出于礼貌，我轻浅地抿了一口。

晴天霹雳，地动山摇！

所有的味蕾，像听到了军号，怦然怒放。口颊的每一丝神经，都惊喜地蹦跳。天啊，离散了几十年的老朋友，在此狭路相见相拥相抱。甘暖依然啊，温润如旧。在口中荡漾稍久，熟稔的感觉烟霞般升腾而起。好似人已迟暮，蓦然遭逢初恋挚友，执手相望。岁月无情，模样已大变，白发斑斑，步履蹒跚。但随着时间一秒秒推移，豆蔻年华的青春风貌，如老式照片在水盆中渐渐显影，越发清晰。随后复苏的是我的食道和胃囊，它们锣鼓喧天地欢迎老友莅临。人的所有器官中，味觉是最古老的档案馆，精细地封存着所有生命原初的记忆。胃更堪称最顽固的守旧派，一往情深抵抗到底。这些体内的脏器无法言语，却从未有过片刻遗忘。它们以一种不可思议的稳定，保持着青春的精准与纯粹。

青山绿水的赤壁茶林，你可知道曾传递给边防军人多少温暖和力量！冰雪漫天时，一口洞茶徐徐咽下，强大而涩香的热流注满口颊，旋即携带奔涌的力量滑入将士的肺腑，输送到被风寒侵袭的四肢百骸。让戍边的人忆起遥远的平原，缤纷的花草，还有年迈的双亲和亲爱的妻女。他们疲惫的腰杆重新挺直，成为国境线上笔直的界桩。他们僵硬的手指重新有力，扣紧了面向危险的枪机。他们困乏的双脚重新矫健，巡逻在千万里庄严的国土之上。

我用当年的方法，熬煮洞茶水洒向大地，对天而祭。司务长和老医生都因高原病早早仙逝，他们在天堂一定闻得到这质朴的香气，沉吟片刻后会说，是这个味道啊，好茶！

盲人看

每逢放学的时候，附近的那所小学，就有稠厚的人群，糊在铁门前，好似风暴前的蚁穴。那是家长等着接各自的孩童回家。

在远离人群的地方，有个人，倚着毛白杨，悄无声息地站着，从不向校门口张望。直到有一个孩子飞快地跑过来，拉着他说，爸，咱们回家。他把左手交给孩子，右手拄起盲杖，与孩子一同横穿马路。

多年前，这盲人常蹲在路边，用二胡奏出哀伤的曲调。他技艺不好，琴也质劣，音符断断续续地抽噎，叫人听了只想快快远离。他面前的盛着零碎钱的破罐头盒，永远看得到锈蚀的罐底。我偶尔放一点钱进去，也是堵着耳朵近前。

后来，他摆了一个小摊子，卖点手绢袜子什么的，生意冷淡。一天晚上，我回家一下公共汽车，黑寂就包抄而来。原来这一片突然停电，连路灯都灭了。只有电线杆旁，一束光柱如食指捅破星天。靠拢过去才见是那盲人打了手电，在卖蜡烛火柴，价钱很便宜。我赶紧买了一份，喜滋滋地觉着可以带回光明给亲人。

之后的某个白日，我又在路旁看到盲人，就气哼哼地走过去，说，你也不能趁着停电，发这种不义之财啊！那天你卖的蜡烛，算什么货色啊？蜡烛油四下流，烫了我的手。烛捻一点也不亮，小得像个萤火虫的尾巴。

他愣愣地把塌陷的眼窝对着我，半天才说，对不住，我……不知道……蜡烛的光……该有多大。萤火虫的尾巴……是多亮。那天听说停电了，就赶紧批发了些蜡烛来卖。我只知道……黑了，难受。

我呆住了。那个漆黑的夜晚，即便烛光如豆，还是比完全的黑暗，好了不知几多。一个盲人，在为明眼人操劳，我还不分青红皂白地指责他，我好悔。

后来，我很长时间没到他的摊子买东西。确信他把我的声音忘掉之后，有一天，我买了一堆杂物，然后放下 50 块钱，对盲人说，不必找了。

我抱着那些东西，走了没几步，被他叫住了。大姐，你给我的是多少钱啊？

我说，是 50 元。

他说，我从来没拿过这么大的票子。

见他先是平着指肚，后是立起掌根，反复摩挲钞票的正反面，我说，这钱是真的。您放心。

他笑笑说，我从来没收到过假钱。谁要是欺负一个瞎子，他的心先就瞎了。我只是不能收您这么多的钱，我是在做买卖啊。

我知道自己又一次错了。

不知他在哪里学了按摩，经济上渐渐有了起色，从乡下找了一个盲姑娘，成了亲。一天，我到公园去，忽然看到他们夫妻相跟着，沿着花径在走。四周湖光山色美若仙境，我想，这对他们来讲，真是残酷。

闪过他们身旁的时候，听到盲夫有些炫耀地问，怎么样？我领你来这儿，景色不错吧？好好看看。

盲妻不服气地说，好像你看过似的。

盲夫很肯定地说，我看过。常来看的。

听一个盲人连连响亮地说出"看"这个字，叫人顿生悲凉，也觉出一些滑稽。

盲妻反唇相讥道，介绍人不是说你胎里瞎吗？啥时候看过这里的好景色呢？

盲夫说，别人用眼看，咱可以用心看，用耳朵看，用手看，用鼻子看……加起来一点不比别人少啊。

他说着，用手捉住妻子的手指，沿着粗糙的树皮攀缘上去，停在一片极小的叶子上，说，你看到了吗？多老的树，芽子却是嫩的。

那一瞬，我凛然一惊。世上有很多东西，看了如同未看，我们眼在神不在。记住并真正懂得的东西，必得被心房茧住啊。

后来盲人夫妇有了爱情的果实，一个瞳仁亮如秋水的男孩。他渐渐长大，上了小学，盲人便天天接送。

起初那孩童躲在盲人背后，跟着杖子走。慢慢胆子壮了，绿灯一亮，就跳着要越过去。盲人总是死死地拽住他，用盲杖戳着柏油路说，让我再听听，近处没有车轮声了，我们才可以动……

终于有一天，孩子对父亲讲，爸，我给你带路吧。他拉起父亲，东张西望，然后一蹦一跳地越过地上的斑马线。于是盲人第一次提起他的盲杖，跟着目光如炬的孩子，无所顾忌地前行，腿抬得很高，脚步轻捷如飞。

孩子越来越大了。当明眼人都不再接送这么高的孩子时，盲人依旧每天倚在学校旁边的杨树下，等待着。

赶考的女人

我认识她总共不到 48 小时，也就是两天两夜的时间。那最后一个夜晚其实什么也没发生，我之所以不说是 36 个小时，是因为最后 12 个小时内我几乎全在想她。一段时间全为一个人所占领，你说这时间是否无可置疑地属于了她？

然后我就把她忘了，忘得那样彻底。遗忘越来越频繁地拜访我们并成为至死不渝的朋友。我便利用这朋友来做筛选，忘记了的自是没有必要记住，潜意识操纵着记忆，如同风在看不见的层面上指挥风筝。新的利害经纬织成网络不均的记忆之筛，剩下的凝块便像乳酪一样，香甜中裹着硌牙的硬块。

她像脱水菜被煮沸一样迅速膨胀在眼前完全是因为那块站牌。城市到处都在日新月异，唯有公交汽车站的站牌永远不改初衷。也许因为这里是郊区，没有西安杨森或是百事可乐会居心叵测地美化市容，据说这些企业援建的公共设施已成为北京街头新的一景。

那个站牌像针一样戳在记忆里，当我乘着已属于我个人的小卧车急驶而过时，荒凉郊外的站牌与记忆之中的站牌像两滴水迅速融合，那女人便在这水中活灵活现地游动起来。

她叫什么名字我不知道。在这个故事当中我有许多次叫过她的名字，比如最初的自我介绍，到她的家里去找她，我们一路同行，等等。我肯定很亲切地呼唤过她，因为那时同病相怜。但我完全记不起她的名字，从开始直到现在我都称呼她白雀。这很像是一个女人的名字并且十分灵动，但它的起因是来自她的长相并且蕴含有我显著的贬义。

"名字只不过是一个代号"，这是所有智与不智的人挂在嘴边的一句常谈。况且白雀这个名字无论是写出来还是读出来并加以联想，都能给人以美感，这同我现在的心情极为吻合。

等迟到的公共汽车比等恋人焦急，相信这是每个美丽的平民女子都有过的体会。对恋人你可以发脾气撒泼甚至以分手相要挟或者是真的付诸实施，但对公共汽车，所有的伎俩都灰飞烟灭，它是百岁老翁，全然没有丝毫情欲了。

到远处去考试。这是我们这个年纪的人想拿到大学文凭的最后一次机会最后一种形式了。自学高考，很苛刻。今天考写作，明天考历史。

我从不在马路上读书，认为那是一种做作的表现。人在马路上为的是走路或是观赏街景，要读书尽可以躲起来，犹如受了伤自己到林子里吮血，不必像胸饰似的佩戴起来招摇过市。少年快乐地在街上无所顾忌地随着书的内容皱眉展额，无论怎样的表情都可以归为可爱一类。中年妇人在街头孜孜不倦，不管别人是否宽容，自己先像做了偷儿一般不自然。

然而我拿出一沓卡片，像洗扑克牌一样将它们翻得呼呼作响。我要用做作压下心焦，公共汽车若在5分钟之内再不来，我将无法按时赶到考场。

"你去考试？"有人问我。不错，是白雀。短篇小说中不会有太多的主人公，它有些像中年人的记忆，只剩下那些最重要的经络。所有的背景都由于记忆的光圈太大而聚焦模糊。所有的故事都将在我和白雀之间展开，这是一段纯粹属于女人之间的交往。其中只出现了三个男人，他们每次只说了一句话。

第一个是那个公共汽车司机。他说："别说是考试，就是送殡，也没法快了。"

第二个是一位衣冠楚楚的长者。他站在学校操场的滚筒边，百无聊赖地试图蹬踏那架滚筒。滚筒像南方的水车，站在上面，扶住木杆，然后用力蹬，脚下就轮回一条无休无止的路……那男人一定是等了漫长的时间，才预备尝试一下中学生的游戏，他对我们说了一句平常得不能再平常的话："你怎么才来……"

第三个是一位身材与面容都模糊不清的男子。我之所以记不清楚不是因为他不重要而是他太重要，重要到他的身材长相都可以忽略不计，只记得他站在我身后说了一声："你站起来……"

我已经把我和白雀之外所有的人物剔除干净，犹如把鱼刺剔除干净，你可以流畅地咀嚼。但是所有的空隙依然存在，故事将因为这几个男人的这几句话而发生种种转折。

现在，只剩下女人了。

"是的。"我说。我手中的卡片出卖了我。她年纪与我相仿，皮肤很白净，但鼻翼两旁有密集的色斑，犹如一群歇脚的麻雀。于是我称她白雀斑，简称白雀。

"我也是。"她很亲切地说。

我料想这麇集于站牌下的人群中有我的同类，但没想到她的外表这样平庸。一套工作服，颜色像晒过太阳的土豆皮。从她的发丝间弥散出油漆或是菜籽油的味道，可能是一个油漆匠或是小吃部的售货员。

"如果再不来车，我们就去拦一辆过路车。"她很轻松地说。

我顿时由衷地佩服她的匪劲，同她挤在一处。女人天生地喜欢具有男性气质的女人，她既使你感到依赖异性时的可靠，又没有依赖异性时的疑虑。

众人的眼光像章鱼的吸盘，终于把破烂的铰链式公共汽车从路的深处勾了出来。

我们紧密地贴在车厢里。"你的心像鸽子似的，咕咕在叫。"她说。感谢这拥挤，它使片刻前的陌生人像情侣一般无间。

"那是胃。但是你的心不跳吗？"我反唇相讥。我们都紧张。大家都知道的事情，你不该说破。

白雀突然大叫道："师傅，求你开快一点，我们是去考试的！"

这个故事当中的第一个男人说话了。车在他的操纵下，应声停了。前面是红灯。

整个车厢变得很静，像那种充满了能致人窒息的气体的菜窖。

这个师傅一定对许多人讲过这句话。他说得那么熟练，仿佛在拧紧一个螺丝帽。我想这句话对许多人没有任何作用，但我的一个决心在那个时刻被点燃：我一定要拿下文凭，找一个好工作，然后买一辆属于自己的车。这句话对白雀也是有作用的。那天考完写作后,她说:明天我们骑自行车来吧。我说那么远啊!她说,你早些到我家来,我们一起走。路上有了伴,就不觉得远了。

白雀并不生气,做小人物的涵养就在于你不仅要学会容忍大人物,而且要学会容忍和自己属于同一阶层之人的奚落。"都是小民百姓,坐不起小车,可是也得办事,也得活呀!都乘坐公共汽车出行,谁也别嫌谁。求各位帮个忙,谁打算下车,提前换到前边。能节约一分钟是一分钟。我们都这个年纪了,考个试不容易……"白雀大声说。

人们温顺地由着白雀指挥,上车下车秩序井然。司机再没有答话,车还是显著地加快了速度。

车终于抵达了终点,我们跳下车撒腿就跑,现代都市里,两个中年女人狂跑,实在令人惊愕。有稀里哗啦的声音自我身上传出,我以为是骨节的某些部位开裂了,后来才知道那是同我并肩奔跑的白雀身上发出的。后来才知道那是许多支圆珠笔制造出的音响,它们碰撞得如同乐队。"你为什么要带那么多笔!"白雀的座位在我后侧,我仔细观察过她的笔,廉价而破损,几乎每支都缠着胶布。不是医生所用的那种洁白的胶条,而是电工所用的黑色绝缘胶布。每一支圆珠笔都像断腿的伤兵。考完后我问她。

"笔的质量不好,只得多备几支。有一次考试,答题答到一半时突然圆珠笔的圆珠掉了……"白雀回答。

"为什么不买几支好笔呢?"

"没钱。"她很简捷地回答。为了感谢她对我的善意,我掏出一支进口的圆珠笔说:"送你。"

她的眼睛爆出陨石一样的光芒:"谢谢你!这么好的笔!我女儿一定会喜欢的!"

已经看得见充作考场的中学的校门了。还有5分钟,我们肯定赶得到了。意志一松弛,嗓子立刻发咸,好像要吐出血块来。

"不……跑……了……"我揪住白雀的衣衫。她依旧向前跑着,外衣像帐篷似的耸动起来,牵引着我,风帆似的继续撕开气流狂奔。空气因为摩擦而生热，火焰似的炙烤着我们。

时值冬季，学校已放假。操场上聚集着苍老的考生。

"晚不了……为什么赶……我不跑了……"我坚决地停住脚步。虽然校园里已笼罩着倒计时的气氛，但大家还在自由活动，沙坑旁还有人在仰天默诵，从那里到教室的直线距离肯定远于我们。人家不慌，我们为什么如此惊慌失措？白雀也许已被焦灼烧昏头脑，奔跑已成为惯性。

"你不跑就不跑吧……但我得跑……"她的脸已涨得像柿子一样红，所有的白雀斑都成为火药般的纯黑色。

莘莘学子惊愕地停止了最后的苦读。这不比在马路上，都是陌生人。

"不好。你不能停下，同我一起跑吧……"白雀央告我。

两个人跑比一个人跑引起的讶异要少。好比一个人独笑，大家说他是精神病，大家一起哈哈大笑，就是兴高采烈了。

"好……"我用行动响应。

终于跑到那架滚筒前。

对于那个男人的问话，白雀回答道："等车。"因为全身的血都集中到腿上，她的脸煞白。

"她是谁？"那个男人并没有直接问我，但他向白雀明显倾斜的身姿，毫无疑问地在说这句话。

"朋友……没关系……"白雀咻咻地吐着气。

我知趣地躲到一边，赶紧做调整呼吸的动作。许多年后想到这阵狂跑我都后怕，中年人的心脏难以承受这种紧张。当时我只是懊丧地想：我为什么要陪她来见这个男人？心跳大约在半小时内无法恢复正常。考写作，40分是基础知识，60分是作文，我的创造性思维一定会大受挫伤……

那个男人是谁？至今我仍不知道。因为同白雀24小时之后就分了手，我永远失去了搞清他身份的线索。我只听到他一句话，只看到他们相逢时既不亲昵也不疏远的表情。亲戚，朋友，情人，抑或纯粹是金钱关系？不知道。

很多事情都可以猜。我的一位朋友告诉我，有时候，他故意不把一件事情搞清楚，留出空间让自己猜，犹如把衣柜的顶端腾空，储存那些最珍贵的盒子。

白雀很快回到我身边，说："走吧。"

我默默地跟随她往考场走去，知道我们的考号相距很近。

"别的已经来不及了……我也没办法了……都怪那车……角落……你赶快想一想。"她的眼睛机警地注视着别处，片段式的话语像被斩成数截的蚯蚓，每一段都在独自扭曲。

"什么角落？"我莫名其妙。

"什么角落都行。思想的，物质的，行业的或是城市的。家庭当然也在这个范围之内。"她一边讲一边思索，更像是在对自己讲。

我越发昏眩。

前面就是教室了。白雀终于意识到自己语言表述的混沌，极为清晰地对我说："角落是今天的作文题。"

考试铃像防空警报一样尖锐地响起。

封好的考卷被挟进来了，好像一枚巨大的二踢脚。监考老师宣布考场纪律，都是老生常谈。声称作弊者将被立即停止考试，驱逐出考场，并报告考生所在单位……

我迫不及待地想看到试卷。我揪心如焚地想验证"角落是今天的作文题"。

监考老师出奇得多。为维护成人高考的声誉，他们像密探一样在教室内飘动。

终于发卷子了。我抖搂着掠过前几张，拽出最后一张印有考试作文题目的卷子，两个字赫然入目——角落。

我回头向白雀眨眨眼睛，她在我侧后。可惜她正从兜里往外掏那些我已介绍过的圆珠笔。

"看什么看！"监考人员恶狠狠地叱责我。好在刚发卷子，大家都是一穷二白，并无作弊的必要。

吼声提醒了白雀，她抬起头，冲我笑笑，交换了一个只有我们才懂的眼神。

实话说，"角落"的提前出现并没有给我帮太大的忙。诸课程之中，唯有写作，是最做不得手脚的。那是综合能力的马拉松。不过我知道白雀绝非平常人物。

我对白雀的评价，在到过她家之后，才更确实。

第二天我很早到了白雀家。一是我骑车技术不佳，白雀说她领我走一条僻静的小路，难得有行人，很安全的。二是我想应留出充分的时间让白雀去会那个玩滚筒的男人。

"我最怕历史。我记不住那些年代。它们像苍蝇一样，飞行起来完全没有规律。"我说。

"我更怕。我每天要上班，回来要做家务。历史是由时间摞起来的。不但发生的时候需要时间，记忆它们也需要时间。我就是没有时间。"白雀考完写作临分手时说。

我一定要抓住白雀，她会带给我好运气。

吃罢午饭，我把车打好气。吃得饱饱的，灌足了水，像一艘准备远航的航空母舰，来到白雀家。

"怎么这么早，历史下午四点才开考呢！"白雀正在做饭。

从那些缠着黑胶布的笔，我判断出白雀家境贫寒，但她家的简陋还是使我吃惊。

一间平房，后半间为卧室，前半间为厨房，中间悬一条蓝地白花的布帘，权当隔墙。那帘子拉起一半，使我不经意间窥到被子散乱地卷着。

"没想到你这么早来。我上的是夜班。"她翻动锅铲，忙着解释，"天车工，干活时不能马虎。"

门口有个水龙头，滴滴答答地漏着水，旁边搭着一根污白色的口罩绳，不知干什么用的。满墙都贴着纸片，有小学生的田字格纸，有万能表纸，有旧挂历的边角，还有车间的值班纪录单……我看到距我最近的那张纸片上写着"天朝田亩制度：有田同耕有饭同食有衣同穿有钱同使……1853年……"

我恨洪秀全为什么不是1850年或1860年颁布这个制度，我恨写有这些字迹的这张纸……

每张纸上都写着年代和事件。这样这个叫白雀的女人在炒白菜豆腐的时候就想到圆明园被焚，在刷碗的时候就能联想丧权辱国的21条了……

这张纸是小吃店包油饼用的，娇黄色，薄而脆，香喷喷。它整体还算干净，浅蓝色的钢笔字印在上面，显出若隐若现的绿色。边缘处因浸了油（肯定是后溅上去的，若是原本就有油，字便写不上了），1853几个数字便透明起来，不甚明白，好像水中的几粒蝌蚪……

　　我恨那溅上油的一刹那！

　　当然我最恨的是我自己。

　　"咱们就坐在这儿再复习一遍好吗？我好慌。不知为什么，比哪一次都慌。也许是因为昨天晚上活太忙……不说这些了，你问我吧。"她送给我一沓纸。每个考生都有这种自制的卡片。她倚着学校操场的篮球架说。

　　我看了一眼：天朝田亩制度颁布年代……我从纸的缝隙看到了自己的表，考试之前的时间对每个人都像血液一样宝贵。1853年，我早就记住了，我不能在这上面浪费时间。

　　"还是自己复习自己的好。"我不待她回答，就走向足球门柱。

　　菜的香味弥漫于小小的斗室。

　　"怕晚，所以来得早。第一次菜做淡了，第二次往往多搁盐。"我笑着同她打招呼。竭力做出不曾注意到屋内零乱破败的样子。

　　她把菜盛出来，盖好碗，拿出一条小棉被，像包婴儿似的把盘子包好，端端正正放在桌上。

　　"留给女儿晚上吃。我们考完很黑了，路又远，怕饿着她。"白雀说。

　　"让她爸爸管好了。"

　　"不要提他。"

　　我始终不知道白雀同她丈夫是分居还是正式离异，是谁负了谁。萍水相逢，我对这个在她生命中非常重要的男人知之甚少。白雀这句话说得很平静，我只能推测烈烈的动荡已经平静。

　　临出门时，白雀把那根口罩绳解下来，把漏水的水龙头绑紧。"平日在家，就用个盆接着。出去，就得绑上。不然漏得太多了。"她说。

　　我们出发了。路的确僻静，只是七拐八绕，很曲折。待我们到达时，学校一派寂静，空旷的操场上有麻雀在啄昨日考生遗下的饼干屑。

我们到得太早了。

早才好！容得细细准备！

我把眼光像渔网似的抛撒出去，滚筒被风吹得迟缓地旋转，周围空无一人。

"昨天的那个人呢？"我问白雀。

"昨天的人？"她吃惊地问我。

"就是……"我不知该怎样称呼，"就是角落……"

"他今天不会来的。"白雀明白了。

"为什么？为什么？"我大失所望，觉得白雀是个骗子。

"你知道……这种机会并不是总有的，很难……"她歉意地望着我。

我拒绝了她共同复习的建议。我发现她学习得很不牢靠。两个水性不好的人假若在水中互相闹着玩，结果比一个人遨游更危险。

人渐渐多起来，大多脸色青黄。一月是考试的季节。连续的考试就像连续的比赛、连续的醉酒、连续的房事，榨尽了人体所有的精液。

这是最后一考了。假若成功，就穿越了苦难的峡谷，进入一座崭新的高原！

我想起历代苦苦追索的童生，心想自己也快成女范进了。范进也好，毕竟是中了呀！

忽然又很烦。不同的年代缠绕在一处，仿佛一团冻僵了的蛇。让我安静一会儿安静一会儿吧！

白雀走过来，扬着她的那沓纸。

我很想躲开。既然没有了滚筒边的男人，我认识她又有什么用呢？

"我想单独待一会儿。"我冷冷地对她说。

"我只是想给你一个鸡蛋。这是我女儿给我的。我说不要，她说每次她考试时我都给她煮,她也要给我煮……我心里堵得很,吃不下,送你吧………"

"我不吃。"我猜她说完鸡蛋之后肯定又要说纸片，我不愿同她纠缠。我从小就不愿同学习不好的人玩，成绩也像瘟疫一样，会传染。

白雀的手缩在半空，进也不是，退也不是，仿佛要在空气中将那只熟鸡蛋孵成小鸡。

最后的考试开始了。

所有的考试都是那样雷同——恐惧、繁忙、疲劳。只是这次的题目出乎意料地难，我猜出题者一定是个刻薄的初出校门的大学生，打算把受尽劫难的大哥哥大姐姐再剥去一层皮。

啪——啪——我听见两声清脆的响声，一个很帅气的中年男子把卷子抖得像冻住了的床单，大踏步向讲台走去。

呦！真棒！这么快就交卷了。众人一阵唏嘘。

"老子不考了！"他把卷子丢在讲台上，悻悻而去。

呦！真棒！我真希望多有几个这样的示威者。然后我更仔细地答自己的卷子。

监考人员目不转睛地注视着罢考者扬长而去，然后更尽职尽责地监视我们，如同超级市场缉拿偷儿的保安人员。

名词解释：枣宜会战。

我完全不知道在我们这片国土上曾经发生过这样一场战争。我想这一定是那个刻薄的年轻人半夜三更上厕所时突然翻了一下故纸堆。我烦躁地揉着头发，想把脑浆碾碎然后寻找记忆的颗粒……

就在这时我听到了那个男人威严的断喝："你站起来！"

我吓得一哆嗦，手中的笔连着在试卷上点了七八个点。

我本能地伸直了膝盖，准备服从监考员的命令，所有人的目光，都像收紧的网绳聚了过来。

我突然发现，那目光像鸽群一样，盘旋过我的头顶，我回过头，看见白雀缓缓地站起来了，黑发汗湿得像剪纸一样贴在额头，每一颗雀斑都像火星在跳动，苍白的嘴唇紧抿着，好像半截白粉笔。细而瘦的脖子从宽大的工作服衣领探出来，若隐若现的血管起伏着，好像皮肤下藏着一只蓝色塑料丝网兜……呵斥者只说让她站起来，并没有说不让她动，可她的手像枯骨一样悬在半空——那是一个极不舒服的姿势，真奇怪她怎么能一动不动——于是我和所有的人都看到了——在她的手心有一张卡片……

"你是怎么发现的？"监考人员快乐地询问，其兴奋之情如同挖掘到一座古墓。

"从窗外往里看，叫她防不胜防……"发现者很响亮地回答，全然不顾他曾经宣布过的"要肃静"。

白雀被驱逐出去。

人们迅速地把头扭回，重新潜入试卷。无论发生了什么，时间不会顺延。耻辱是别人的，分数可是自己的。

我注视着白雀。她深深地低着头，额发像门帘一样垂下来，遮严她的脸。她顺从地收拾好自己的文具——几支缠着黑胶布的圆珠笔。然后好像无意似的，把手中的纸片丢到地上。

"捡起来。这是物证。"又一位监考员像闻到血腥的鲨鱼一样游过来。

白雀就在我的脚边蹲下去。我以为她会看我一眼，她没有。她用手掌在卡片上轻抚了一下，纸片就被汗吸到掌心了。

她随着监考人员走出去，步履轻轻，好像考场里睡满了初生的婴儿。

她路过我身边。我希望她能看看我，毕竟我们相识一场。但她更深地俯下头，好像要去亲吻工作服的第二颗扣子。我看到她的发旋处，有几根耀眼的白发。

我知道她不愿意见我。在发生了这样的事情之后，谁还愿见目睹自己耻辱的人！

直到走出教室，她也没有回头。我注视着她的背影，为她送行，为她默哀。我知道我们将永远不再重逢……

我突然生出深深的恐惧：掉在地上的卡片莫不是她要我一同复习的那张吧？假如我问到了那道题，也许一切都不会发生……

嗨！还是不要想别人吧！顾自己还来不及呢。对于我们这个年纪的女人来说，这是最后一次拼搏了。拿到这张门票，哪怕你进了园门就把它丢掉，你也可以进去见识另一番风光了。

一定要把文凭这张门票拿到手！一定要考好！要考好……

当我机械地走出考场的时候，天空飘起了雪花，黑得如碳素墨水。

考生们连议论答案的气力都没有了，踩着薄薄的积雪散去。肚子很饿，心又惆怅，还要在雪路上碾漫长的自行车辙，备感凄凉。

我去推车。我的车孤零零地摆在围墙下。当初白雀说放在这儿好找，如今她大概已和女儿在家吃饭了，唯有我的车停在那儿，好像一匹迷失的马。

推了车，刚转过身来，有人像幽灵一样站在我面前。

"你是谁？"背光，完全看不清那人的脸。披着雪花的人都很相似。

"我们一道来的……"她用极低的声音说。

"我以为……我以为你早就走了……"

"是的。我是想早走的……我不想见你，不想见这考场里的任何人……但愿大家永远把我忘记……"

"那你……为什么……"

"因为你不认识路……还因为……"她把一个很圆很凉的东西递给我。

"我不知道把这个鸡蛋怎么办。扔了，那是我女儿的一片心。吃了，我哪里吃得下去。给你吧，我猜你一定考得好，一定能拿到文凭的……"

我默默地把蛋接过来，当着她的面，把蛋吃掉了。蛋黄很噎人，我觉得它像杏子一样梗在我的喉咙口，吐不出，也咽不下。

我们骑车上路。她总骑在我的前边，使我看不见她的脸。

"事情到底怎么办呢？"我小心翼翼地问。

"他们要报告市考试办，还要通报。最主要的是要告诉我们单位……我对他们说，求求你们了，千万不要告诉单位……他们说那不行，因为我是他们的考生，他们必须和组织上联系……我说那我不考了，我再也不当你们的学生了，行不行……他们说，如果再也不考了，他们就把我除名，就不必通知单位了……"风摇动着雪花，把她的话从前边传递过来。

"就是说，你再也不考了？"我大叫道，不单是因为惊异，她离我好远，必须喊到这个分贝才能逆风让她听到。

"是的。不考了。我不能让厂里的姐妹们还有我的孩子知道这件事。一个女工想读书，太难了。我本想为自己挣一份尊严，没想到先丢了脸。我还有好多门要考，我是补不下来的。上山下乡，我们已经错过了读书的时辰。

草木到了秋天，就不会发芽，人生有许多路口，过去了就不能再回来……"她把车蹬得飞快，雪雾中，像一只逃窜的苍狐。

"你到底是想察看哪个答案呢？"我明知这样问有些残忍，却仍然忍不住。我想卸下一份心灵的重负。

"就是天……"她突然顿住了，好像一股北风呛入咽喉，"不要管是哪道题了，反正对我来讲结果都一样。原以为作弊是件很难的事，其实简单得很。你看到了那道题，你知道那个答案，它清楚得像一条鱼，你分得清每一片鱼鳞。可你一伸手，它就跑了，在不远处用鱼眼看着你，只留给你一把黏液。我心中有那张写着答案的卡片，在纸的哪一个角落写着那个数字我都知道，我就是看不清，我拼命地揉自己的眼睛，还是不管用。那个数字泡在油里了，我不由自主地拿出那张纸，只是想把那个阿拉伯数字看清楚，并没有想到要防着谁……"

我的心打了一个永远解不开的死扣。今天的试卷里有天朝田亩制度颁布时间的填空！

"就要到了。剩下的路你认识。我走了。"白雀没有回头，旋风一样隐没在被路灯染成杏黄色的雪雾之中。

我果然考得不错。我如期拿到了文凭。我如愿以偿，事业有了辉煌的转折。仔细想来，发生在白雀身上的事，几乎是一种必然。

有一次在街上，我看到一个女人，我几乎百分之百断定她就是白雀，但我终于克制着没有叫她。

我想她一定愿意我忘掉她。

我在寻找那片野花

一位女友，告诉我这样一件事。

上小学的时候，班上有个女同学，叫作荠，家境贫寒，每学期都免交学杂费的。她衣着破烂，夏天总穿短裤，是捡哥哥剩下的。我和她同期加入少先队。那时候，入队仪式很庄重。新发展的同学面向台下观众，先站成一排，当然脖子上光秃秃的，此刻还未被吸收入组织嘛。然后一排老队员走上来，和非队员一对一地站好。这时响起令人心跳的进行曲，校长或是请来的英模，总之是德高望重的长辈，口中念念有词，说着"红领巾是红旗的一角，是用烈士的鲜血染成"等教诲，把一条条新的红领巾发到老队员手中，再由老队员把这鲜艳的标志物绕到新队员的脖子上，亲手挽好结，然后互敬队礼，宣告大家都是队友啦，隆重的仪式才算完成。

新队员的红领巾，是提前交了钱买下的。荠说她没有钱。辅导员说，那怎么办呢？荠说，哥哥已超龄退队，她可用哥哥的旧红领巾。于是那天授巾的仪式，就有一点特别。当辅导员用托盘把新红领巾呈到领导手中的时候，低低说了一句。同学们虽听不清是什么，但能猜出来——那是提醒领导，轮到荠的时候，记得把托盘里的那条旧红领巾分给她。

满盘的新红领巾好似一塘金红的鲤鱼，支棱着翅角。旧红领巾软绵绵地卧着，仿佛混入的灰鲫，落寂孤独。那天来的领导，可能老了，不曾听清这句格外的交代，也许他根本没想到还有这等复杂的事。总之，他一一发放红领巾，走到荠的面前，随手把一条新红领巾分给了她。我看到荠好像被人砸了一下头顶，身体矮了下去。灿如火苗的红领巾环绕着她的脖子，也无法映暖她苍白的脸庞。

那个交了新红领巾的钱，却分到一条旧红领巾的女孩，委屈至极。当场不好发作，刚一散会，就怒气冲冲地跑到荞跟前，一把扯住荞的红领巾说，这是我的！你还给我！

红领巾系的是一个活结，被女孩揪住一股猛拽，就系死了，好似一条绞索，把荞勒得眼珠凸起，喘不过气来。

大伙儿扑上去拉开她俩。荞满眼都是泪花，近乎窒息地直咳嗽。

那个抢红领巾的女孩自知理亏，嘟囔着，本来就是我的嘛！谁要你的破红领巾！说着，女孩把荞哥哥的旧红领巾一把扯下，丢到荞身上，补了一句：我们的红领巾都是烈士用鲜血染的，你的这条红色这么淡，是用刷牙出的血染的。

经她这么一说，我们更觉得荞的那条红领巾旧得凄凉。风雨洗过，阳光晒过，涮了颜色，布丝已褪为浅粉。铺在脖子后方的三角顶端部分几成白色。耷拉在胸前的两个角，因为摩挲和洗涤，絮毛纷披，好似爹开的锅刷头。

我们都为荞不平，觉得那女孩太霸道了。荞一声未吭，把新红领巾折叠得齐整整的，还给了它的主人。把旧红领巾端端正正地系好，默默地走了。

后来我问荞，她那样对你，你就不伤心吗？荞说，谁都想要新红领巾啊，我能想通。只是她说我的红领巾，是用刷牙出的血染的，我不服。我的红领巾原来也是鲜红的，哥哥从九岁戴到十五岁，时间很久了。真正的血，也会褪色的。我试过了。

我吓了一跳。心想，她该不是自己挤出一点血，涂在布上，做过什么试验吧？我没敢问，怕得到一个肯定的答复。

毕业的时候，荞的成绩很好，可以上重点中学。但因为家境艰难，只考了一所技工学校，以期早早分担父母的窘困。

在现今的社会，如果没有意外的变故，接受良好的教育，是从较低阶层进入较高阶层的，不说是唯一，也是最基本的孔道。荞在很小的时候，就放弃了这种可能。她也不是一个具有花容月貌的女孩，没有王子骑了白马来会她。所以，荞以后的路，就一直在贫困的底层挣扎。

我们这些同学，已近了知天命的岁月。在经历了人生中的种种悲欢，尘埃落定之后，屡屡举行聚会，忆旧兼加强联络。荞很少参加，只说是忙。于是那个当年扯她红领巾的女子说，荞可能是混得不如人，不好意思见老同学了。

荞是一家印刷厂的女工。早几年，厂子还开工时，她送过我一本交通地图。说是厂里总是印账簿一类的东西，一般人用不上的。碰上一回印地图，她赶紧给我留了一册，想我有时外出，或许会用得着。

说真的，正因为常常外出，各式地图我很齐备，但我还是非常高兴地收下了她的馈赠。我知道，这是她能拿得出的最好的礼物了。

一次聚会，荞终于来了。她所在的工厂宣布破产，她成了下岗女工。她的丈夫出了车祸，抢救后性命虽无碍，但伤了腿，从此使不得重力。儿子得了肝炎休了学，需要静养和高蛋白。她在几个地方做小时工，不停地奔波，十分辛苦。这次刚好到这边打工，于是抽空和老同学见见面。

我们都不知说什么好，只是紧握着她的手。她的手掌上有很多毛刺，好像一把尼龙丝板刷。

半小时后，荞要走了。同学们推举我送送她。我打了一辆车，送她去干活的地方。本想在车上，多问问她的近况，又怕伤了她的尊严。正斟酌为难时，她突然叫起来，你看！你快看！

窗外是城乡接合部的建筑工地，尘土飞扬，杂草丛生，毫无风景。我不解地问，你要我看什么呢？

荞很开心地说，我要你看路边的那一片野花啊。每天我从这里经过的时候，都要寻找它们。我知道它们哪天张开叶子，哪天抽出花茎，在哪天早晨，突然就开了……我每天都向它们问好呢！

我一眼看去，野花已风驰电掣地闪走了，不知是橙是蓝。看到的只是荞的脸，憔悴之中有了花一样的神采。于是，我那颗久久悬起的心，稳稳地落下了。我不再问她任何具体的事情，彼此已是相知。人的一生，谁知有多少艰涩在等着我们？但荞经历了重重风雨之后，还在寻找一片不知名的野花，问候着它们。我知道在她心中，还贮藏着丰足的力量和充沛的爱，足以抵抗征程上的霜雪和苦难。

此后我外出的时候，总带着荞送我的地图册。

朋友这样结束了她的故事。

非血之爱

爱，有无数种分类法。我以为最简明的是——以血为界。

一种是血缘之爱，比如父母之爱子女，子女之爱父母，扩展至子孙爱姥姥姥爷爷爷奶奶，亲属爱表兄表弟堂姐堂妹……甚至爱先人爱祖宗，都属于这个范畴。

还有一种爱在血缘之外，姑且称为"非血之爱"。比如爱朋友，爱长官，爱下属，爱动物……最典型的是爱自己的配偶。

血缘之爱是无法选择的，你可以不爱，却不可能把某个成员从这条红链中剜除。一脉血缘在你诞生之前许久，已经苍老地盘绕在那里，贯穿悠悠岁月。血缘之爱既至高无上又无与伦比地沉重，也充满天然的机缘和命定的随意。它的基础十分简单，一种名叫"基因"的小密码，按照数学的规律递减着，稀释着，组合着，叠加着，遂成为世界上最神圣最博大的爱的基石。

非血之爱则要奇诡神秘得多。你我原本河海隔绝，天各一方，在某一个瞬间，突然结成一体，从此生死相依，难道不是人世间最司空见惯又最不可思议的偶然吗？无数神鬼莫测的巧合混杂其中，爱与恨泥沙俱下无以澄清。激情在其中孕育，伟大与卑微交织错落。精神与人格，在血缘之外的湖泊中遨游，搅起滔天雪浪，上演无数悲欢离合的故事……爱恋的光谱，比最复杂的银河外星系轨道还难以预计。

血缘之爱使我们感知人间最初的温暖与光明，引领我们成长，教导我们成人。它是孤独人生与大千世界的脐带，攀缘着它，我们一步步长大，最终挣脱它的羁绊，投入血外之爱。然后我们又渐渐回归，开始血缘之爱新的轮回。

血缘之爱是水天一色的淳厚绵长，非血之爱更多一见钟情的碰撞和千折百回的激荡。

血缘之爱有红色缆绳指引，有惊无险，经历误会顿挫，多能化险为夷，曲径通幽。非血之爱全凭暗中摸索，更需心灵与胆魄烛照，在苍莽荒原中，辟出人生携手共进的小径。非血的爱，使每个人思考与成长，比之循规蹈矩的血缘之爱，更考验一个人的心智。

爱一个和你有血缘关系的人，是一种本能，一种幸福，一种责任，一种对天地造化的缠绵呼应。

爱一个和你没有血缘关系的人，是一种需要，一种渴望，一种智慧，一种对美与永恒的不倦追索。

我们的一生，屡屡沐浴着血与非血之爱而成长。

让我们彼此善解人意

善解人意通常是一个优点，但太过善解人意就成了缺点。你无法发现自己的真正想法，它刚一冒头，就淹没在他人意愿的滔天洪水之中了。善解人意的表达在有些时候就变成了"讨好"。

在人们的印象里，善解人意是个褒义词，尤其是贤惠女子的必备条件。君不见征婚启事中，众多的男人都要求将来成为妻子的女人要善解人意。这其实是半句话，下半句话是什么呢？就是你既然懂得了我的意思，就请照我的意思去执行吧。

他们为什么不把下半句话也明明白白地说出来呢？因为理论上大家都是平等的，不好意思说"将来在家里，要以我的意见为主"这样独裁霸道的话，就偷梁换柱改换成了这种看似美德实际上是不平等条约的要求。

如若不信，那么我们换一种说法。如果我们夸赞哪个男生最出众的品质是"善解人意"，恐怕人们会嗤之以鼻，觉得这个人是不是女里女气的没点男子汉的气概啊。

这就是"善解人意"的苦涩的内核。

所以，如果说这世界上真有"善解人意"的优点，你首先要善解自己的意思。不要牺牲了自我,去成全别人的意思。你的"意"我要能解,我的"意"请你也要能解，大家彼此都善解人意，游戏才可以长久地玩下去。

学会倾听

我读心理学博士方向课程的时候,书写作业,其中有一篇是研究"倾听"。刚开始我想,这还不容易啊,人有两耳,只要不是先天失聪,落草就能听见动静。夜半时分,人睡着了,眼睛闭着,耳轮没有开关,一有月落乌啼,人就猛然惊醒,想不倾听都做不到。再者,我做内科医生多年,每天都要无数次地听病人倾倒满腔苦水,鼓膜都起茧子了。所以,倾听对我应不是问题。

查了资料,认真思考,才知差距多多。在"倾听"这门功课上,许多人不及格。如果谈话的人没有我们的学识高,我们就会虚与委蛇地听。如果谈话的人冗长烦琐,我们就会不客气地打断叙述。如果谈话的人言不及义,我们就会明显地露出厌倦的神色。如果谈话的人缺少真知灼见,我们就会讽刺挖苦,令他难堪……凡此种种,我都无数次地表演过,至今一想起来,无地自容。

在这个世界上,天然就掌握了倾听艺术的人,可说是凤毛麟角。

不信,咱们来做一个试验。

你找一个好朋友,对他或她说,我现在同你讲我的心里话,你却不要认真听。你可以东张西望,你可以搔首弄姿,你也可以听音乐梳头发干一切你忽然想到的小事,你也可以顾左右而言他……总之,你什么都可以做,就是不必听我说。

当你的朋友决定配合你以后,这个游戏就可以开始了。你必须拣一件撕肝裂胆的痛事来说,越动感情越好,切不可潦草敷衍。

好了,你说吧……

我猜你说不了多长时间,最多三分钟,就会鸣金收兵。无论如何你也说不下去了。面对着一个对你的疾苦你的忧愁无动于衷的家伙,你再无兴趣敞开襟怀。你不但缄口了,而且感到沮丧和愤怒。你觉得这个朋友愧对你的信任,太不够朋友。你决定以后和他渐渐疏远,你甚至怀疑认识这个人是不是一个错误……

有人也许会问,不认真听别人讲话,会有这样严重的后果吗?我可以很负责任地告诉你,正是如此。有很多我们丧失的机遇,有若干阴差阳错的讯息,有不少失之交臂的朋友,甚至各奔东西的恋人,那绝缘的起因,都系我们不曾学会倾听。好了,这个令人不愉快的游戏我们就做到这里。下面,我们来进行一次令人愉快的互动。

还是你和你的朋友。这一次,是你的朋友向你诉说刻骨铭心的往事。请你身体前倾,请你目光和煦。你屏息关注着他的眼神,你的情绪随着他的情感波浪而起伏。如果他高兴,请你报以会心的微笑;如果他悲哀,你便陪伴着他垂下眼帘;如果他落泪了,你温柔地递上纸巾;如果他久久地沉默,你也和他一样三缄其口…

非常简单。当他说完了,游戏就结束了。你可以问问他,在你这样倾听他诉说的过程中,他感到了什么?

我猜,你的朋友会告诉你,你给了他尊重,给了他关爱。给他的孤独以抚慰,给他的无望以曙光。给他的快乐加倍,给他的哀伤减半。你是他最好的朋友之一,他会记得和你一道度过的难忘时光。

这就是倾听的魔力。

倾听的"倾"字,我原以为就是表示身体向前斜着,用肢体语言表示关爱与注重。翻阅字典,才发现其实不然,或者说仅仅这样理解是不够全面的。倾听,就是"用尽力量去听"。这里的"倾"字,类乎倾巢出动,类乎倾箱倒箧,类乎倾国倾城,类乎倾盆大雨……总之殚精竭虑毫无保留。

可能有点夸张和矫枉过正,但倾听的重要性我以为必须提到相当的高度来认识,这是一个人心理是否健康的重要标志之一。人活在世上,说和听是两件要务。说,主要是表达自己的思想情感和意识,每一个说话的人都希望别人能够听到自己的声音。听，就是接收他人描述内心的想法，以达到沟通和交流的目的。听和说像是鲲鹏的两只翅膀，必须协调展开，才能直上九万里。

现代生活飞速地发展，人的一辈子，再不是蜷缩在一个小村或小镇，而是纵横驰骋漂洋过海。所接触的人，不再是几十一百，很可能成千上万。要在相对短暂的时间内，让别人听懂你的话，让你听懂别人的话，并且在两颗头脑之间产生碰撞，这就变成了心灵的艺术。

现今鼓励青年提升人际交往能力的书很多，教你怎样展现自己的优点，怎样在第一时间给人留下一个好印象，怎样通过匪夷所思的面试，怎样追逐一见钟情的异性……都有不少绝招。有人就觉得人际交往是一个充满套路的领域，可以靠掌握若干独门功夫就能翻云覆雨的领域。其实，拥有好的人际关系，学会与人有效地交流，听比说更重要。

从人的发展顺序来看，我们是先学着听。我之所以用了"学着"这个词，是指如果没有系统的学习，有的人可能终其一生，都没能学会如何"听"。他可以听到雪落的声音，可他感觉不到肃穆。他可以听到儿童的笑声，可他感受不到纯真。他可以听到旁人的哭泣，却体察不到他人的悲苦。他可以听到内心的呼唤，却不知怎样关爱灵魂。

从婴儿开始，我们就无意识地在听。听亲人的呼唤，听自然界的风雨，听远方的信息，听社会的约定俗成。这是一种模糊的天赋，是可以发扬光大也可以湮没无闻的本能。有人练出了发达的听力，有人干脆闭目塞听。有很多描绘这种状态的词语，比如"充耳不闻""置若罔闻"……甚至有人对"闻"还有歧视性的偏见，比如"百闻不如一见"。

听是需要学习的，它比"说"更重要。如果我们没有听到有关的信息，我们的"说"就是无的放矢。轻率的人，容易下车伊始就哇里哇啦地说，其实沉着安静地听，是人生的大境界。

只有认真地听，你才能对周围有更确切的感知，才能对历史有更深刻的把握，才能把他人的智慧集于己身，才能拓展自己的眼界和胸怀。

读书是一种更广义的倾听。你借助文字，倾听已逝哲人的教诲。你借助翻译，得知远方异族的灵慧。

倾听使人生丰富多彩，你将不再囿于一己的狭隘贝壳，而是能够潜入浩瀚的深海。倾听使人谦虚，知道山外有山天外有天。倾听使人安宁，你知道了孤独和苦难并非只莅临你的屋檐。倾听使人警醒，你知道此时此刻有多少大脑飞速运转，有多少巧手翻飞不息。

倾听着是美丽的。你因此发现世界是如此五彩缤纷。倾听是幸福的一种表达，因为你从此不再孤单。

倾听是分层次的。某人在特定的时刻讲了特定的话，只有当我们心静如水时，才能听懂他的言外之意。年轻人最易犯的毛病是，他明白所有倾听的要素，也懂得做出倾听的姿态，其实呢，他在想着自己待会儿要说的话。他关注的不是诉说者，而是自己。"佯听"是很容易露馅的，只要他一开口讲话，神游天外的破绽就暴露了。两个面对面诉说的人，其实是最危险的敌人。一切都被心灵记录在案。

倾听是老老实实的活儿，来不得半点虚假和做作。倾听是对真诚直截了当的考验。所以，如果你不想倾听，那不是罪过。如果你伪装倾听，就不单是虚伪，而且是愚蠢了。

当我深刻地明白了倾听的本质而不是仅仅把它当成讨好的策略后，倾听就向我展示了它更加美丽的内涵，它无处不在，息息相关。如果你谦虚，以万物为师长，你会听到松涛海啸雪落冰融，你会听到蚂蚁的微笑和枫叶的叹息。如果你平等待人，你的耐心就有了坚实的基础，你可以从诉说者那里获得宝贵的馈赠。这就是温暖的信任和支撑。

年轻的朋友们，让我们学会倾听吧。当你能够沉静地坐下来，目光澄澈地注视着对方，抛弃自己的傲慢和虚荣，微微前倾你的身体，那么你就能听到心与心碰撞的清脆音响，宛若风铃在歌唱。

鱼在波涛下微笑

　　心在水中。水是什么呢？水就是关系。关系是什么呢？关系就是我们和万物之间密不可分的羁绊。它们如丝如缕百转千回，环绕着我们，滋润着我们，营养着我们，推动着我们；同时也制约着我们，捆绑着我们，束缚着我们，缠绕着我们。水太少了，心灵就会成为酷日下的撒哈拉。水太多了，堤坝溃决，如同2005年夏的新奥尔良，心也会淹死。

　　人生所有的问题，都是关系问题。在所有的关系之中，你和你自己的关系最为重要。它是一切关系的总脐带。如果你处理不好和自我的关系，你的一生就不得安宁和幸福。你可以成功，但没有快乐。你可以有家庭，但缺乏温暖。你可以有孩子，但他难以交流。你可以姹紫嫣红宾朋满座，却不曾有高山流水患难之交。

　　你会大声地埋怨这个世界，殊不知症结就在你自己身上。

　　你爱自己吗？如果你不爱自己，你怎么有能力去爱他人？爱自己是最简单也是最复杂的事情。它不需要任何成本，却需要一颗无畏的灵魂。我们每个人都是不完满的，爱一个不完满的自己是勇敢者的行为。

　　处理好了和自己的关系，你才有精力和智慧去研究你的人际关系，去和大自然和谐相处。如果你被自己搞得焦头烂额，就像一个五内俱焚的病人，哪里还有多余的热血去濡养他人！

　　在水中自由地遨游，闲暇的时候挣脱一切羁绊，到岸上享受晨风拂面，然后，一个华丽的俯冲，重新潜入关系之水，做一条鱼在波涛下微笑。

第四章　人心的喜马拉雅

人心的喜马拉雅

电影《不见不散》中,葛优说:"这是喜马拉雅山脉,这是中国的青藏高原,这是尼泊尔,山脉的南坡缓缓地伸向印度洋。受印度洋暖湿气流的影响,尼泊尔王国气候湿润,四季如春,而山脉的北麓陡降,终年积雪,再加上深陷大陆的中部,远离太平洋,所以自然气候十分的恶劣。"

徐帆说:"你这又扯哪去了?"

葛优说:"如果我们把喜马拉雅山炸开一道50千米的口子,世界屋脊还留着,把印度洋的暖风引到我们这里来,试想一想,那我们美丽的青藏高原从此摘掉落后的帽子不算,还得变出多少个鱼米之乡!"

人们把这段谈话,当作幽默。不过,当你在天空飞越,清晰地认识到喜马拉雅山这座屏障,将山的南麓和北麓分割成完全不同的世界时,炸开喜马拉雅山的念头就会蠢蠢欲动。

印度洋的暖湿气团生成后,在西南季风的吹动下,向北面推进时,高耸的喜马拉雅山成了极难逾越的天然屏障。急于北进的暖湿气团不甘心,四处游动,终于找到一个豁口,那就是——雅鲁藏布江大峡谷的尾口。暖湿气团蜂拥而入,可惜进入蜿蜒曲折的大峡谷后,逐渐失去它所向披靡的势头。水汽通道在顺手造就了藏东南的绿洲之后,后劲松懈,还没走到藏北就偃旗息鼓了。

如果真能炸出一个大口子,使得这条通道输送的水汽更多、更畅快,减少途中的损失,不是就有可能改变西藏的气候吗?更多的暖湿气流长驱直入,进入藏西北,青藏高原将会变作秀丽的江南。

科学家们模拟了有关实验，结果却是否定的。就算炸开 50 千米的口子，在最佳气候条件下，中国三江源地区的降水也只会增加 20%—25%。

退一万步讲，就算真的要炸喜马拉雅山，如何才能顺利地完成这个任务呢？依靠炸药手榴弹地雷什么的常规技术，绝无可能。用原子弹吗？核武器目前还没有用于开山凿洞的记录。要知道，喜马拉雅山脉乃庞然大物坚不可摧，主峰珠穆朗玛一半在尼泊尔境内。哪怕是咱炸自己这一侧，也要得到尼泊尔，甚至更多国家的同意。核武器将严重破坏环境，邻国也不能答应啊。

如此说来，把喜马拉雅山炸个口子，改变雅鲁藏布江中下游干旱及沙漠化严重的局面，实际上只是一个科学幻想。如果真把喜马拉雅山炸通了，破坏了原有的生态平衡，不知会发生怎样的变局，很可能是灾难。

自然界自有规律，人类不可妄动。

在尼泊尔，结识了一位精明强干的小伙子。到过中国，会说中文，爱笑爱思索。

我说："你觉得中国和尼泊尔有什么不同？"

他说："中国很大，尼泊尔很小。中国现在有了很大的发展，尼泊尔呢，还比较落后。"

我说："你说得很好。不过，咱们暂且不讲这些政治经济方面的情况，单说说感觉上有什么不同。"

他笑了，露出极为整齐和雪白的牙，说："是节奏啊。尼泊尔节奏很慢很慢，几千年我们就一直是这样的节奏，尼泊尔人都习惯了。中国的节奏现在很快，而且越来越快。我的朋友从中国来，说一下子不习惯尼泊尔的这种慢节奏，但是几天过去，静静待下来，就觉得这种节奏很舒服，符合人的身体和大自然的节律。您看，凡是自然的东西都是缓慢的。太阳一点点升起，一点点落下。花一朵朵地开，一瓣瓣地落下。稻谷成熟，都慢得很啊。那些急剧发生的自然变化多是灾难。比如火山喷发。比如飓风和暴雨。比如山崩地裂加上海啸……身体也是慢的。一个孩子要长大，是很慢的。一个人睡觉，也是很慢的，要很久很久。从日落到日出，人才能休息过来……"

"还有呢？"我问。

他认真地想了一下,说:"是耐心啊,还有脾气啊。中国人现在情绪都比较紧张,不耐烦。尼泊尔人基本上不发脾气,慢慢来。就算有很重要的事儿,也不着急。"

不知道再问什么。我也学尼泊尔人,只是微笑和无所事事地张望。自然界的喜马拉雅山是不能炸通的,但人心的喜马拉雅,可否有习习的和风持久地吹拂?

造　心

第四章　人心的喜马拉雅

蜜蜂会造蜂巢。蚂蚁会造蚁穴。人会造房屋、机器，造美丽的艺术品和动听的歌。但是，对于我们最重要最宝贵的东西——自己的心，谁是它的建造者？

孔雀绚丽的羽毛，是大自然物竞天择造出的。白杨笔直地刺向碧宇，是密集的群体和高远的阳光造出的。清香的花草和缤纷的落英，是植物吸引异性繁衍后代的本能造出的。卓尔不群坚忍顽强的性格，是禀赋的优异和生活的历练造出的。

我们的心，是长久地不知不觉地以自己的双手，塑造而成的。

造心先得有材料。有的心是用钢铁造的，坚不可摧。有的心是用冰雪造的，高洁酷寒。有的心是用丝绸造的，柔滑飘逸。有的心是用玻璃造的，晶莹脆薄。有的心是用竹子造的，锋利多刺。有的心是用木头造的，安稳踏实。有的心是用红土造的，粗糙朴素。有的心是用黄连造的，苦楚不堪。有的心是用垃圾造的，面目可憎。有的心是用谎言造的，百孔千疮。有的心是用尸骸造的，腐恶熏天。有的心是用眼镜蛇的唾液造的，饱含剧毒，阴险凶残。

造心要有手艺。一只灵巧的心，缝制得如同金丝荷包。一罐古朴的心，醇厚得好似百年老酒。一枚机敏的心，感应快捷电光石火。一颗潦草的心，门可罗雀疏可走马。一摊胡乱堆就的心，乏善可陈杂乱无章。一片荆棘编织的心，暗设机关处处陷阱。一道半是细腻半是马虎的心，好似白蚁蛀咬的断堤。一朵绣花枕头内里虚空的心，是假冒伪劣心界的水货。

造心需要时间。少则一分一秒，多则一生一世。片刻而成的大智大勇之

147

心，未必就不玲珑。久拖不决的谨小慎微之心，未必就很精致。有的人，小小年纪，就竣工一颗完整坚实之心。有的人，须发皆白，还在心的地基上挖土打桩。有的人，半途而废不了了之，把半成品的心扔在荒野。有的人，成百里半九十，丢下不曾收尾的工程。有的人，精雕细刻一辈子，临终还在打磨剔透的心。有的人，粗制滥造一辈子，人未远行，心已灶冷坑灰。

心的边疆，可以造得很大很大。像延展性最好的金箔，铺设整个宇宙，把日月包含。没有一片乌云，可以覆盖心灵辽阔的疆域。没有哪次地震火山，可以彻底颠覆心灵的宏伟建筑。没有任何风暴，可以冻结心灵深处喷涌的温泉。没有某种天灾人祸，可以在秋天，让心的田野颗粒无收。

心的规模，也可能缩得很小很小，只能容纳一个家，一个人，一粒芝麻，一滴病毒。一丝雨，就把它淹没了。一缕风，就把它粉碎了。一句谎言，就让它痛不欲生。一个阴谋，就置它万劫不复。

心可以很硬，超过人世间已知的任何一款金属。心可以很软，如泣如诉如绢如帛。心可以很韧，千百次的折损委屈，依旧平整如初。心可以很脆，一个不小心，顿时香消玉碎。

造心的时候，可以有很多讲究和设计。

比如预埋下一处心灵的生长点，像一株植物，具有自动修复、自我养护的神奇功能。心受了创伤，它会挺身而出，引导心休养生息，在最短的时间内，使心整旧如新。

比如高高竖起心灵的避雷针，以便在危急时刻，将毁灭性的灾难导入地下，耐心等待雨过天晴。

比如添加防震防爆的性能，在心灵遭受短时间高强度的残酷打击下，举重若轻，镇定地维持蓬勃稳定。比如……

优等的心，不必华丽，但必须坚固。因为人生有太多的压榨和当头一击，会与独行的心灵，在暗夜狭路相逢。如果没有精心的特别设计，简陋的心，极易横遭伤害一蹶不振，也许从此破罐破摔，再无生机。没有自我康复本领的心灵，是不设防的大门。一汪泉眼似的小伤，便漏尽全身膏血。一星针尖大的火药，便烧毁绵延的城堡。

心为血之海，那里汇聚着每个人的品格智慧精力情操，心的质量就是人的质量。有一颗仁慈之心，会爱世界爱人类爱生活，爱自身也爱大家。有一颗自强之心，会勤学苦练百折不挠，宠辱不惊大智若愚。有一颗尊贵之心，会珍惜自然善待万物。有一颗流量充沛羽翼丰满的心，会乘上幻想的航天飞机，抚摸月亮的肩膀。

造心是一项艰难漫长的工程，工期也许耗时一生。通常是母亲的手，在最初心灵的模型上，留下永不消退的指纹。所以普天之下为人父母者，要珍视这一份特别庄重的义务与责任。

当以我手塑我心的时候，一定要找好样板，郑重设计，万不可草率行事。造心当然免不了失败，也很可能会推倒重来。不必气馁，但也不可过于大意。因为心灵的本质，是一种缓慢而精细的物体，太多的揉搓，会破坏它的灵性与感动。

造好的心，如同造好的船。当它下水远航时，蓝天在头上飘荡，海鸥在前面飞翔，那是一个神圣的时刻。会有台风，会有巨涛。但一颗美好的心，即使巨轮沉没，它的颗粒也会在海浪中，无畏而快乐地燃烧。

心是一只美丽的小箱子

小时候上学,很惊奇以"心"为偏旁的字,怎么那么多!比如:"念、想、意、忘、慈、感、愁、恩、恶、慰、慧……"哈!一个庞大的家族。

除了这些安然地卧在底下的"心"以外,还有更多迫不及待站着的"心"。这就是那些带"竖心"旁的字,比如:"忆、怀、快、怕、怪、恼、恨、惭、悄、惯、惜……"原谅我就此打住,因为再列举下去,实在有卖弄学问和抄字典的嫌疑。

从这些例证,可以想见当年老祖宗造字的时候,是多么重视"心"的作用,横着用了一番还嫌不过瘾,又把它立起来,再用一遭。

其实,从医学解剖的观点来看,心虽然极其重要,但它的主要工作,是负责把血液输送到人的全身,好像一台水泵,干的是机械方面的活儿,并不主管思维。汉字里把那么多情绪和智慧的感受,都堆到它身上,有点张冠李戴。

真正统率我们思想的,是大脑。人脑是一个很奇妙的器官。比如学者用"脑海"来描述它,就很有意思。一个脑壳才有多大?假若把它比成一个陶罐,至多装上四个大"可乐"瓶子的水,也就满满当当了。如果是儿童,容量更有限,没准刚倒光几个易拉罐,就沿着罐子四溢出水来了。可是,不管是成人还是小孩的大脑,人们都把它形容成一个"海",一个能容纳百川波涛汹涌的大海。这是为什么?

大脑是我们情感和智慧的大本营,它主宰着我们的思维和决策。它能记住许多东西,也能忘了许多东西。记住什么忘却什么,并不完全听从意志的指挥。比方明天老师要检查背诵默写一篇课文,你反复念了好多遍,就是记不住。就算好不容易记住了，到了课堂上一紧张，得，又忘得差不多了。你就是急得面红耳赤抓耳挠腮，也毫无办法。若是几个月后再问你，那更是云山雾罩一塌糊涂。可有些当时只是无意间看到听到的事情，比如路旁老奶奶一句夸奖的话，秋天庭院里一片飘落的叶子，当时的印象很清淡，却不知被谁施了魔法，能像刀刻斧劈一般，永远留在我们记忆的年轮上。

我不知道科学家最近研究出了哪些关于记忆和遗忘的规则，反正以前是个谜。依我的大胆猜测，谜底其实也不太复杂。主管记住什么忘记什么的中枢，听从的是情感的指令。我们天生愿意保存那些美好、善良、友爱、勇敢的事件，不爱记着那些丑恶、虚伪、背叛、怯懦的片段。当然，这并不是说人应该篡改真相，文过饰非虚情假意瞎编一气，只是想说明我们的心，好像一只美丽的小箱子，容量有限。当它储存物品的时候，经过了严格的挑选，把那些引起我们忧愁和苦闷的往事，甩在了外面，保留的是亲情和友情。

我衷心希望每个人的小箱子里，都装满光明和友爱。

内在的洁净

现在的女子，对于服装的要求越来越多了。每年都有流行色，如果你还穿着去年的流行色，那就是落伍，就是老土，就是搁浅在时代潮流沙滩上的孤独苦蚌。

有一次，我得到一个邀请，担当某服装委员会的顾问。我说，你有没有搞错啊，我是个连流行色都一问三不知的人，哪里能担当服装顾问？只有谢绝这一份信任了。他们说，就是愿意吸收各行各业的人都来关注服装，所以是外行并不要紧。我还是坚辞不受。本以为这件事就这样结束了，不想几天以后，他们又曲线救国，约了一位我所熟识的朋友来做说客。那朋友说，一个作家，就应该与五行八作的人都说得上话。你对服装没有研究，正好借这个机会长长见识，何乐而不为？再说了，人家还发你一套衣服，蛮合算的啦！

倒不是看在那套衣服的份儿上，实在是朋友这番话的前半部分说服了我，我出席了那天的会议。会上，坐在邻座的是一位对服装颇有研究的先生，我和他聊起来，问，你们每年的权威发布，都依照什么原则呢？

那位先生一笑，说，毕作家，你太认真了。流行色并没有你想象的那样复杂，不过就是一个概念。你想啊，服装这个东西，是要提前做准备的。不能天气已经很热了，才做薄薄的夏衣。也不能寒风刺骨了，才张罗棉袄。特别是面料，更要有提前量。那么，大家根据什么来制订计划呢？简单地说，就是开一个会，大家坐在一起，讨论一番，定一个主色调，然后还有一些辅助的色系，最后就按这个原则去生产了。到了那个季节，街上就都是这种色系的衣服，流行色就开始流行了。

我听得似懂非懂，说，那么如果这个色彩今年流行不起来怎么办呢？那位先生可能觉得我冥顽不化，蔼然教导说，这怎么可能呢？大家都要穿新衣服，新衣服是哪里来的？还不是厂家做出来的吗？只要所有的厂家都齐心合力，都生产这个颜色的衣服，当然就会流行起来啊！再有了，我们既然制定了这个策略，就会大张旗鼓地宣传，比如说环保啦、沙漠啦、海洋啦、太空啦……找概念啊，开动一切机器来轰炸。另外还有一个法宝，就是让偶像代言。年轻人喜欢从众，一看他们心仪的艺人都穿上这个衣服了，当然会趋之若鹜……

听到这里，我只有拼命点头的份儿了，我就是再愚笨，也明白在这样强大的攻势之下，流行色当然生命力蓬勃。

那位先生看我茅塞顿开的样子，表示满意，说，如果你是生产厂家，你会怎样想？

我说，那还用问？当然是希望买我衣服的人，越多越好。

那位先生说，对啊，人心同理。要是谁都新三年旧三年，缝缝补补又三年，服装厂还不得关门？所以，每年的流行色一定要和上一年的有所不同，让你不能以旧充新，鱼目混珠。再有就是造舆论，让你觉得自己穿的不是流行色，就有一种自卑感，不入流，被社会抛弃……这样的舆论氛围一旦形成，从众心理浓厚的人，就会被裹挟进来，成了流行色的俘虏。厂家就会偷着乐。

我说，如果我硬是不买流行色，你们能怎么样呢？

那位先生和气地笑起来，说，那我们一点办法也没有。不跟着流行色走的人，通常分两类。一种是特别贫穷，他们原本就没有能力不停地置换服装，所以，也不是服装行业的消费者，基本可以忽略不计。再有一种，就是特别有品位的人，他们不在乎流行什么，只在乎什么东西最适合自己。对这后一种人，我们也是鞭长莫及无可奈何啊。

那一天的会议，让我获益匪浅。这位先生犹如奸细，让我获取了关于服装的真实情报。也许对于时尚中人，这些都是常识，但对我这样一个服装盲来说，的确醍醐灌顶。我想，我似乎不能算作买不起衣服的人，但也绝对不是有独立见解，能孤傲地挺立于潮流之外的人。对于我们普通人来说，如何在光怪陆离的现代服装海洋中,安然自得地驾着自己的小船,吟唱渔歌呢?

我想最好的方式,就是保持衣物的洁净,不追赶时髦。因为流行色的实质,多是商人的利益。他铁定了主意让你总是气喘吁吁手忙脚乱地追赶潮流。我不需要那么多的衣服。如果你的衣服有污渍,无论它多么华贵,在没有清洗干净之前,不要穿着它出门。华贵表达着你的财富,而洁净证明着你的品质。

衣服只是外包装,内在的精神洁净才是最重要的。

好脾气的悖论

记得一位老妈妈曾对我说，要为儿子挑一房好脾气的媳妇。我说，你怎么考查呢？她说，看为娘的脾气就知道女儿的性情了。过了几年，我问老人家，媳妇怎样？她说，啊呀呀，再没那凶的了，属煤气罐的，一点就着！老人又说，轮到给小儿子说媳妇，这回特地挑了一个悍妇的女儿，果然竟是极温顺的。你说这是怎么回事？她瞪着苍老的黄眼珠问我。

我不知道这老妈妈的遭遇是否具有普遍性，也不认为脾气孬好是恋爱的先决条件，只是环顾四周的家庭，像这般悖论的情形，似乎还可以找到不少。

一个在充满了爱意的家庭中长大的孩子，却丧失了最起码的温情，凶残地对亲人举起屠刀。一个极朴素的母亲，孩子反奢靡成风。钵满缸流的富家子弟，横起杀人越货的贼心。勤俭本分之人的后代，摇身变成了江洋大盗。目不识丁的双亲，养育半打硕士博士。荒僻的山野，走出雄才大略的军师。贫寒人一旦发达，挥金如土。富甲天下的豪门，一毛不拔……

家庭通常是一个古老的模具，克隆出与前辈酷似的后代。此等异样情形，实在是一个悖论。设想因为父母脾气躁动，孩童自小在急风暴雨中成长，经受锻炼考验，耐力反倒出众。家长若是老好人，极为懦弱四处逢迎，对孩子也唯命是从，自然易养出暴戾乖张之徒。周围的人手脚不停，操心不止，孩子手到擒来，好端端的惯成特号懒包。爹妈若一觉睡到日头红，孩子必得自我张罗早饭，无意中造就一个勤快人。所以除了正面的培养，有时候不妨利用悖论。

你想得到一个勇敢的孩子吗？月夜里，虽然他年纪幼小，体质孱弱，也让他横刀跃马地走在黑暗中，给你带路。

你想得到一个慷慨的孩子吗？无论你多么富有，不要平白无故地给他金钱。每一分硬币必须让他用汗水兑换，然后不问那钱的去处，给他以完全的支配权。

你想得到一个清洁的孩子吗？看到他肮脏时，千万不要帮他洗涤，坚决袖起你的手，由着他污浊下去。直到他自己忍无可忍，动手改变着局面。在新与旧的对比中，觉悟到洁净是一种舒适的状态和文明的美德。

你想得到一个智慧的孩子吗？当他遇到难题请教你的时候，除了给他一本书，什么都不要讲。坚决关住你的嘴巴，这是百发百中的诀窍！在经过几番艰苦的摸索之后，他自然在失败与挫折里坚强起来了。

你想得到一个独立自主的孩子吗？当他求助的时候，狠下心来，置若罔闻地看他哭泣和摸索。千万记得要装傻，如果你有余力，最好再给他捣点乱。孩子便会牢牢记住，世界上最重要的事是依靠自己。

你想得到一个善于倾听虚怀若谷、友好待人的孩子吗？当孩子兴致勃勃地讲话的时候，毫不留情地把他打断，嘲笑他，然后走开，留他在那里孤独地发呆。如是者三，只要他不是一个过分愚钝和麻木的孩子，吸取了反面的教训，就能学会宽容与共享快乐。

你想得到一个不推诿责任，不惊慌失措，在困境中依然沉着坚定的心理健康的现代人雏形吗？当他跌倒时，不要代他埋怨路的不平，不要伸出搀扶的手，甚至在他伤口流血的时候，也让他自我包扎。坚持冷静地作壁上观，孩子便在困境中顽强地爬起来，艰难昂扬地成长。

还可以举出很多看似生硬冷酷却生机盎然的手段。这也是一个悖论。谁又能说这里不溶解着父母更深的养育之爱和良苦的用心锻造呢？

素面朝天

素面朝天。

我在白纸上郑重写下这个题目。夫走过来说，你是要将一碗白皮面，对着天空吗？

我说有一位虢国夫人，就是杨贵妃的姐姐，她自恃美丽，见了唐明皇也不化妆，所以叫……

夫笑了，说，我知道，可是你并不美丽。

是的，我不美丽。但素面朝天并不是美丽女人的专利，而是所有女人都可以选择的一种生存方式。

看看我们周围。每一棵树，每一叶草，每一朵花，都不化妆。面对骄阳，面对暴雨，面对风雪，它们都本色而自然。它们会衰老和凋零，但衰老和凋零也是一种真实。作为万物之灵的人类，为何要将自己隐藏在脂粉和油彩的后面？

见一位化过妆的女友洗面，红的水黑的水蜿蜒而下，仿佛洪水冲刷过水土流失的山峦。那个真实的她，像在蛋壳里窒息得过久的鸡雏，渐渐苏醒过来。我觉得这个眉目清晰的女人，才是我真正的朋友。片刻前被颜色包裹的那个形象，是一个虚伪的陌生人。

脸，是我们与生俱来的证件。我的父母，凭着它辨认出一脉血缘的延续；我的丈夫，凭着它在茫茫人海中将我找寻；我的儿子，凭着它第一次铭记住了自己的母亲……每张脸，都是一本生命的图谱。连脸都不愿公开的人，便像捏着一份涂改过的证件，有了太多的秘密。所有的秘密都是有重量的。背

第四章 人心的喜马拉雅

157

负着化过妆的脸走路的女人,便多了劳累,多了忧虑。

化妆可以使人年轻,无数广告喋喋不休地告诫我们。我认识的一位女郎,盛妆出行,艳丽得如同一组霓虹灯。一次半夜里我为她传一个电话,门开的一瞬间,我惊愕不止。惨淡的灯光下,她枯黄憔悴如同一册古老的线装书。"我不能不化妆。"她后来告诉我。"化妆如同吸烟,是有瘾的。我已经没有勇气面对不化妆的我。化妆最先是为了欺人,之后就成了自欺,我真羡慕你啊!"从此我对她充满同情。

我们都会衰老。我镇定地注视着我的年纪,犹如眺望远方一幅渐渐逼近的白帆。为什么要掩饰这个现实呢?掩饰不单是徒劳,首先是一种软弱。自信并不与年龄成反比,就像自信并不与美丽成正比。勇气不是储存在脸庞上,而是掌握在自己手中。化妆品不过是一些高分子的化合物、一些水果的汁液和一些动物的油脂,它们同人类的自信与果敢实在是不相干的东西。犹如大厦需要钢筋铁骨来支撑,而绝非几根华而不实的竹竿。

常常觉得化了妆的女人犯了买椟还珠的错误。请看我的眼睛!浓墨勾勒的眼线在说。但栅栏似的假睫毛圈住的眼波,却暗淡犹疑。请注意我的嘴唇!樱桃红的唇膏在呼吁。但轮廓鲜明的唇内吐出的话语,却肤浅苍白……化妆以醒目的色彩强调以至强迫人们注意的部位,却往往是最软弱的所在。

磨砺内心比油饰外表要难得多,犹如水晶与玻璃的区别。

不拥有美丽的女人,并非也不拥有自信。美丽是一种天赋,自信却像树苗一样,可以播种可以培植可以蔚然成林可以直到地老天荒。

我相信不化妆的微笑更纯洁而美好,我相信不化妆的目光更坦率而真诚,我相信不化妆的女人更有勇气直面人生。

假若不是为了工作,假若不是出于礼仪,我这一生,将永不化妆。

幸福的镜片

第四章 人心的喜马拉雅

现今的家庭，有些简直成了情绪的火葬场。一位女友说，先生在外面笑眯眯的，人都赞脾气好，可回到家里，满脸晦气，令人沮丧。女友恼火地抗议，你不要金玉其外，轮到自家人时，却像八大山人笔下的鱼鹰，白眼球多，黑眼球少。先生立即反驳道，人又不是仪器，不可能总调整在最佳状态。发愁的时候，懊恼的时候，垂头丧气的时候，你让我到哪里撒火？和领导吵吗？不敢抗上。和同事争吗？来日方长，得罪不起。在公共汽车上和不相干的人口角吗？人家招你惹你了？那不是伤及无辜，太不五讲四美了吗？女友说，我是你的亲人，却经常看你黑脸，你这不是残害忠良吗？先生说，家是最隐蔽最放松的场所，一个人若是在家里都不能扒下面具，赤裸裸地做人，那才是大悲哀。我阴沉着脸，并非对你有什么恶意，只是情绪病了。你装聋作哑好了，不必同我一般见识。有什么不中听的话，并非针对你，只是宣泄独自的郁闷。如果你爱我，就请原谅我的种种真实……

女友困惑地说，人怎么能把家庭当作消化情绪的垃圾场？这样下去，谈何幸福？！

我倒以为幸福的家庭，不妨成为回收情绪垃圾的熔炉。将成员的种种不快以至愤慨忧愁苦恼悲凉……都虚怀若谷地包容下来，然后紧闭炉门，不再泄漏。让那炉中真火慢慢熬炼，直到怨气焚化成白色无害的灰烬，随风飘逝，不见踪影。

这事说起来简便，实施的时候，却很容易失控。居家之人，心不设防，就像没打过麻疹疫苗的小儿，对坏情绪缺少抵抗力。一旦心境恶劣，极易传染他人。又因至爱亲朋，血脉相通，结果一人发火，污染全体，大家受难。很多原本是外界的小风波，最后演变成家庭的全武行。

好的家庭要有丝网般的过滤功能。快乐的幸福的消息，如高屋建瓴，肥水快流，多拉快跑，让佳音火速进入所有成员的耳鼓。忧郁的不幸的消息，只要不关急务，便遮掩它，蹒跚它，让时间冲刷它的苦涩，让风霜漂白它触目惊心的严酷。

好的家庭是会变形的镜片，能发生奇妙的折射。凸透镜使视物变大，凹透镜让东西变小。如果是愉快的源泉，哪怕只是夫妻间的一个手势，孩子捧出的一杯清水，远方朋友的一声问候，陌生人的一个祝福……都应透过放大镜，使它纤毫毕现，华光四射。让一朵杜鹃，蔓延出一片火红的山谷。让一声口哨，轰响成一部辉煌的乐章。从一片面包，憧憬出今后日子的和美丰足。携一缕春风，扩展成融融暖意，铺满整个家庭空间。

如果是苦难和灾异，比如亲朋远逝，祸起萧墙，泰山压顶，骤雨狂风……降临的种种天灾人祸，经过家庭镜片的折射，都应竭力缩小它的规模——淡化压力的强度，软化尖锐的硬度，衰减振荡的烈度，压缩波及的范围，控制哀痛的伤害，截短作用的时间……让家人在家的庇护下，惊魂甫定，休养生息，疗治创口，积聚新力，重新鼓起生活的勇气。

这是否酷似澳洲鸵鸟的战术，一厢情愿？我想明晰的镜片和浑黄的沙砾有原则性区别。无论喜讯还是噩耗，通过家庭镜片的折射，它们未曾消失，依然健在，改变的只是外界事物作用于我们的感觉。

放大欢乐，缩小痛苦，这就是幸福家庭奇妙的镜片功能。

焚毁你心中的魔床

第四章 人心的喜马拉雅

魔鬼有张床。它守候在路边，把每一个过路的人，揪到它的魔床上。魔床的尺寸是现成的，路人的身体比魔床长，它就把那人的头或是脚锯下来。那人的个子矮小，魔鬼就把路人的脖子和肚子像拉面一样抻长……只有极少数人天生符合魔床的尺寸，不长不短地躺在魔床上，其余的人总要被魔鬼折磨，身心俱残。

一个女生向我诉说：我被甩了，心中痛苦万分。他是我的学长，曾每天都捧着我的脸说，你是天下最可爱的女孩。可说不爱就不爱了，做得那么绝，一去不回头。我是很理性的女孩，当他说我是天下最可爱的女孩的时候，我知道我姿色平平，担不起这份美誉，但我知道那是出自他的真心。那些话像火，我的耳朵还在风中发烫，人却大变了。我久久追在他后面，不是要赖着他，只是希望他拿出响当当硬邦邦的说法，给我一个交代，也给他自己一个交代。

由于这个变故，我不再相信自己，也不相信他人。我怀疑我的智商，一定是自己的判断力出了问题。如此至亲至密，说翻脸就翻脸，让我还能信谁？

女生叫箫凉（姓什么我忘记了），箫凉说到这里，眼泪把围巾的颜色一片片变深。失恋的故事，我已听过成百上千，每一次，都不敢等闲视之。我知道有殷红的血从她心中坠落。我对箫凉说，这问题对你，已不单单是失恋，而是最基本的信念动摇了，所以你沮丧、孤独、自卑、愤怒、茫然……

箫凉说，对啊，他欠我太多的理由。

我说，人是追求理由的动物。其实，所有的理由都来自我们心底的魔床——那就是我们对一些问题的看法和观念。它潜移默化地时刻评价着我们

161

的言行和世界万物。相符了，就皆大欢喜，以为正确合理；不相符，就郁郁寡欢，怨天尤人。

这种魔床，有一个最通俗最简单的名字，就叫作"应该"。有的人心里摆得少些，有三个五个"应该"。有的人心里摆得多些，几十个上百个也说不准，如果能透视到他的内心，也许拥挤得像个卖床垫的家具城。

魔床上都刻着怎样的字呢？

萧凉的魔床上就写着"人应该是可爱的"。我知道很多女生特别喜欢这个"应该"。热恋中的情人，更是三句话不离"可爱"。这张魔床导致的直接后果，就是我们以为自己的存在价值，决定于他人的评价。如果别人觉得我们是可爱的，我们就欢欣鼓舞；如果什么人不爱我们了，就天地变色日月无光。很多失恋的青年，在这个问题上百思不得其解，苦苦搜索一个"理由"。如果没有理由，你不能不爱我。如果你说的理由不能说服我，那么就只有一个理由，就是我已不再可爱，一定是我有了什么过错……很多失恋的男女青年，不是被失恋本身，而是被他们自己心底的魔床，锯得七零八落。残缺的自尊心在魔床之上火烧火燎，好像街头的羊肉串。

要说这张魔床的生产日期，实在是年代久远，也许生命存在了多少年，它就相伴了多少年。最初着手制造这张魔床的人，也许正是我们的父母。当我们还是婴儿的时候，那样弱小，只能全然依赖亲人的抚育。如果父母不喜欢我们，不照料我们，在我们小小的心里，无法思索这复杂的变化，最简单的方式，我们就以为是自己的过错。必定是我们不够可爱，才招致嫌弃和疏远。特别是大人们的口头禅"你怎么这么不乖？如果你再这样，我就不喜欢你了"……凡此种种，都会在我们幼小的心灵留下深深的印记。那张可怕的魔床蓝图，就这样一笔笔地勾画出来了。

有人会说，啊，原来这"应该如何如何"的责任不在我，而在我的父母。其实，床是谁造的，这问题固然重要，但还不是最重要的。心理学家弗洛伊德说过，一个孩子，就是在最慈爱的父母那里长大，他的内心也会留有很多创伤（大意如此。原谅我一时没有找到原文，但意思绝对不错）。我们长大之后，要搜索自己的内心，看看它藏有多少张这样的魔床，然后亲手将它焚毁。

一位男青年说，我很用功，我的成绩很好，可是我不善辞令，人多的场合，一说话就脸红。我用了很大的力量克服，奋勇竞选学生会的部长，结果惨遭败北。前景黑暗，这可不是个好兆头，看来我一生都会是失败者。于是，他变得落落寡合，自贬自怜，头发很长了也不梳理，邋遢着独往独来的，好似一个旧时的落魄文人。人家觉得他很怪，更少有人搭理他了。

他内心的魔床就是：我应该是全能的。我不单要学习好，而且样样都要好。我每次都应该成功，否则就一蹶不振。挫折被放在这张魔床上反复比量，自己把自己裁剪得七零八落。一次的失败就成了永远的颓势，局部的不完美就泛滥成了整体的否定。

一个美丽的女大学生每天顾影自怜。上课不敢坐在阶梯教室的前排，心想老师一定只愿看到"养眼"的女孩。有个男生向她表示好感，她想，我不美丽，他一定不是真心。如果我投入感情，肯定会被他欺骗，当作话柄流传。于是，她斩钉截铁地拒绝了他，以为这是决断和明智。找工作的时候，她的简历写得很好，每每被约见面试，但每一次都铩羽而归。她以为是自己的服饰不够新潮化妆不够到位，省吃俭用买了高级白领套装外带昂贵的化妆品，可惜还是屡遭淘汰……她耷拉着脸，嘴边已经出现了在饱经沧桑的失意女子脸上才可看到的像小括弧般的竖形皱纹。如果允许我们走进她贫瘠的内心，我想那里一定摆着一张逼仄的小床。床上写着"女孩应该倾国倾城。应该有白皙的皮肤，应该有挺秀的身躯，应该有玲珑的曲线，应该有精妙绝伦的五官……如果没有，她就注定得不到幸福，所有的努力都会白搭，就算碰巧有一个好的开头，也不会有好的结尾。如果有男生追求长相不漂亮的女孩，一定是个陷阱，背后必有狼子野心，切切不可上当"……

很容易推算，当一个人内心有了这样的暗示，她的面容是愁苦和畏惧的，她的举止是局促和紧张的，她的声音是怯懦和微弱的，她的眼神是低垂和飘忽的……她在情感和事业上成功的概率极低，到手的幸福不敢接纳，尚未到手的机遇不敢追求，她的整个形象都散射着这样的信息——我不美丽，所以，我不配有好运气！

讲完了黯淡的故事，擦拭去委屈的泪水，我希望她能找到那张魔床，用通红的火把将它焚毁。

谁说不美丽的女子就没有幸福？谁说不美丽的女子就没有事业？谁说命运是个好色的登徒子？谁说天下的男子都是以貌取人的低能儿？

心中的魔床有大有小，有的甚至金光闪闪，颇有迷惑人的能量。我见过一家证券公司的老总，真是事业有成，高大英俊，名牌大学洋文凭，还有志同道合的妻子，活泼聪颖的孩子……一句话，简直人所有的他都有，可他寝食不安，内心的忧郁焦虑非凡人所能想象，不知是什么灼烤着他的内心。

我总觉得这一切不长久。人无远虑，必有近忧。水至清则无鱼，谦受益满招损。我今天赚钱，日后可能赔钱。妻子可能背叛，孩子可能车祸。我也许会突患疾病，世界可能会发生地震火灾飓风，即使风调雨顺，也必会有人祸，比如9 11……我无法安心，恐惧追赶着我的脚后跟，惶恐将我包围。他眉头紧皱着说。

我说，你极度的不安全。你总在未雨绸缪，你总在防微杜渐。你觉得周围潜伏着很多危险，它们如同空气看不着摸不到却无所不在无所不能。

他说，是啊。你说得不错。

我说，在你内心，可有一张魔床？

他说，什么魔床？我内心只有深不可测的恐惧。

我说，那张魔床上写着：人不应该有幸福。只应该有灾难。幸福是不真实的，只有灾难才是永恒。人不应该只生活在今天，明天和将来才是最重要的。

他连连说，正是这样。今天的一切都不足信，唯有对将来的忧患才是真实的。

我说，每个人都有过去、现在和将来。对我们来讲，无论过去发生过什么，都已逝去。无论你对将来有多少设想，都还没有发生。我们只活在当下。

由于幼年的遭遇，他是个极度缺乏安全感的人。惊惧扼杀了他对于当下的感知和欣赏。只有销毁了那张魔床，他才能看到金色的夕阳，听到妻儿的欢歌笑语，才能从容镇定地面对风云，即使风雨真的袭来，也依然轻裘缓带玉树临风。

说穿了，魔床并不可怕，当它不由分说就宰割着你的意志和行为之时，面对残缺，我们只有悲楚绝望。但当我们撕去了魔床上的铭文，打碎了那些陈腐的"应该"，魔力就在一瞬间崩塌。随着魔床的轰塌，代之以我们清新明朗的心态。

魔由心生。时时检点自己的心灵宝库，可以储藏勇气，可以储藏智慧，可以储藏经验和教训，可以储藏期望和安慰，只是不要储藏"应该"。

教养的证据

教养是个高频词。时下，如果说某人没教养，就是大批评大贬义了。如果说一个女人没教养，简直就如同说她是三陪小姐了。

什么叫教养呢？辞典上说是"文化和品德的修养"，但我更愿意理解为"因教育而养成的优良品质和习惯"。

一个人可以受过教育，但他依然是没有教养的。就像一个人可以不停地吃东西，但他的肠胃不吸收，竹篮打水一场空，还是骨瘦如柴。不过这话似乎不能反过来说——一个人没有受过系统的教育，他却能够很有教养。

教养不是天生的。一个小孩子如果没人教给他良好的习惯和有关的知识，他必定是愚昧和粗浅的。当然，这个"教"是广义的，除了指入学经师，也包括家长的言传身教和环境的耳濡目染。

教养和财富一样，是需要证据的。你说你有钱不成，得拿出一个资产证明。教养的证据不是你读过多少书，家庭背景如何显赫，也不是你通晓多少礼节规范，能够熟练地使用刀叉会穿晚礼服……这些仅仅是一些表面的气泡，最关键的证据可能有以下几点。

热爱大自然。把它列为有教养的证据之首，是因为一个不懂得敬畏大自然，不知道人类渺小的人，必是井底之蛙，与教养差之千里。这也许怪不得他，因为如果不经教育，一个人是很难自发地懂得宇宙之大和人类的卑微的。没有相应的自然科学知识，人除了显得蒙昧和狭隘以外，注定也是盲目傲慢的。之所以从小就教育孩子要爱护花草，正是这种伟大感悟的最基本的训练。若是看到一个成人野蛮地攀折林木，通常人们就会毫不迟疑地评判道——这个人太没有教养了。可见教养和绿色是紧密地联系在一起的。懂得与自然协调地相处，懂得爱护无言的植物的人，推而广之，他多半也可能会爱惜更多的动物，爱护自己的同类。

一个有教养的人，应该能够自如地运用公共的语言，表达自己的内心和同他人交流，并能妥帖地付诸文字。我所说的公共语言，是指大家——从普通民众到知识分子都能理解的清洁和明亮的语言，而不是某种小众的土语俚语或者某特定情境下的专业语言。这个要求并非画蛇添足。在这个千帆竞发的时代，太多的人，只会说他那个行业的内部语言，只会说机器仪器能听懂的语言，却不懂得和人亲密地交流。这不是一个批评，而是一个事实。和人的交流技能的掌握，特别是和陌生人的沟通，通常不是自发产生的，是需要通过学习和练习来获得的。一个没有受过教育的人，他所掌握的词汇是有限和贫乏的，除了描绘自己的生理感受，比如饿了、渴了、睡觉以及生殖的欲望之外，他们对于自己的内心感知甚为模糊，因为那些描述内心感受的词汇，通常是抽象和长于比兴的。不通过学习，难以明确恰当地将它表达出来。那些虽然拥有一技之长，但无法精彩地运用公共语言这种神圣的媒介，来沟通和解读自我心灵的人，难以算是一个有教养的人。技术是用来谋生的，而仅仅具有谋生的本领是不够的。就像豺狼也会自发地猎取食物一样，那是近乎无须教育也可掌握的本能。而人，毫无疑问地应比豺狼更高一筹。

一个有教养的人，对历史有恰如其分的了解，知道生而为人，我们走过了怎样曲折的道路。当然，教养并不能使每个人都像历史学家那样博古通今，但是教养却能使一个爱思考的人，知晓我们从哪里来，要到哪里去。教养通过历史，使我们不单活在此时此刻，也活在从前和以后，如同生活在一条奔腾的大河里，知道泉眼和海洋的方向。

一个有教养的人，除了眼前的事物和得失以外，他还会不由自主地想到他远大的目标。教养把人的注意力拓展了，变得宏大和光明。每一个个体都有沉没在黑暗峡谷的时刻，当你在跋涉和攀缘时，虽然伤痕累累，却因为你具有良好的教养，因而确知时间是流动的，明了暂时与永久。相信在遥远的地方，定有峡谷的出口，那里有瀑布在轰鸣。

一个有教养的人，特别是女人，对自己的身体，有着亲切的了解和珍惜之情。知道它们各自独有的清晰的名称，明了它们是精致和洁净的，相信身体的每一部分都有着不可替代的功能，并无高低贵贱的区别。他知道自己的快乐和满足，很大一部分是建筑在这些功能灵敏的感知上和器官的健全和完整上的。他也毫无疑义地知道，大脑是其身体的主宰。他不会任由他的器官牵制他的所作所为，他是清醒和有驾驭力的。他在尊重自己身体的同时，也尊重他人的身体。在尊重自我的权利的同时，也尊重他人的权利。在驰骋自我意志的骏马时，也精心维护着他人的茵茵草地。

　　一个有教养的人，对人类种种优秀的品质，比如忠诚、勇敢、信任、勤勉、互助、舍己救人、临危不惧、吃苦耐劳、坚贞不屈……充满敬重敬畏敬仰之心。不一定每个人都能够身体力行，但他们懂得爱戴和歌颂。人不是不可以怯懦和懒惰，但他不能把这些陋习伪装成高风亮节，不能由于自己做不到高尚，就诋毁所有做到了这些的人是伪善。你可以跪在泥里，但你不可以把污泥抹上整个世界的胸膛，并因此煞有介事地说到处都是污垢。

　　有教养的人知道害怕。知道害怕是件有意义有价值的事情。它表示明了自己的局限性，知道世上有一些不可逾越的界限。知道世界上有阳光，阳光下有正义的惩罚。由于害怕正义的惩罚，因而约束自我，是意志力坚强的一种体现。

　　有教养的人知道仰视高山和宇宙，知道仰视那些伟大的发现和伟大的人格，知道对于自己无法企及的高度表达尊重，而不是糊涂地闭上眼睛或是居心叵测地嘲讽。

　　教养不是一蹴而就的。教养是细水长流的。教养是可以遗失也可以捡拾起来的。教养具有某种坚定的流传性和既定的轨道性。教养是一些习惯的总和，从某种程度上说，教养不是活在我们的皮肤上，而是繁衍在我们的骨髓里。教养和遗传几乎是不相关的，它是后天和社会的产物。教养必须有酵母，在潜移默化和条件反射的共同烘烤下，假以足够的时日，才能自然而然地散发出香气。教养是衡量一个民族整体素质的一张X光片。脸面上可以依靠化妆繁花似锦，但只有内在的健硕，才经得起时间的冲刷和考验，才是力量的象征。

旷野与城市

城市是一粒粒精致的银扣，缀在旷野的黑绿色大氅上，不分昼夜地熠熠闪光。我所说的旷野，泛指崇山峻岭、河流海洋、湖泊森林、戈壁荒漠……一切人迹罕至保存原始风貌的地方。

旷野和城市，从根本上讲，是对立的。

人们多以为和城市相对应的那个词，是乡村。比如常说"城乡差别""城里人乡下人"，其实乡村不过是城市发育的低级阶段。再简陋的乡村，也是城市一脉血缘的兄长。

唯有旷野与城市永无声息地对峙着。城市侵袭了旷野昔日的领地，驱散了旷野原有的驻民，破坏了旷野古老的风景，越来越多地以井然有序的繁华，取代我行我素的自然风光。

城市是人类所有伟大发明的需求地、展览厅、比赛场、评判台。如果有一双慧眼从宇宙观看夜晚的地球，他一定被城市不灭的光芒所震撼。旷野是舒缓的，城市是激烈的；旷野是宁静的，城市则喧嚣不已；旷野对万物具有强大的包容性，城市几乎是人的一统天下……

人们为了从一个城市，越来越快地到达另一个城市，发明了各式各样的交通工具。人们用最先进的通信手段联结一座座城市，使整个地球成为无所不包的网络。可以说，人们离开广义上的城市已无法生存。

我读过一则登山报道，一位成功地攀上了珠穆朗玛峰的勇敢者，在返回营地的途中，遭遇暴风雪，被困且无法营救。人们只能通过卫星，接通了他与家人的无线电话。雪暴中，他与遥距万里的城市内的妻子，讨论即将出生的孩子的姓名，飓风为诀别的谈话伴奏。几小时后，电话再次接通主峰，回答城市呼唤的是旷野永恒的沉默。

我以为这凄婉悲壮的一幕，具有几分城市和旷野的象征。城市是人们用智慧和心血、勇气和时间、一代又一代堆积起来的庞然大物。在城市里，到处是文明的痕迹，以至于后来的人们，几乎以为自己披甲执兵，无坚不摧。但在城市以外的广袤大地，旷野无声地统治着苍穹，傲视人寰。

人们把城市像巨钉一样，楔入旷野，并以此为据点，顽强地繁衍着后代，创造出流光溢彩的文明。旷野在最初，漠然置之，甚至是温文尔雅地接受着。但旷野一旦反扑，人就一筹莫展了。玛雅古城，庞贝古城……一系列历史上辉煌的城郭名字，湮灭在大地的皱褶里。

人们建造了越来越多越来越大的城市，以满足种种需要，旷野日益退缩着。但人们不应忽略旷野、漠视旷野，而要寻觅出与其相亲相守的最佳间隙。善待旷野就是善待人类自身，要知道，人类永远不可能以城市战胜旷野。旷野是大自然的肌肤，皮之不存，毛将焉附？！

家的疆域

一个家就像一潭水，经常有风和石头经过，扰乱平静。夫妻间发生争执的人和事，有时同自家没一点关系，颇有株连的味道。比如遥远的地方有一个女人死了，妻子说，真吓人啊。丈夫说，有什么了不起？这世上每天死的人多了去了。妻子就说，想不到你是这么一个绝情的人，有朝一日我死了，只怕你也无动于衷。丈夫说，这不是强加于人吗？她死和你死有什么关系呢？真是小题大做！妻子说，我都要死了，你还说是小题，在你心里，究竟谁才是大事……于是，争吵就水到渠成地发生了。

家是一个那么容易发生地震的地方，其频率和烈度大大超乎我们的想象，震中却往往不足挂齿。好像人们相知得越多，越难以彼此从容地体谅。我们对外人，还有耐心探讨动机的多种可能性，做出比较理性客观的判断，然而在同一屋檐下爆发的争吵，则几乎从一开始就认定对方是挑衅和并非善意。我们可能为一个毫不相干的人和一件毫不相干的事，发生激烈的口角，直到完全忘记了唇枪舌剑的诱因，只遗留下锋利言辞对彼此心灵的伤害。每逢阴雨天，那伤痕还会像蚯蚓似的蠢蠢欲动。

或许对家庭的势力范围，做个明确的划分会有益处。家是我们共同的领地，它从建立的那天起，就是一个崭新的国度。每个男人和女人，在婚前都有自己的疆界和朋友。走到一起的时候，除了携着自身，还举一反三地带来了原先的爱好、习惯和亲朋……要知道，新组家庭的国境线，并不是男女双方原有管辖区域简单的算术叠加。如果你悲惨地那样以为了，就会对不期而至的战事惊诧莫名，被无穷的战火轻则熏伤重则灼灭。

每一对夫妻都需要细致地研究，这个刚刚诞生的小小联合体，有哪些不同的兴趣和特殊的禁忌。

当我们对某一人和某一事慷慨陈词的时候，也许表面上看不出血肉相依的联系，但实际上凸显的是自己对世间的特定视角。既然我们在其他场合，都可以谦虚地承认自己并非万能，在家中为什么要强硬地固执己见？想来是希望最亲近的人，能与自己心心相印。一旦遭到误解和反驳，愤怒和沮丧便呈现三倍的猛烈与尖锐。

所以，对于那些敏感而无关大局的话题，明智的做法就是像两个边境线有争议的邻国，各自后撤，以便维护和平共处的局面。

无伤大雅的分歧，尽量避让与迂回。对远处的人和事，不妨模糊化应对，求同存异。对那些有可能导致战火的危险话题，最好明智地腾挪躲闪。对共同感兴趣的部分，应大张旗鼓同仇敌忾。

当然，疆域可以渗透，可以磨合，可以扩张，可以融会贯通天下大同。但那需要时间，很漫长的时间，也许一生一世。涂抹疆域界线的橡皮，只能是爱。持之以恒的相互热爱，甘甜，长久，醇厚。爱到心驰神往，爱到天人合一。

家可以延伸得很远很远，包容大千世界。家可以蜷缩得很小很小，仅两个人也打得不可开交。家的边陲可以绿树成荫繁花似锦，围起一个小鸟的天堂。家也可以狼藉一片血流漂杵，筑成一双男女的死牢。关键需每位成员既是国王也是兵，建设它守卫它，和谐地调整家的内政外交，处理好家的边关防务。

在家的日子，我们要更宽容，更聪慧，更善良，更真诚。

家无垠。

地铁客的风格

挤车可见风格。陌生人与陌生人亲密接触，好像丰收的一颗葡萄与另一颗葡萄，彼此挤得有些变形。也似从一个民族刺出的一滴血，可验出一个民族的习惯。

那一年刚到日本，出行某地，正是清晨，地铁站里无声地拥挤着。大和民族有一种喑哑的习惯，嘴巴钳得紧紧的，绝不轻易流露哀喜。地铁开过来了，从窗户看过去，厢内全是黄皮肤，如等待化成纸浆的芦苇垛，僵立着，纹丝不动。我们因集体行动，怕大家无法同入一节车厢，走散了添麻烦，显出难色。巴望着下列车会松些，等了一辆又一辆。翻译急了，告知日本地铁就是这种挤法，再等下去，必定全体迟到。大伙儿说，就算我们想上，也上不去啊。翻译说，一定上得去的，只要你想上。有专门的"推手"，会负责把人群压入车门。于是在他的率领下，破釜沉舟地挤车。嘿，真叫翻译说着了，当我们像一个肿瘤，凸鼓在车厢门口之时，突觉后背有强大的助力拥来，猛地把我们抵入门内。真想回过头去看看这些职业"推手"如何操作，并致敬意。可惜人头相撞，颈子根本打不了弯。

肉体是很有弹性的，看似针插不进水泼不进的车厢，呼啦啦一下子又顶进若干人。地铁中灯光明亮，在如此近的距离内，观察周围的脸庞，让我有一种惊骇之感。日本人如同干旱了整个夏秋的土地，板结着，默不作声。躯体被夹得扁扁的，神色依然平静，对极端的拥挤毫无抱怨神色，默默地忍着。我终于对他们享誉世界的团队精神，有了更贴近的了解。那是在强大的外力之下，凝固成铁板一块。个体消失了，只剩下凌驾其上的森冷意志。

第四章 人心的喜马拉雅

173

真正的苦难才开始。一路直着脖子仰着脸，以便把喘出的热气流尽量吹向天花板，别喷入旁人鼻孔。下车时没有了职业"推手"的协助，抽身无望。车厢内层层叠叠如同页岩，嵌顿着，只能从人们的肩头掠过。众人分散在几站才全下了车，拢在一起。从此我一想到东京的地铁，汗就立即从全身透出。

美国芝加哥的地铁，有一种重浊冰凉的味道，到处伸展着赤裸裸的钢铁，没有丝毫柔情和装饰，仿佛生怕人忘了这是早期工业时代的产物。

又是上班时间。一辆地铁开过来了，看窗口，先是很乐观，车厢内相当空旷，甚至可以说是疏可走马，必能松松快快地上车了。可是，且慢，车厢门口怎么那样挤？仿佛秘结了一个星期的大肠。想来这些人是要在此站下车的，怕出入不方便，所以早早聚在出口吧。待车停稳，才发现那些人根本没有下车的打算，个个如金发秦叔宝，扼守门口，绝不闪让。车下的人也都心领神会地退避着，乖乖地缩在一旁，并不硬闯。我拉着美国翻译就想蹿上去，她说再等一辆吧。眼看着能上去的车，就这样懒散地开走了，真让人于心不忍。我说，上吧。翻译说，你硬挤，就侵犯了他人的空间。正说着，一位硕大身板的黑人妇女，冲决门口的阻挠挤了上去，侧身一扛就撞到中部敞亮地域，朝窗外等车者肆意微笑，甚是欢快。我说，你看你看，人家这不就上去了？翻译说，你看你看，多少人在侧目而视。我这才注意到，周围的人们，无论车上的和车下的，都是满脸的不屑，好似在说，请看这个女人，多么没有教养啊！

我不解，明明挤一挤就可以上去的，为何如此？翻译说，美国的习俗就是这样。对于势力范围格外看重，我的就是我的，神圣不可侵犯。来得早，站在门口，这就是我的领地。我愿意让出来，是我的自由；我不愿意让，你就没有权利穿越……

北京地铁的拥挤程度，似介于日本和美国之间。我们没有职业的"推手"（但愿以后也不会有，如果太挤了，政府就应修建更多的交通设施，想更人性化的主意，而不是把人压榨成渣滓），是不幸也是幸事。

会不会挤车，是北京人地道与否的重要标志之一。单单挤得上去，不是本事。上去了，要能给后面的人也闪出空隙，与人为善才是正宗。只有民工才大包小包地挤在门口处。他们是胆怯和谦和的,守门不是什么领地占有欲,而是初来乍到,心中无底,怕自己下不去车。他们毫无怨言地任凭人流的撞击,顽强地为自己保有一点安全感。在城里待久了,他们就老练起来,一上车就机灵地往里走,用半生不熟的普通话说着:劳驾借光……车厢内相对松快,真是利人利己。北京的地铁客在拥挤中,被人挤了撞了,都当作寻常事,自认倒霉,并不剑拔弩张。比如脚被人踩了,上等的反应是幽默一把,说一句:"对不起,我硌着您的脚了。"中等的也许说:"倒是当心点啊,我这脚是肉长的,您以为是不锈钢的吧?"即便是下等的反应,也不过是嘟囔一句:"坐没坐过车啊?悠着点,我这踝子骨没准折了,您就得陪我上医院做CT去!"之后一瘸一拐地独自下车了。

  人与人的界限这个东西,不可太清,水至清则无鱼,到了冷漠的边缘;当然也不可太近,没有了界限,也就没有了个性,没有了独立性。适当的"度",是一种文化的约定俗成。

  还是喜欢中庸平和之道。将来有了环球地铁,该推行的可能正是北京这种东方式的弹性距离感。

关于爱的奇谈怪论

爱是人们常常谈论的话题，因为在空气、水分、食物和安全之后，就是我们的爱了。比如安全这个问题，表面上看来是对环境的要求，其实是一种爱的深化，我们只有在爱中，才感觉自己是有价值的，是值得爱护保护珍惜和发展的。一个丧失了安全感的人，是无法从容地爱自己和爱世界的。比如人际关系，更是爱的浓缩和放大。难以设想，一个不爱他人的人，会有广泛的朋友和良好的社会关系。当然，他的身旁可能会聚集着一些人，但那不是心灵的需要，只是利益的驱使。谈到自我实现，更是爱的高级阶段。因为你的爱，超越了一己的范畴，才扩展到更广阔的人和事物。在这种升腾与弥散的过程中，爱变成一种柔和的光芒，从一个核心的晶体稳定地散发着，把温暖和明亮，播扬到远方。

但是，当人们议论起爱的时候，却有着许多混淆和迷乱的地方。爱成了一个花脸，大家都随心所欲地涂抹着它的面孔，把自制的油彩敷在它的嘴角和眉梢。爱于是变得面目诡谲和莫测起来。有几个流传很广的说法，我想提出讨论。

其一，爱和年龄有关吗？

这是人们通常不付诸书面，却彼此心照不宣的观念。具体意思是——只有年轻人才享有充沛富饶的爱意，它的浓度随着年龄的增长而逐步递减，从高耸的爱的山峰萎缩至贫瘠的爱的荒原。由于这一假设的存在，年轻人因此而沾沾自喜，觉得自己仿佛享有一个爱的太平洋，可以不加计算地挥霍爱意。上了年纪的人则很气馁，说到爱的时候，很有一些顾左右而言他的窘迫。爱的门扉已经像一间到了下班时间的商场，缓缓关闭。店员们带着疲惫的笑容在重复着"谢谢光临"，你也花光了所有的积蓄，即使别人不翻白眼，自己也无颜再耽搁，只有缩起脖子夹着尾巴却步抽身，才是明智之举。

有一种印象约定俗成——那就是——爱——似乎是年轻人的专利，或者只有他们才有深入探讨的必要。当人们说到中年或老年人的爱意时，会扭扭捏捏地觉得那是一种爱的残次品，不那么正宗，不那么地道。比如在形容中年人和老年人的爱情的时候，基本不会用"火热"这个词，而只以"温馨"替代。毋庸置疑，温馨比火热的温度，要差着好几个数量级呢！

在人们约定俗成的看法中，爱是有年龄限制的。它大量地存在于生命旺盛的青少年，而较少地分泌于生命渐趋平稳和衰落的成熟期和晚期。

这岂止是谬误的，首先是奇怪的。它把爱这种密切属于人类的高等和神圣的感情，简化到相当于睾丸素、黄体酮之类内在的荷尔蒙分泌物和诸如皱纹和胡须这种简单的外在指标了。

这必然首先牵涉到一个问题，爱是一种生理现象还是一种精神现象？

持年轻人拥有最多爱意之看法的人，其实是把爱定位在激素特别是性激素的产量上了。如果这样来看，年轻人是一定会把老年人打败的。但不幸或者说有幸的是，爱是一种精神状态，是一种需要不断修炼和提高的艺术，是一种积累经验审视自我的完善过程。因此，爱和年龄无关。

证据就是，爱可以在年轻人那里发生，也可以在老年人那里发生。从有人类以来的无数故事和历史可以证明，爱不是年龄的产品，它是心灵的能力。

其二，爱和对象有关。

中国有一句俗语，现在被人用得越来越多了，那就是——遇人不淑。原来是女人专用的，如今也常常听到被抛弃和被耍弄的男人长吁短叹地说出此词。爱错了人的惨剧，古往今来，总是屡屡发生。人们在唏嘘之余，总是悲叹那薄命女子痴情汉，怎么不把眼睛拭亮，偏偏遇到了不该爱不能爱的人，糊里糊涂地就爱上了，且爱得水深火热？！

于是顺理成章地归纳出：在此情此景中，爱是没有过错的，错的是那爱的对象，不能承接爱，不能感悟爱，不配得到爱⋯⋯总之一句话：所爱非人。

不是有一首很有名的歌吗,叫作《爱上一个不该爱的人》……

这就很有一点讨论的必要了。

爱在这种悲剧中,似乎是孤立的一盆水,可以从楼台上闭着眼睛,泼到任何一个人的头上,凭的是冥冥之中的概率。和那个施爱者是没有关系的。甚至有一种可怕的论调,爱是盲目的,爱是碰运气,爱是不可知不可测的,爱是没有规律的……

爱在这里蒙上了宿命和诡谲的色彩,被妖魔化了之后,躲在命运的山洞里,伺机以画皮的模样谋害我们。

这样以少数人的愚蠢所导致的失利,来嫁祸于爱的清白之躯,是不公平和不正派的。

爱是一个正常心智的明媚选择,它积聚了一个人的精神能量和所有的素养智慧,是综合力量的体现。它首先表现在施爱者是有力量和有眼光的。如果你根本没有爱的能力,好比压根就不会游泳,你误入爱的海洋,你被淹得两眼翻白,甚至有生命危险,但这不是海洋的过错,这是因为你对自己的技艺判断失误。这是你的责任,怎么能迁怒于一望无际波澜壮阔的大海呢?人们对于自然界是如此的宽宏大量和易于理解,为什么就对与我们休戚与共的爱,如此苛求相逼呢?这后面是否隐藏着我们人类对自己的宽纵和对无言情感的肆意欺凌呢?

你爱错了,责任在你。不但说明你的眼睛不亮,视力散光,聚焦不准,而且说明你根本就不懂得什么是爱。灾祸发生之后,搞清楚责任,是一件很痛苦和扫兴的事情,特别是在枝蔓生长到一败涂地的时候,挖掘出最初那悲惨的种子,原来竟是自己亲手播种,当灾异显出狞恶之相时,自己非但没有亡羊补牢斩草除根,反倒以血饲虎姑息养奸以致贻害无穷……需要极大的勇气和力量审判自己。甚至可以武断地说,由于这类悲剧事件的主人公,原本就对爱的理解颇为肤浅偏颇。当他们气定神闲的时候,你都不能指望他们的明智与清醒;在危机倒海翻江而来的时候,期待他们能有很好的自省力,几近奢望。同时,我也深信,不幸的现场,如果妥善地加以发掘,是一个虽然付出高昂学费,但也会物有所值的宝贵课堂。有时,幸福这个老师,和颜悦色地教授给你的学问，绝对逊色于灾难声色俱厉的鞭挞。可惜的是，浑身伤痕的爱的败阵者，怨天尤人地呓语着，骂遍了天下人，单单饶过了自己。所以，我很想煞风景地提醒一下善良的人们，对爱的战役中的败将，如果他或她没有对自身的反思和批判，如果在交了一笔昂贵的爱的学费之后，学会的只是指责怨恨，那么，无论他或她显出多么楚楚可怜的模样，你可以帮助以金钱，却勿倾泻情感。他们不懂真爱，还需努力学习。

搞清爱的最主要方面，不在于爱的对象，而在于爱的主体，是沉着冷静峻厉严肃的判断。当你在人世间承受着种种知识的积累的时刻，你还需不断地历练对于爱的思索和实践。你要善于总结经验。如果不把主要的光圈聚焦在自己的爱的基准上，只是在大千世界的林林总总中发泄怨气、推卸责任，你就不但受到了来自他人的情感重创，而且还丢失了以后避开类似伤害的亡羊补牢的篱笆。

有很多人以为，只要成功地找到了一个可爱的人，爱就如霍乱病菌一般，自动地以几何级的增长数量滋生起来，剩下的事，就是不断地收获爱的果实了。爱主要是一个寻找的过程。找对了，就一好百好，找错了，就一了百了。是一件虎头蛇尾的事，成败仅仅维系在开端部分。

于是，找到那爱的对象就成了千钧一发生死未卜的事件。此事一完成，就马放南山，刀枪入库，只剩等着岁月这个发牌员，验证我们当初押下的签了。

爱是一时一事还是一生一世？

爱是一锤定音还是白头到老？

爱是一失足成千古恨还是勤勉呵护日积月累？

爱是变数还是常数？爱是概率还是守恒？

你的爱情等待你的看法。你的爱情验证你的看法。你有什么样的爱情观，你就有什么样的爱情。你的观念就是你的命运。

原谅我说得这般决绝甚至带有一点霸道。因为它实在太简单了。引发悲惨结局的肇事者，常常不是对复杂事物的判断，而是对常识的藐视和忽略。

何时才能外柔内刚

在咨询室米黄色的沙发上，安坐着一位美丽的女性。她上身穿着宝蓝色的真丝绣花V领上衣，衣襟上一枚鹅黄水晶的水仙花状胸针熠熠发亮。下着一条乳白色的宽松长裤，有一种古典的恬静花香一般弥散开来。服饰反射着心灵的波光，常常从来访者的衣着中就能窥到他内心的律动。但对这位女性，我着实有些摸不着头脑。她似乎很能控制自己的情绪，安宁而胸有成竹，但眼神中有些很激烈的精神碎屑在闪烁。她为何而来？

您一定想不出我有什么问题。她轻轻地开了口。

我点点头。是的，我猜不出。心理医生是人不是神。我耐心地等待着她的诉说。我相信她来到我这儿，不是为了给我出个谜语来玩儿。

她看我不搭话，就接着说下去。我心理挺正常的，说真的，我周围的人有了思想问题都找我呢！大伙儿都说我是半个心理医生。我看过很多心理学的书，对自己也有所了解。

她说到这儿，很注意地看着我，我点点头，表示相信她所说的一切。是的，我知道有很多这样的年轻人，他们渴望了解自己也愿意帮助别人。但心理医生要经过严格的系统的训练，并非只是看书就可以达到一定水准的。

我知道我基本上算是一个正常人，在某些人眼中，我简直就是一个成功者。有一份薪水很高的工作，有一个爱我、我也爱他的老公，还有房子和车子。基本上也算是快活，可是，我不满足。我有一个问题——就是怎样才能做到外柔内刚？

我说，我看出你很苦恼，期望着改变。能把你的情况说得更详尽一些吗？有时，具体就是深入，细节就是症结。

身着宝蓝绸衣的女子说，我读过很多时尚杂志，知道怎样颔首微笑怎样举手投足。你看我这举止打扮，是不是很淑女？我说，是啊。

宝蓝绸衣女子说，可这只是一种假象。在我的内心，涌动着激烈的怒火。我看到办公室内的尔虞我诈，先是极力地隐忍。我想，我要用自己的善良和大度感染大家，用自己的微笑消弭裂痕。刚开始我收到了一定的成效，大家都说我是办公室的一缕春风。可惜时间长了，春风先是变成了秋风，后来干脆成了西北风。我再也保持不了淑女的风范，开业务会，我会因为不同意见而勃然大怒，对我看不惯的人和事猛烈攻击，有的时候还会把矛头直接指向我的顶头上司，甚至直接顶撞老板。出外办事也是一样，人家都以为我是一个弱女子，但没想到我一出口，就像上了膛的机枪，横扫一气。如果我始终是这样也就罢了，干脆永远地做个怒目金刚也不失为一种风格。但是，每次发过脾气之后，我都会飞快地进入后悔的阶段，我仿佛被鬼魂附体，在那个特定的时辰就不是我了，而是另一个披着淑女之皮的人。我不喜欢她，可她又确确实实是我的一部分。

看得出这番叙述让她堕入了苦恼的渊薮，眼圈都红了。我递给她一张面巾纸，她把柔柔的纸平铺在脸上，并不像常人那般上下一通揩擦，而是很细致地在眼圈和面颊上按了按，怕毁了自己精致的妆容。待她恢复平静后，我说，那么你理想中的外柔内刚是怎样的呢？

宝蓝绸衣女子一下子活泼起来，说，我给你讲个故事吧。那时我在国外，看到一家饭店冤枉了一位印度女子，明明道理在她这边，可饭店就是诬陷她偷拿了某个贵重的台灯，要罚她的款。大庭广众之下，众目睽睽的，非常尴尬。要是我，哼，必得据理力争，大吵大闹，逼他们拿出证据，否则绝不罢休。那位女子身着艳丽的纱裙，长发披肩，不温不火，在别人对她整整两个小时的声讨中，脸上始终挂着温婉的笑容，但是在原则问题上却是丝毫不让。面对咄咄逼人的饭店侍卫的围攻，她不急不恼，连语音的分贝都没有丝毫的提高，她不曾从自己的立场上退让一分，也没有一个小动作丧失了风范，头发丝的每一次拂动都合乎礼仪。

那种表面上水波不兴骨子里铮铮作响的风度,真是太有魅力啦!宝蓝绸衣女子的眼神中充满了神往之情。

我说,我明白你的意思了,你很想具备这种收放自如的本领。该硬的时候坚如磐石,该软的时候绵若无骨。

她说,正是。我想了很多办法,真可谓机关算尽,可我还是做不到。最多只能做到外表看起来好像很镇静,其实内心躁动不安。

我说,当你对什么不满意的时候,是不是很爱压抑着自己?宝蓝绸衣女子说,那当然了。什么叫老练,什么叫城府,指的就是这些啊。人小的时候天天盼着长大,长大的标准是什么?这不就是长大嘛!人小的时候,高兴啊懊恼啊,都写在脸上,这就是幼稚,是缺乏社会经验。当我们一天天成长起来,就学会了察言观色,学会了人前只说三分话,未可全抛一片心。风行于社会的礼仪礼貌,更是把人包裹起来。我就是按照这个框子修炼的,可到了后来,我天天压抑着自己的真实情感,变成了一个面具。

我说,你说的这种苦恼我也深深地体验过。在阐述自己观点的时候,在和别人争辩的时候,当被领导误解的时候,当自己一番好意却被当成驴肝肺的时候,往往就火冒三丈,也顾不得平日克制下的彬彬有礼了,也记不得保持风范了,一下子义愤填膺,嗓门也大了,脸也红了。

听我这么一说,宝蓝绸衣女子笑起来,说,原来世上也有同病相怜的人,我一下子心里好过了许多。只是后来您改变了吗?

我说,我尝试着改变。情绪是一点一滴积累起来的,我不再认为隐藏自己真实的感受,是一项值得夸赞的本领。当然了,成人不能像小孩子那样,把所有的喜怒哀乐都写在脸上,但我们的真实感受是我们到底是一个怎样的人的组成部分。如果我们爱自己,承认自己是有价值的,我们就有勇气接纳自己的真实情感,而不是笼统地把它们隐藏起来。一个小孩子是不懂得掩饰自己的内心世界的,所以有个褒义词叫作"赤子之心"。当人渐渐长大,在社会化的过程中,学会了把一部分情感埋在心中。在成长的同时,也不幸失去了和内心的接触。时间长了,有的人以为凡是表达情感就是软弱,要把情感隐蔽起来，这实在是人的一个悲剧。

我们的情感，很多时候是由我们的价值观和本能综合形成的。压抑情感就是压抑我们心底的呼声。早在中国古代，人们就知道治水不能靠"堵"，只能疏导。对情绪也是一样，单纯的遮蔽只能让情绪在暗处像野火的灰烬一样，无声地蔓延，在一个意想不到的地方猛地蹿出凶猛的火苗。这个道理想通之后，我开始尊重自己的情绪。如果我发觉自己生气了，我不再单纯地否认自己的怒气，不再认为发怒是一件不体面的事情，也不再竭力用其他的事件分散自己的注意力。因为发自内心的愤怒在未被释放的情况下，是不会像露水一样无声无息地渗透到地下销声匿迹的。它们潜伏在我们心灵的一角，悄悄地发酵，膨胀着自己的体积，积攒着自己的压力，在某一个瞬间，就毫不留情地爆发出来。

如果我发觉自己生气了，就会很重视内心的感受。我会问自己，我为什么生气？找到原因之后，我会认真地对待自己的情绪，找到疏导和释放的最好方法，不让它们有长大的机会。举个小例子，有一段时间我一听到东北人说话的声音心中就烦，经常和东北人发生摩擦，不单在单位里，就是在公共汽车上或是商场里，也会和东北籍的乘客或是售货员争吵。终于有一天，我决定清扫自己这种恶劣的情绪。我挖开自己记忆的坟墓，抖出往事的尸骸。那还是我在西藏当兵的时候，一个东北人莫名其妙地把我骂了一顿，反驳的话就堵在我的喉咙口，但一想到自己是个小女兵，他是老兵，我该尊重和服从，吵架是很幼稚而且不体面的表现，就硬憋着一言不发。心底的愤怒累积着，在几十年中变成了不可理喻的仇恨，后来竟发展到了只要听到东北口音就过敏反感的地步，非要吵闹一番才可平息心中的阻塞，造成了很多不必要的误会。

我把我的故事对宝蓝绸衣女子讲完了，她说，哦，我有了一些启发。外柔内刚的柔只是一种表象，只是一种技巧。单纯地学习淑女风范，可以应对一时，却不能保证永远。这种皮毛似的技巧，弄巧成拙也许会使积聚的情绪无法宣泄，引起某种场合的失控。外柔需要内刚做基础，而内刚不是从天上掉下来的，是靠自我的不断探索。

我说你讲得真好，咱们都要继续修炼，当我们内心平和而坚定的时候，再有了一定的表达技巧，就可以外柔内刚了。

你要好好爱自己

这话来自一句叮嘱。最早向我们说起它的人，可能是我们的父母，可能是我们的师友，可能是我们的爱人……

他们也许会一而再再而三地说：冷了要添衣，热了要洗脸。不要熬夜，不要一忙就忘了吃饭。要和大家伙儿搞好关系，要对得起自己的良心……要早睡早起……

如果从来没有人对你说起过这些絮絮叨叨啰啰唆唆的话，那你的童年和少年加上青年时期，就是孤寂荒凉的。你未曾被人捧在手心，极少承接过温情。

不过，这没什么了不起的。因为无论别人怎样对你说过这些话，说过多少次，都是身外之物。话音终将袅袅远去，要紧的是——你要自己对自己说这句话——你要好好爱自己。在纷杂人间的清朗月夜，你要耳语般但无比坚定地对自己说。

好好爱自己，是简单朴素的常识。可是这世上有多少人，能够懂得能够记住能够做到呢？

放眼四周，谬爱种种。

有人年轻时不顾死活拼命挣钱，预约给自己年老的时候可以肆意享乐，放开一搏。他们以为这就是爱自己。

有人以为给自己的胃填进过多的食物，让罕见的山珍野味把肚腹撑得圆鼓鼓的，这就是爱自己了。

有人以为在手腕上箍个名表，在颈项间悬挂重磅的金饰，这就是爱自己了。

有人以为把身体安置在一个庞大的屋舍内，再用很多名牌将自己掩埋，这就是爱自己了。

有人以为把自己的腿最大限度地闲置起来，抵达任何一个地方都由汽油和钢铁代步，这就是爱自己了。

有人以为让自己的外貌和自己的内脏年龄不相符，让面容在层层化妆品的粉饰下，显出不合时宜的嫩相。严重者不惜刀兵相见大胆斧正自我，甚至可以将腿骨敲断以求延展下肢增加身高，就是狠狠地爱自己了。

有人以为让自己的身体委曲求全，和不爱的人肌肤相亲，以换得衣食无忧甚至纸醉金迷，这就是爱自己了。

有人以为让嘴巴说言不由衷的话，让表情肌做不是发自内心的谄媚之态，让双膝弯曲，让目光羞于见人，这都是爱自己。

实际情况恰恰相反，以上种种，皆是对不起自己，害了自己。

爱自己是需要理由的。我们的爱要想持之以恒，先要明白自己究竟是谁。

最明确的结论是——自己首先是一个身体。这个身体结构精巧，机能完善，高度发达，精美绝伦。千百万年进化的水流，将身体打磨成健全而温润的宝石。

大脑的功用是思考，而不是他人任意抛掷塑料袋的垃圾场。凡事用自己的脑袋想一想，做出最合乎理性的决定，这就是对自己的脑袋好。

眼睛要看洁净美好之物，看出潜在的危险找到安全的方向。眼睛还有小小的癖好，爱看草木的绿色和天空的湛蓝，爱看书本和笑靥。满足它的愿望，非礼勿视，这就是对眼睛好。

鼻子希望呼吸到清新的空气，闻到花香，不喜欢密不透风的腐朽之气和穹顶之下皆是雾霾。让它远离这样的环境，才是对鼻子的爱惜。

嘴巴希望讲的都是发自内心的真话，摄入富有营养的绿色食品，而不是混杂三聚氰胺和地沟油的伪劣食物，不说口是心非的谗言，嘴唇上翘，嘴巴就微笑了。

双手希望通过辛勤的劳动创造出美好的生活，而不是扒窃抢劫和杀戮。这就是手的幸运了。

我们的脏腑希望它能劳逸结合，不要总是爆满，不要连轴转。要有张有弛。不要被塞进太多赘物，不要无端地损耗它们的能量。

颈椎希望能不时地扬起头，舒展它弯曲的弧度。而不是终日保持一个僵硬的姿势，以至于每一节间隙都缩窄，过度摩擦增生长出骨刺。

脊椎希望自己能够庄严地挺直，快乐向前。这不但是生理的需要，也是心理的需要。一个卑躬屈膝的人，谈不上尊严。而没有尊严的人，不会好好对待自己。因为他看不起自己，以为自己只是蝼蚁。

我们的肩膀，希望能担负一定的担子。不要太轻，那样就失去了肩负的责任。也不能太重，超过其负荷，肩周就会发炎。

我们的双脚，希望坚稳地站立在大地之上。那种为了显示自己比实际高度更高的内外增高鞋，骨子里是虐待双脚的刑具。

我们的双腿，希望能在正当的道路上挺进。时而可以疾跑，时而可以漫步，时而可以暂停，倾听婉转莺啼。

我们的皮肤，希望能顺畅地呼吸，而不是被厚厚的脂粉糊满，戴一副石灰盔甲。

我们的头发，希望按照它的本来面目，在风中舒展。黑就是黑，白就是白，黄就是黄。而不是像鸡毛掸子似的五颜六色，被反复弯曲和拉直，好像它是多变的小人。

我们的心脏，希望匀速地跳动。运动的时候可以适时加快，睡眠的时候可以轻柔舒缓。需要拍案而起的时候，它可以剧烈搏动，以输出更多的血液，支撑我们怒发冲冠的豪气。千钧一发的时刻，它可以气壮山河地泵出极多血液，以提供给我们叱咤风云顶天立地的力量。

还有性腺和内分泌系统。爱惜它们就要善待它们。它们给我们以繁衍的基础，并伴以美妙的喜悦。不要为了追求感官的兴奋，就无限度地驱使它们。那种竭泽而渔的疯狂，失去的不仅仅是快乐，而是生命力的枯竭。

我惊叹于人体的奥秘，大自然是何等慷慨地把最伟大的恩赐降临于我们身体之内。身体的每一个细枝末节，都遵循颇有深意的蓝图构建起来并完整地传承，兢兢业业一丝不苟。

只有爱自己的人，才有可能爱别人，一屋不扫，何以扫天下？一个不爱自己的人，断不会心细如发地爱别人。爱己爱人都是一种能量，它不是与生俱来的，而是通过感知和模仿，通过领悟和学习，才慢慢积聚起来，直至蔚然成风。这世上有太多的人，不爱自己，第一个证据就是他们成了身体的叛徒。他们视身体是一团与己无关的肮脏抹布。女子会委身于不爱的人，只是为了换取利益和金钱。她们将身体弃如敝屣，任它污浊与破旧。男人们将身体与意志隔绝开来，全然不顾身体的叹息与呻吟，将其逼至崩溃的边缘。甚至无视道德和法律，追索感官的极度放纵。

所有人的身体，都理应洁净而温暖。不仅儿童和青年的身体，中老年人的身体也依旧是和煦与高贵的。纵使曾经被侮辱被损害，自有负罪之人为之担责，身体是无辜的。那些以为只有童子才清爽、处女才芬芳的念头，来自人性的无知和男权的霸道。

不过，这并不是好好爱自己的全部。在身体里，还有无比尊贵的主宰，那就是我们的灵魂。

爱惜灵魂，是好好爱自己的最高阶段。

有人说灵魂有 21 克重，说在死亡的那一瞬间，灵魂会飞向天空。我不知道这个说法是否科学，但我相信在美好的身体里，一定安住着同样精彩的灵魂。它是人类最优秀的价值观之总和，是我们瞭望世界的支点。它凝聚了人类所信仰所尊崇所畏惧和所仰视的一切，在肉体之上，放射着明亮的光芒，穿透风雨引导着我们。

如果这一世，你能爱惜身体珍重灵魂，那么从这个港口出发，你会成为一个身心平衡的幸福小舟，一步步安然向前，驶入珍爱他人珍爱万物珍爱世界的宽广大海。

第五章　回家去问妈妈

回家去问妈妈

那一年游敦煌回来，兴奋地同妈妈谈起戈壁的黄沙和祁连山的雪峰。说到在丝绸之路上僻远的安西，哈密瓜汁甜得把嘴唇粘在一起……

安西！多么遥远的地方！我在那里体验到莫名的感动。除了我，咱们家谁也没有到过那里！我得意地大叫。

一直安静地听我说话的妈妈，淡淡地插了一句：在你不到半岁的时候，我就怀抱着你，走过安西。

我大吃一惊，从未听妈妈谈过这段往事。

妈妈说你生在新疆，长在北京。难道你是飞来的不成？以前我一说起带你赶路的事情，你就嫌烦。说知道啦，别再啰唆。

我说，我以为你是坐火车来的，一件司空见惯的事情。

妈妈依旧淡淡地说，那时候哪有火车？从星星峡经柳园到兰州，我每天抱着你，天不亮就爬上装货卡车的大厢板，在戈壁滩上颠呀颠，半夜才到有人烟的地方。你脏得像个泥娃娃，几盆水也洗不出本色……

我静静地倾听妈妈的描述，才知道我在幼年时曾带给母亲那样的艰难，才知道发生在安西的感动源远流长。

我突然意识到，在我和最亲近的母亲之间，潜伏着无数盲点。

我们总觉得已经成人，母亲只是一间古老的旧房。她给我们的童年以遮蔽，但不会再提供新的风景。我们急切地投身外面的世界，寻找自我的价值。全神贯注地倾听上司的评论，字斟句酌地印证众人的口碑，反复咀嚼朋友随口吐露的一滴印象，甚至会为恋人一颦一笑的含义彻夜思索……我们极其在意世人对我们的看法，因为世界上最困难的事莫过于认识自己。

我们恰恰忘了，当我们环视整个世界的时候，有一双微微眯起的眼睛，始终在背后凝视着我们。

那是妈妈的眼睛啊！

我们幼年的顽皮，我们成长的艰辛，我们与生俱来的弱点，我们异于常人的禀赋……我们从小到大最详尽的档案，我们失败与成功每一次的记录，都贮存在母亲宁静的眼中。

她是世界上第一个认识我们的人。我们何时长第一颗牙？我们何时说第一句话？我们何时跌倒了不再哭泣？我们何时骄傲地昂起了头颅？往事像长久不曾加洗的旧底片，虽然暗淡却清晰地存放在母亲的脑海中，期待着我们将它放大。

所有的妈妈都那么乐意向我们提起我们小时候的事情，她们的眼睛在那一瞬露水般的年轻。我们是她们制造的精品，她们像手艺精湛的老艺人，不厌其烦地描绘打磨我们的每一个过程。

我们厌烦了。我们觉得幼年的自己是一件半成品，更愿以光润明亮、色彩鲜艳、包装精美的成年姿态，出现在众人面前。

于是我们不客气地对妈妈说：老提那些过去的事，烦不烦呀？别说了，好不好？

从此，母亲就真的噤了声，不再提起往事。有时候，她会像被抛上岸的鱼，突然张开嘴，急速地扇动着气流……她想起了什么，但她终于什么也没有说，干燥地合上了嘴唇。我们熟悉了她的这种姿势，以为是一种默契。

为什么怕听母亲讲过去的事情？是不愿承认我们曾经弱小？是不愿承载亲人过多的恩泽？我们在人海茫茫世事纷繁中无暇多想，总以为母亲会永远陪伴在身边，总以为将来会有某一天让她将一切讲完。

在一个猝不及防的刹那，冰冷的铁门在我们身后戛然落下。温暖的目光折断了翅膀，掩埋在黑暗的那一边。

我们在悲痛中愕然回首，才发现自己远远没有长大。

我们像一本没有结尾的书，每一个符号都是母亲用血书写而成。我们还未曾读懂，著者已撒手离去。从此我们面对书中的无数悬念和秘密，无以破译。

我们像一部手工制造的仪器，处处缠绕着历史的线路。母亲走了，那唯一的图纸丢了。从此我们不得不在暗夜中孤独地拆卸自己，焦灼地摸索着组合我们性格的规律。

当那个我们快乐时，她比我们更欢喜；当我们忧郁时，她比我们更苦闷的人，头也不回地远去的时候，我们大梦初醒。

损失了的文物永不能复原，破坏了的古迹再不会重生。我们曾经满世界地寻找真诚，当我们明白最晶莹的真诚就在我们身后时，猛回头，它已永远熄灭。

我们流落世间，成为飘零的红叶。

趁老树虬蚺的枝丫还郁郁葱葱时，让我们赶快跑回家，去问妈妈。

问她对你充满艰辛的诞育，问她独自经受的苦难。问清你幼小时的模样，问清她对你所有的期冀……你安安静静地依偎在她的身旁，听她像一个有经验的老农，介绍风霜雨雪中每一穗玉米的收成。

一定要赶快啊！生命给我们的允诺并不慷慨，两代人命运之云梯的衔接处，时间只是窄窄的台阶。从我们明白人生的韵律，距父母还能明晰地谈论以往，并肩而行的日子屈指可数。

给母亲一个机会，让她重温创造的喜悦。给自己一个机会，让自我深刻地洞察尘封的记忆。给众人一个机会，让他全面搜集关于一个人一个时代的故事。

在春风和煦或是大雪纷飞的日子，赶快跑回家，去问妈妈。让我们一齐走向从前，寻找属于我们的童话。

带白蘑菇回家

第五章　回家去问妈妈

妈妈爱吃蘑菇。

到青海出差，在幽蓝的天穹与黛绿的草原之间，见到点点闪烁的白星。

那不是星星，是草原上的白蘑菇。

路旁有三三两两的藏族同胞，坐在五颜六色的口袋中间，仰着褐色的面庞，向经过的汽车微笑。袋子口，颤巍巍地露出花朵般的白蘑菇。

从鸟岛返回的途中，我买了一袋白蘑菇，预备两天后坐火车带回北京。

回到宾馆，铺下一张报纸，将蘑菇一柄柄小伞朝天，摆在地毯上，一如它们生长在草原时的模样。

服务员进来整理卫生，细细的眉头皱了起来。我忙说，我要把它们带回去送给妈妈。服务员就暖暖地笑了，说您必须给蘑菇翻个身，让菌根朝上，不然蘑菇会烂的。草原上的白蘑菇最难保存。

听了服务员的话，我让白蘑菇趴在地上，好像晒太阳的小胖孩儿，温润而圆滑地裸露在空气中。

上火车的日子到了。服务员帮我找来一只小纸箱，用剪刀戳了许多梅花形的小洞，把白蘑菇妥妥地安放进去。原先的报纸上印了一排排圆环，好像淡淡的墨色的图章。我吓了一跳，说，是不是白蘑菇腐烂了？服务员说，别怕。新鲜的白蘑菇的汁液就是黑的。

进了卧铺车厢，我小心翼翼地把纸箱塞在床下。对面一位青海大汉说，箱子上捅了这么多的洞，想必带的是活物了。小鸡？小鸭？怎么听不见叫？天气太热，可别憋死了。

我说，带的是草原上的白蘑菇，送给妈妈。

他轻轻地重复道：哦，妈妈……好像这个词语对他来说已十分陌生。半晌后才接着说，只是你这样的带法，到不了兰州，蘑菇就得烂成污水。

我大惊失色地说，那可怎么办？

他说，你在卧铺下面铺几张纸，把蘑菇晾开，保持通风。

我依法处置，摆了一床底的蘑菇。每日数次拨弄，好像育秧的老农。蘑菇们平安地穿兰州，越宝鸡，抵西安，直逼郑州……不料中原一带酷热无比，车厢内闷热如桑拿浴池，令人窒息。青海汉子不放心地蹲下检查，突然叫道：快想办法！蘑菇表面已生出白膜，再捂下去，就不能吃了！

在蒸笼般的火车里，你还有什么办法可想？我束手无策。

大汉二话不说，把我的白蘑菇，重又装进浑身是洞的纸箱。我说，这不是更糟了？他并不解释，三下五除二，把卧铺小茶几上的水杯、食品拢成一堆，对周围的人说：烦请各位把自家的东西拿到别处去放。腾出这个小桌，来放小箱子。箱子里装的是咱青海湖的白蘑菇，她要带回北京给妈妈。我们把窗户开大，让风不停地灌进箱子，蘑菇就坏不了啦。大家帮帮忙，我们都有妈妈。

人们无声地把面包、咸鸭蛋和可乐瓶子拿开，为我腾出一方洁净的桌面。

风呼啸着。郑州的风，安阳的风，石家庄的风……鳞次栉比，穿箱而过。白蘑菇黑色的血液，渐渐被蒸发了，烘成干燥的标本。

青海大汉坐在窗口迎风的一面，疾风把他的头发卷得乱如蒿草。无数灰屑敷在他铁棠色的脸上，犹如漫天抛撒的芝麻。若不是为了这一箱蘑菇，玻璃窗原不必开得这样大。我几次歉意地说同他换换位子，他一摆手说，草原上的风比这还大。

终于，北京到了。我拎起蘑菇箱子同车友们告别，对大家说，我代表自己和妈妈谢谢你们！

大家说，你快回家去看妈妈吧。

由于路上蒸发了水分，白蘑菇比以前轻了许多。我走得很快，就要出站台的时候，青海汉子追上我，说：有一件很要紧的事，忘了向你交代——白蘑菇炖鸡最鲜。

妈妈喝着鸡汤说，青海的白蘑菇味道真好！

孝心无价

第五章　回家去问妈妈

听一位研究古文字的教授讲，"孝"这个字在甲骨文里的写法，是一个少年牵着一位老人的手，慢慢地在走。"孝"字从右上到左下那长长的一撇，便是老人飘荡的胡须……

不知这一说法是否为史学家所论证，是否无懈可击，但它以一种恒久的温馨，包含着淡淡的苦楚沉淀于我心，让我感到一种人类对自身生命的感怀，一种更为年轻的个体对即将逝去的年华无微不至的关照与挽留。

"孝"是东方文化灿烂的遗产，但在我们这个国度里，身份却很有几分可疑。和它比肩的"忠"的地位，则要光辉伟大得多。国家、民族、政党、军队……都是需要"忠"的，而在"忠孝不能两全"这句话的阴影下，"孝"好像成了"忠"的对立面，水火不容。

和"忠"比起来，"孝"的范围似乎比较窄。前者面对的是众人，后者大约只包含自己的家人。回顾中国的近代史，国家民族奋斗的艰难历程，在浸透血与火的车辙里，难得有"孝"的位置。革命先驱从域外窃得种子，带回这块苦难的大地。他们是有知识的年轻人，之所以曾受到良好的教育享有文化，多半和富裕的家境不可分，但他们义无反顾地向父辈的剥削阵营开火了。在黑暗的日子里，他们一定经历了心灵的分裂与决斗，最终决定背叛自己的阶级。于是在漫长的革命生涯中，他们三缄其口，不再谈"孝"。

参加革命的穷苦人，投了红军，当了八路，上了战场……他们走了，永不回头，但他们的父母留在饥寒交迫之中，饱受欺凌压迫，许多人被敌人残酷地杀害了。革命者不后悔自己的选择，只有战斗才有胜利，这是唯一正确的道路。但我相信生者在每年中秋，仰望圆圆的明月，低下头都会黯然神伤。尽管有无数的理由，尽管责任完全不在个人，但在潜意识里，他们永不为自己辩解，苛刻地认定自己不"孝"。于是，他们也拒不谈"孝"。

与新中国共同成长起来的一代人，在他们风华正茂的时候，开始了"文化大革命"。几乎每一个人都向自己的父母造过反。在青春勃发期关心国家大事的同时，意外地从家里找到了火山的爆发口，于是以自己的父母为第一目标进行发难，那时曾多么兴高采烈，留下的却是永久的悔恨。待到狂潮退去，知识青年上山下乡，凄凉地告别父母，远赴边陲，即使有谁想到"父母在，不远游"，在那样的日子里，也没有多少选择的余地。

后来他们返城。没有地方住，挤在父母的小屋，给已经年迈的父母更添几许烦乱。不要说尽孝了，还要垂垂老矣的父母为他操心不已。薪水低，需要父母补贴。无人做饭，父母就是当然的炊事员。孩子无人照管，父母就是最好的保姆……多少次悄悄接过父母接济的银钱，理智上惭愧，手心却跃跃欲试地潮湿。太多的贫困，吞噬掉了儿女的自尊心，如果我们注定得接受馈赠，还是接受来自父母的施舍吧。在我们内心深处，尚潜伏着一个善良坚定的愿望，爸爸妈妈，终有一天，一切都会好起来。我会将你们给予我的爱，加倍地偿还，让我们一道期待那一天吧。

现在天下太平，人间和睦，世道安宁，人们可以大胆地言"孝"了。"孝"里当然有糟粕，有可笑以至可恨的迂腐气息，但其合理的内核却值得我们长久咀嚼。

我不喜欢听穷苦孩子求学的故事。家庭十分困难，父亲早逝，弟妹嗷嗷待哺，可他大学毕业后，还要坚持读研究生，母亲只有去卖血……我以为那是一个自私的学子。求学的路很漫长。一生一世的事业，何必太在意几年蹉跎？况且这时间的分分秒秒都苦涩无比，需用母亲的鲜血灌溉！一个连母亲都无法挚爱的人，还能指望他会爱谁？把自己的利益放在至高无上的位置的人，怎能成为为人类献身的大师？

我也不喜欢父母重病在床，断然离去的游子，无论你有多少理由。地球离了谁都照样转动，不必将个人的力量夸大到不可思议的程度。在一位老人行将就木的时候，将他对人世间最后的期冀斩断，让他以绝望之心在寂寞中远行，那是对生命的大不敬。

我相信每一个赤诚忠厚的孩子，都曾在心底向父母许下"孝"的宏愿，相信来日方长，相信水到渠成，相信自己必有功成名就衣锦还乡的那一天，可以从容尽孝。

可惜人们忘了，忘了时间的残酷，忘了人生的短暂，忘了世上有永远无法报答的恩情，忘了生命本身有不堪一击的脆弱。

父母走了，带着对你深深的挂念；父母走了，遗留给你永远无法偿还的心债……你就永远无以言孝。

有一些事情，当我们年轻的时候，无法懂得。当我们懂得的时候，已不再年轻。世上有些东西可以弥补，有些东西永远无法弥补。

"孝"是稍纵即逝的眷恋，"孝"是无法重现的幸福。"孝"是一失足成千古恨的往事，"孝"是生命与生命交接处的链条，一旦断裂，永远无法连接。

赶快为你的父母尽一份孝心。也许是一处豪宅，也许是一片砖瓦。也许是大洋彼岸的一只鸿雁，也许是近在咫尺的一个口信。也许是一顶纯黑的博士帽，也许是作业簿上的一个红5分。也许是一桌山珍海味，也许是一个野果一朵小花。也许是花团锦簇的盛世华衣，也许是一双洁净的旧鞋。也许是数以亿万计的金钱，也许只是含着体温的一枚硬币……

在"孝"的天平上，它们等值。

只是，天下的儿女们，一定要抓紧啊！趁你父母健在的光阴。

剥　豆

毕淑敏散文

一天，我与儿子相对坐着剥豆。当翠绿的豆快将盆的底铺满时，儿子忽地离位，新拿一个瓷碗放在自己面前，将瓷盆朝我面前推推。

看他碗里粒粒可数的豆，我问："想比赛？"

"对。"儿子眼动手剥，利索地回答。

"可这不公平。我盆里已不少，你才开始。"我说着顺手想抓一把豆放在他碗里。

"不。"他按住我的手，"就这样，我才能试出自己的速度。"

一丝喜悦悄悄在心里散开，我欣赏儿子这种自信和大气。

一时，原本很随意的家务劳动有了节奏，只见手起豆落，母子皆敛声息语。

"让儿子赢，使他以后多一些自信。"这样想着，手不知不觉就慢了下来，借拾豆的机会稍稍停了一下。

"在外面竞争靠的是实力，谁会让你？让他知道，失败成功皆是常事。"剥豆的速度分明快了。

小儿手不停，眼睛却时时在两个容器中巡睃①。见他如此投入，我心生怜爱，学校考试排名次，够他累的了……剥豆的动作不觉中又缓慢下来。

"不要给孩子虚假的胜利。"节奏自然又加快了许多。

一大袋豌豆很快剥光，一盆一碗，一大一小不同的容器难以比较，凭常识，我知道儿子肯定输了，正想淡化结果，他却极认真地重新拿来了碗，先将他的豆倒进去，正好满满一碗，然后又用同样的碗来量我的豆，也是一碗，

---
① 巡睃（suō）：环视，扫视。

198

只是冒出了头，像隆起的土丘。

"你赢了。"他朝我笑笑，很轻松，全没有剥豆时的认真执着。

"是平局，我本来有底了。"我纠正他。

"我剥的豆少，就是我输。"没有赌气，没有沮丧，儿子认真地和我据理力争。脸上仍是那如山泉般的清澈的笑容。

想到自己瞻前顾后，小心翼翼，实在是过分了。孩子的生命，自有他该有的轨迹，该承受的，该经历的，他都应有完整的体验。失望失误失败，伤痛伤感伤痕，自有他的价值，不必人为地营造一片虚假的生存空间，因为生活是实在的，生命也要经过磨难才真实。

儿子的方程式

儿子渐渐长大，常有惊人之语，逼你不断地想到"代沟"这个词。

很想同他好好地谈谈"异性"这个问题。做母亲的，就像一只老狐狸，什么都想教给孩子。

只是怎么谈呢？亲近有时是一道纱屏障，影影绰绰又无法挑开。

机会终于来了。海外的朋友寄来刊物，内有一份面向少男少女的问卷，题目是："异性的哪种特质最吸引你？"回答方式类似于考试的多项选择题，列了诸条标准，接受问卷调查者只需一一回答"是"或"否"。

我对儿子说："喂！这里有一份很有趣的表格，你不想填一填吗？"

他拿过刊物，飞快地掠了两眼，说："我知道你想了解我的思想，可是我拒绝回答你。"说着便把表格掷还。

对于这样的回答，我一点都不觉得意外。这个年纪的孩子，常以"不服从"来向世界证明自己的价值。我说："作为一个母亲，我想了解你的想法，并不是什么不可思议的事。一个人应当心底无私天地宽。大丈夫，端的是襟怀坦白无事不可对人言。若以兴国为己任，不扫一室何以扫天下？"

对付这种混沌初开的少年，我知道他们既自负又极易受他人影响。既鄙视权威又崇拜名人。于是我也因地制宜，五色杂糅，中西合璧，来个地毯式轰炸。

果然，他默不作声，表示在思考。我审时度势，决定再烧一把火。不过，要换一个角度。

我说："嘿！这表中有一个词，我不懂。诚心诚意请教你。"

儿子一下子来了情绪，问："哪个词？"

"喏，就是这问卷上的第十四条：你是否喜欢'酷'——是残酷的意思吗？这真是个可怕的问题。不管男孩女孩，都不该喜欢残酷。"我很严肃地说。

儿子嘻嘻笑了："哈！连'酷'都不懂，还算什么作家？酷就是冷峻漠然的样子，是个好词。"

我说："噢。但是不管怎样，我还是不喜欢这个酷。"

儿子叹了一口气，是少年人那种没有忧愁意味的短促叹息，说："我们班有很多同学喜欢酷，可是我不喜欢。"

我趁热打铁："人和人的看法有时很不同。这样吧，我拣着这表格读出它列的种种选项，你简单地回答'是'或'否'就行了。好，我们现在就开始。"我不给他喘息抉择的机会，擎着表念起来："你觉得异性最吸引你的特质是——健康？"

儿子不知不觉中已步入我设计的轨道，他几乎毫不迟疑地回答："否。健康不重要，我不在乎她是不是健康。"

我像被人一下子塞了半个冷窝头，瞪着眼，噎在那里。真是少年不知愁滋味啊，他居然敢说健康不重要！真羡慕展开在他面前的无边无际的青春，容许他这般挥霍。镇静了片刻，我问了第二个问题："你觉得异性最吸引你的特质是——聪明？"

"否。聪明也不重要，女孩子不需要太聪明，况且她们也都不太聪明。"儿子轻描淡写地说。

好一个少年大男子主义。我无可奈何地念出第三个选项："美，俊。"

儿子略微沉吟了一下，说："这不重要。"

我不由自主地点了点头，以示嘉许，看来学校里心灵美的教育已深入人心。

"第四个选项是：温柔，有爱心。"我说。

儿子第一次认真地答复："是。"接着又补充了一句，"一个女孩子要是没有爱心，比男孩子还令人不能接受。"

"第五个选项是：有才华。"

"这不重要。"

"下一个选项是：勤奋，用功。"

"这也不重要。"儿子果决地说，全然不顾我有所暗示的沉痛语调。

"第七个选项是：幽默。"我照本宣科。

"嗨！这一条可是太重要了，女孩子一定要幽默。"他跳起来说。

我说："刚才忘记告诉你了，一个人只能在各种特质里选择三项。你现在已经选了两项了。最后的选择可要慎重。"

"就像童话里的宝葫芦，只能使用三次吗？"儿子一脸顽皮地说。

"没那么严重。但为了保证问卷的科学性、客观性和准确性，我们还是遵守规则的好。"我顿了顿说："稳重。"

"PASS！"儿子一挥手。

我好惋惜。我始终认为稳重是一个好女孩极为要紧的标志，却被儿子这般轻易地否决。

"整洁。"

"PASS！"儿子想也不想地回答。

天啊，我简直想哭泣。这孩子怎么会认为整洁不重要呢？我不得不插话力争扭转局势："请再考虑一下，你难道喜欢一个肮脏的女孩吗？"

他潇洒地一甩头发说："您不是常说我不够整洁吗？要是喜欢太整洁的女孩，她会挑剔我的。"

我瞠目结舌却又无可奈何。

"再下一条：慷慨。"

儿子踌躇了一下，还是挥挥手说："PASS。慷慨这种美德，还是留给自己拥有吧。"

"有气质。"

"有气质……这当然很重要……"儿子沉思着，问，"后面还有几个选项？"

我数了数说："还有四项。"

"那么这样好了，要是没有更中意的，我就选气质了。如果有，这条就不算了。暂且保留，妈，您再往下念。"

"活泼……"

"这条毫无意义。女孩子大都活泼。"

"随和，好相处。"我用手指头点着说。

"这一条本意是不错的，但是和有气质相比，还是弱了些。"

"第十四条就是我们刚才说过的酷了。"

"这条我们已经否掉了。妈妈，快念最后一条吧。"手里还握着最后一次选择权，儿子摩拳擦掌。

"第十五条是：鬼点子多，有创意。"我多少有些不屑地说。我不喜欢变幻莫测的女孩。

"哇！这一条多么好！我想该有这样一条，我一直在等着这一条……"儿子喜上眉梢，一副他乡遇故知之感。

我哭笑不得，诱导他说："你再考虑考虑……"

儿子说："噢，妈妈，我知道您是不会赞成我的，所以一开始才不答应和您做这个游戏。现在您知道我的心思了。我不想改变，我要去做作业了。"

我抚摸着那张光洁的问卷，看着儿子在众多的选项中筛选出的三条。

1. 温柔，有爱心。

2. 幽默。

3. 鬼点子多，有创意。

它们像清脆的风铃，在我耳边响个不停。这是儿子为他自己列出的一道方程式，使我感到陌生。

细细想来，这几项有些矛盾。比如又温柔又鬼点子多，似乎很难和谐地统一在一个人身上。温柔的后面像影子一般追随的多是敦厚，而太敦厚的人是想不出精彩的鬼点子来的……儿子还小，他不知道人类的某些品质原是相生相克的。还有幽默，当今中国的女孩子，有多少人拥有这种智慧与襟怀的结晶呢？恕我悲观，只怕凤毛麟角。但是，你不得不承认，儿子是崭新的一代。

方程式已然列出，答案需要他自己去寻求。

孩子，我为什么打你

有一天与朋友聊天，我说，就是在"文化大革命"中当红卫兵，我也没打过人。我还说，我这一辈子，从没打过人。

你突然插嘴说：妈妈，你经常打一个人，那就是我……

那一瞬屋里很静很静。那一天我继续同客人谈了很多的话，但所有的话都心不在焉。孩子，你那固执的一问，仿佛爬山虎无数细小的卷须，爬满我的整个心灵。面对你纯洁无瑕的眼睛，我要承认：在这个世界上，我只打过一个人。不是偶然，而是经常；不是轻描淡写，而是刻骨铭心。这个人就是你。

在你很小很小的时候，我不曾打你。你那么稚嫩，好像一粒包在荚中的青豌豆。我生怕任何一点儿轻微的碰撞，将你娇弱的生命擦伤。我为你无日无夜地操劳，无怨无悔。面对你熟睡中像合欢一样静谧的额头，我向上苍发誓：我要尽一个母亲所有的力量保护你，直到我从这颗星球上离开的那一天。

你像竹笋一样开始长大。你开始淘气，开始恶作剧……对你摔破的盆碗、拆毁的玩具、遗失的钱币、污脏的衣着……我都不曾打过你。我想这对于一个正常而活泼的儿童，都像走路会摔跤一样应该原谅。

第一次打你的起因，已经记不清了。人们对于痛苦的记忆，总是趋向于忘记。总而言之那时你已渐渐懂事，初步具备童年人的智慧；它混沌天真又我行我素，它狡黠异常又漏洞百出。你像一头顽皮的小兽，放任不羁地奔向你向往中的草原，而我则要你接受人类社会公认的法则……为了让你记住并终生遵守它们，在所有的苦口婆心都宣告失效，在所有的夸奖、批评、恐吓以及奖赏都无以建树之后，我被迫拿出最后一件武器——殴打。

假如你去摸火，火焰灼痛你的手指，这种体验将使你一生不会再去抚摸这种橙红色抖动如绸的精灵。孩子，我希望虚伪、懦弱、残忍、狡诈这些最肮脏的品质，当你初次与它们接触时，就感到切肤的疼痛，从此与它们永远隔绝。

我知道打人犯法，但这个世界给予了为人父母者一项特殊的赦免——打是爱。世人将这一份特权赋予母亲，当我行使它的时候臂系千钧。

我谨慎地使用殴打，犹如一个穷人使用他最后的金钱。每当打你的时候，我的心都在轻轻颤抖。我一次又一次问自己：是不是到了非打不可的时候？不打他我还有没有其他的办法？只有当所有的努力都归于失败，孩子，我才会举起我的手……每一次打过你之后，我都会深深地自责。假如惩罚我自身可以使你汲取教训，孩子，我宁愿自罚，哪怕它将苛烈10倍。但我知道，责罚不可以替代也无法转让，它如同饥馑中的食品，只有你自己嚼碎了咽下去，才会成为你生命体验中的一部分。这道理可能有些深奥，也许要到你也为人父母时，才会理解。

打人是个重体力活儿，它使人肩酸腕痛，好像徒手将一千块蜂窝煤搬上五楼。于是人们便发明了打人的工具：戒尺、鞋底、鸡毛掸子……

我从不用那些工具。打人的人用了多大的力，便会遭受到同样的反作用力，这是一条力学定律。我愿在打你的同时，我的手指亲自承受力的反弹，遭受与你相等的苦痛。这样我才可以精确地掌握力道，不至于失手将你打得太重。

我几乎毫不犹豫地认为：每打你一次，我感到的痛楚都要比你更为久远而悠长。因为，重要的不是身累，而是心累……

孩子，我多么不愿打你，可是我不得不打你！我多么不想打你，可是我一定要打你！这一切，只因为我是你的母亲！

孩子，听了你的话，我终于决定不再打你了。因为你已经长大，因为你已经懂得了很多的道理，丝毫不懂道理的婴儿和已经懂得很多道理的成人，我认为都不必打。只有对半懂不懂、自以为懂其实根本不懂得道理的孩童，才可以打，以帮助他们快快长大。

孩子，打与不打都是爱，你可懂吗？

青虫之爱

　　我有一位闺中好友，从小怕虫子。

　　早春天，男生把飘落的杨花坠，偷偷地夹在她的书页里。待她走进教室，我们都屏气等着那心惊肉跳的一喊，不料什么声响都未曾听到。她翻开书，眼皮一翻，身子一软，就悄无声息地瘫到桌子底下了。

　　许多年过去，各自都成了家，有了孩子。一天，她到我家中做客，我下厨，她在一旁帮忙。我摘青椒的时候，突然从蒂旁钻出一只青虫，胖如蚕豆，背上还长着簇簇黑刺，我下意识地将半个柿子椒像着了火的手榴弹一样扔出老远。待柿子椒停止了滚动，我用杀虫剂将那虫子扑死，才想起超级怕虫的女友，未曾听到她惊呼，该不是吓得晕厥过去了吧？

　　回头寻她，只见她神态自若地看着我，淡淡说："一个小虫，何必如此慌张。"

　　我比刚才看到虫子还愕然地说："啊，你居然不怕虫子了？"

　　女友苦笑着说："怕还是怕啊！只是我已经练得能面不改色，一般人绝对看不出破绽来。"

　　"你知道我为什么怕虫子吗？我小时候是不怕虫子的。有一次妈妈听到我在外面哭，急忙跑出去一看，我的手背又红又肿，旁边一条大花毛虫正在缓慢地爬走。我妈知道我叫虫子蜇了，赶紧往我手上抹牙膏。以后，她只要看到我的身旁有虫子，就大喊大叫地吓唬我……一来二去的，我就成了条件反射，看到虫子，真魂出窍。"

　　"后来如何好的呢？"我追问道。

"有一天，我抱着女儿上公园，那时她刚刚会讲话。我们在林荫路上走着，突然她说：'妈妈……头上……有……'她说着，把一缕东西从我的发上摘下，托在手里，邀功般的给我看。

"我定睛一看，魂飞天外，一条五彩斑斓的虫子，在我女儿的小手内，显得狰狞万分。

"我第一个反应是像以往一样昏倒，但是我倒不下去，因为我抱着我的孩子。如果我倒了，就会摔坏她。我不但不曾昏过去，神智也是从来没有的清醒。

"第二个反应是想撕肝裂胆地大叫一声。但我立即想到，万万叫不得。我一喊，就会吓坏了我的孩子。

"我读过一些有关的书籍，了解了当年我的妈妈，让我一生对虫子这种幼小的物体骇之入骨，一方面保护了我，一方面用一种不恰当的方式，把一种新的恐惧，注入我的心里。如果我大叫大喊，那么这根恐惧的链条，还会遗传下去……

"我颤颤巍巍地伸出手，长大之后第一次把一只活的虫子，捏在手心，翻过来掉过去地观赏着那虫子，还假装很开心地咧着嘴，因为——女儿正在目不转睛地看着我呢！

"虫子的体温，比我手指的温度要高得多，它的皮肤上有鳞片，鳞片中有湿润的滑滑的黏液一丝丝渗出，头顶的茸毛在向不同的方向摆动着，比针尖还小的眼珠机警怯懦……"

女友说着，我在一旁听得毛骨悚然。只有一个对虫子高度敏感的人，才能有如此令人震惊的描述。

女友继续说："那一刻，真比百年还难熬。女儿清澈无瑕的目光笼罩着我，在她面前，我是一个神。我不能有丝毫的退缩，我不能把我病态的恐惧传给她……

"不知过了多久，我把虫子轻轻地放在地上。我对女儿说，这是虫子。虫子没什么可怕的。有的虫子有毒，你别用手去摸。不过，大多数虫子是可以摸的……

207

"那只虫子,就在地上慢慢地爬远了。女儿还对它扬扬小手,说:'拜……'

"我抱起女儿,半天一步都没有走动。衣服早已被黏糊糊的汗浸湿。"

女友说完,好久好久,厨房里寂静无声。我说:"原来你的药,就是你的女儿给你的啊。"

女友纠正道:"我的药,是我给我自己的,那就是对女儿的爱。"

蓝色萝卜

有一天，我到商场的玩具柜台，为朋友的孩子过生日准备一份礼物。总是拿不定主意，挑来选去，很费时间，就听到了如下一番谈话。

一位老妇人交了钱，把售货员为她精心捆好的橡皮泥桶抱着，预备离去。售货员向她扬扬手说，您老多保重吧。三十多岁的儿子，您还要为他买橡皮泥，该不会是有什么病吧？老妇人笑了，说，谢谢你的关心。不过我的儿子并没有什么病，他很好，很健康，是个很棒的电脑工程师。

老妇人说，我儿子小的时候，手很巧。有一天，他捏了一个大萝卜，圆圆的，红红的，上面还长着翠绿的缨子。我喜欢极了，把这个萝卜小心地带到单位，让同事们看。大家都说这不是那么小的孩子能捏出来的，没准儿是哪个工艺师随手创作的作品。我听了以后，心中甜似蜜呀。

回到家后，儿子跟我要那个萝卜。我说，干吗呀？他毫不在意地说，把它毁了，重捏啊。红色的归到剩下的红泥堆里，绿的归到绿泥堆里。我很可惜地说，那个萝卜不就没了吗？他睁大天真的眼睛说，可那些橡皮泥还在啊，我还可以捏别的呀。我说，不成，过几天，就是"六一"儿童节，单位里要是组织展览，这个萝卜就是上好的展品，你不能把它毁了，我要留作纪念。儿子很听话，不再要回他捏的萝卜了。

过了一段日子，他悄悄地问，你们单位开过展览会了吗？我说，今年没开。你问这个干什么？他说，我想要回那个萝卜，让它回到那一堆各色的橡皮泥里，这样，我就可以捏其他东西了。我不耐烦地说，这个萝卜我还想留着呢。你该捏什么就捏吧。儿子又怯生生地说，妈妈，你能不能再给我买一盒新的橡皮泥呢？我说，为什么？原来那盒不是挺好的吗？儿子说，那个萝卜走了，它的颜色就不全了。我敷衍地说，好吧，哪天我得空了，就给你买。

那阵子，我一直很忙。更主要的是不把孩子的请求当回事儿，总是忘。孩子问过几次，我心里烦，就说，你想捏什么就捏什么好了，缺一两种颜色有什么要紧的？大模样像了就成。我儿子很乖，从此，他再也不提橡皮泥的事情了。

大约半年后的一天，我下班回家，在桌子上，看到了儿子用橡皮泥捏的新作品。我不知是不是他特地摆在那儿的——一个胡萝卜，身体是蓝色的，叶子是黑色的。我当时应该警醒的，可惜忙于工作，就装作什么也没有看到。

从此，儿子再不捏橡皮泥了，我也渐渐把这件事淡忘了。直到他长大成人，几十年当中我们都从未提过"橡皮泥"这个词，一次也没有。

前几天搬家，从尘封的旧物中滚出一个铁蛋似的东西，我捡起来一看，原来是那个蓝色的萝卜。谁也不知道它是怎样被保存下来的。我把它放在手心，似乎还能感到儿子当年的无奈。我从中听到了强烈的抗议和热切的渴望。我想赎回我当年的粗暴和虚荣，想履行我曾经的承诺……

她说到这里，头深深地埋了下去，花白的头发像一帘幕布，遮住了她的眼睛。老妇人抱着橡皮泥桶，缓缓地走了。我也随之选定了一件礼物，离开了商场。我决定，在送给小朋友生日礼物的同时，送给他的妈妈一个故事。只听见售货员在后头喃喃地低语，谁知道她的儿子还记得这回事不？会原谅他妈妈吗？

镶有 11 块宝石的项圈

在美国的一次家庭宴会上，我看到一位老人戴着一个非常美丽别致的项圈，那上面有 11 块宝石，颜色形状各不相同，但看得出，每块都很名贵，在灯光下发出彩色的光芒。

你在看到她的一刹那，必会注意到她的项圈。因为她的表情和所有体态，都像指针一样指向了她的项圈。如果你注意不到她的项圈，你简直就是一个瞎子；如果你注意到了她的项圈而不过问这件事，那你简直就是对她的大不敬了。

在这种压力之下，每个人在寒暄之后，都要夸奖她的项圈。她就如愿以偿了，情绪高昂地说着什么。轮到我与她见面，我的谈话也从项圈开始："这是我看到过的最美丽、最别致的项圈之一。"

这可并不全都是客套。那项圈的确是独一无二的，晶莹璀璨。

"谢谢！它的确是独一无二的。是我把毕生积攒的名贵宝石都拿了出来，我自己设计了这个样式交给工匠制作，无论从价值还是款式来说，它都极为名贵别致。而且，对我来说，它的价值更是难以估量的，因为这个项圈有很重要的象征意义。"老奶奶说。她说话的时候，鹤发鸡皮的脑袋摇个不停，脖子上的项圈宝石相撞，晶莹夺目，仿佛一串电焊的火花四处迸溅。

话说到这个份儿上，脖子晃成了这个样子，出于礼貌，你就是再没有兴趣，也得问问老人家这个项圈的象征意义是什么。

就像一个好猎人下了套子，看到你的爪子果不其然地被她绊住了，老奶奶的兴奋溢于言表。她说："我这 11 块宝石，代表我的 11 个孙子和孙女。

蓝色和绿色的宝石，代表的是男孩；粉红色和橙黄色的宝石，代表的是女孩。现在，你已知道了这个秘密，你仔细地数一数，我有几个孙女几个孙子？"

我很仔细地数过了，但老奶奶究竟有几个孙女几个孙子，又忘记了。记住的只是她那张充满期待的脸和堆满颈纹的脖子。项圈是美丽的，但如此近距离地观看，这苍老的面庞，在晶莹剔透的宝石的映照下，有一种残酷的枯萎。

也许是太想让老奶奶高兴了，这时，我千不该万不该，问了一句话："您的这11位孙子孙女常来看您吧？"

老奶奶的脸色黯淡下来，喃喃地说："是啊，他们来过，可是，已经很久不来了……"

整个晚上，我都为自己的贸然发问后悔不已。

不，直到今天，我都为自己的贸然发问后悔不已。我为什么要自作聪明地捅破一位老人期待和自豪的泡沫？

有时，我看到大街上的女孩戴着灿烂的宝石项圈，会不由自主地想，天底下，无论东方还是西方，无论中国还是美国，有没有这样一个女孩，在盛大的宴会上，骄傲地指着自己项圈上的宝石对来宾说：这块蓝色的宝石，是纪念我的祖父；这块红色的宝石，是纪念我的祖母。他们永远在我心中。

母狼的智慧

仅次于人的聪明的动物，是狼，是北方的狼。南方的狼是什么样，我不知道。不知道的事不瞎说，我只知道北方的狼。

一位老猎人，在大兴安岭蜂蜜般的黏稠的篝火旁，对我说。猎人是个渐渐消亡的职业，他不再打猎，成了护林员。

我说："不对。是大猩猩。大猩猩有表情，会使用简单的工具，甚至能在互联网上用特殊的语言与人交流。"

"我没见过大猩猩，也不知道互联网是什么东西。我只见过狼。沙漠和森林交界地带的狼，最聪明。那是我年轻的时候啦……"老猎人舒展胸膛，好像恢复了当年的神勇。

母狼带着小狼过河，怎么办呢？要是只有一只小狼，它会把小狼叼在嘴里。若有好几只，它不放心一只只带过去，怕某只小狼在河里游的时候，留在岸边的子女会出什么事。于是，狼就咬死一只动物，把那动物的胃吹足了气，再用牙齿牢牢紧住口，让它胀鼓鼓的好似一只皮筏。它把所有的小狼背负在身上，借着那救生圈的浮力，全家过河。

有一次，我追捕一只带有两只小崽的母狼。它跑得不快，因为小狼脚力不健。我和狼的距离渐渐缩短，狼妈妈转头向一座巨大的沙丘爬去。我很吃惊。通常狼在遇到危险时，会在草木旺盛处兜圈子，借复杂地形伺机逃脱。如果爬向沙坡，狼虽然爬得快，好像比人占便宜，但人一旦爬上山坡，就一览无余，狼就再也跑不了了。

这是一只奇怪的狼，也许它昏了头。我这样想着，一步一滑地爬上了高高的沙丘。果然看得很清楚，狼在飞快地逃向远方。我下坡去追，突然发现小狼不见了。当时顾不得多想，拼命追下去。那是我平生见过的跑得最快的一只狼，不知它从哪儿来的那么大的力气，像贴着地皮的一支黑箭。追到太阳下山，才将它击毙，累得我几乎吐了血。

　　我把狼皮剥下来，挑在枪尖上往回走。一边走一边想，真是一只不可思议的狼，它为什么如此犯忌呢？那两只小狼到哪里去了呢？已经快走回家了，我决定再回到那个沙丘看看。快半夜才到，天气冷极了，惨白的月光下，沙丘好似一座银子筑成的坟，毫无动静。我想真是多此一举，那不过是一只傻狼罢了。正打算走，突然看到一个隐蔽的凹陷处，像白色的烛光一样，悠悠地升起两道青烟。

　　我跑过去，看到一大堆干骆驼粪。白气正从中冒出来。我轻轻扒开，看到白天失踪了的两只小狼，正在温暖的驼粪下均匀地喘着气，做着离开妈妈后的第一个好梦。地上有狼尾巴轻轻扫过的痕迹，活儿干得很巧妙，在白天居然瞒过了我这个老猎人的眼睛。

　　那只母狼，为了保护它的幼崽，先是用爬坡延缓了我的速度，赢得了掩藏儿女的时间。又从容地用自己的尾巴抹平痕迹，并用尽全力向相反的方向奔跑，以一死换取孩子的生存。

第六章　你站在金字塔的第几层

你站在金字塔的第几层

美国心理学家马斯洛有一段名言:"如果你有意地避重就轻,去做比你尽力所能做到的更小的事情,那么我警告你,在今后的日子里,你将是很不幸的。因为你总是要逃避那些和你的能力相匹配的各种机会和可能性。"每逢读到这段话,我总是心怀战栗般的感动。

一个人就像是一粒种子,天生就有发芽的欲望。只要是一颗健康的种子,哪怕是在地下埋藏千年,哪怕是到太空遨游过一圈,哪怕被冰雪封盖,哪怕经过了鸟禽消化液的浸泡,哪怕被风刀霜剑连续宰杀,只要那宝贵的胚芽还在,一旦时机成熟,它就会在阳光下探出头来,绽放勃勃的生机。

现代心理学有很多精彩的论证,这些论证不能像实证的物理化学,拿出若干铁一般的证据,心理学的很多假说,建立在对人的行为的推断和研究之上,被千千万万的人所证实。

马斯洛先生所创建的人的基本需要的金字塔理论,就是这样一个伟大的学说。他研究了很多人的行为和动机,特别是那些自我实现程度很高的人,之后得出了一个结论。简言之,就是在我们人类的精神内核中,存在着一个内在需要的金字塔,分成了五个台阶。

在第一个台阶上,是我们的温饱需要——最基本的生存之道。饥肠辘辘,你今晚吃什么饭?是人的第一考虑。寒冬腊月的,你今夜睡在哪里?是火车站的长凳还是马路上的水泥管?这都是头等大事。

当这个需要满足之后,紧接着就是安全的需要了。你有了吃的住的,今天的生命是有了保障了,可是如果你被其他的人或是动物或是自然界的恶劣条件所侵犯，你远期的生命就陷在水深火热之中了。因此，一旦温饱不成问题之后，人马上就会考虑安全系数。这一点，如果你不相信，尽可以放眼看去。马上能看到富人区森严的保安和世上风行的形形色色的自卫器械。当你从一个熟识的环境换到一个新环境，那种不安和紧张，与陌生人交谈时的畏葸和不自在等等，都从另一个方面证实了安全对人的重要性。

现在我们已经到了金字塔的第三阶梯。在这个阶梯上大大地写着"爱"。除了男女之爱、亲子之爱、手足之爱这些源于血缘和繁衍的爱意，还有同伴之爱、集体之爱、祖国之爱、民族之爱、文化之爱……总之，这里所提到的"爱"，有着宽泛的含义，但它是那样不可或缺，是人类精神活动的高级需要。我们常常说，一个不懂得爱的人，是灰暗和孤独的。就是说人的精神需要如果不能完成这种超越和提升，就是饱含瑕疵的半成品。

爱之高处，就是尊严感了。人是一种特殊的动物，人是有尊严感的。一条虫子可以没有尊严，一株树木可以没有尊严，但是一个人，不是这样。如果丧失了尊严感，那就不是一个完整的人了。中国的古话里有"不吃嗟来之食"，有"士可杀不可辱"，有"君子一言，驷马难追"等，讲的都是尊严的问题。

在金字塔的最高点，屹立着自我价值的体现和追求。什么是自我价值的最高体现——那就是充满了创造性的劳动。我以为劳动是有高下之分的，不是指在价值层面上，而是指在带给人的由衷的喜悦程度上。你可以想象并相信一个科学家，在得不到任何报酬的情形下，不倦地研究某一个与现实相隔十万八千里的学术问题，比如"哥德巴赫猜想"，为自己换不到一块窝窝头，但毫无疑问陈景润乐在其中。你基本上不能同意一位老农在得知三年没人收购麦子的情况下，除了自己够吃之外还会不辞劳苦地广撒麦种。在前者，创造性的劳动里面蕴含着强大的挑战和快乐，在后者，则充斥着重复性劳动的艰辛和疲惫。

人类精神需要的金字塔，从某种意义上讲，是一种铁律，几乎不可逃避。当然，我们不能想象一个人在自己的温饱都得不到保障的时候，能够像斯蒂芬·霍金那样去研究宇宙大爆炸这样的问题。这也就是鲁迅先生所说的：年轻人，一是要生存，二是要发展。有一个顺序，有孰先孰后的问题。在解决了温饱和安全这些最基本的生存需要之后，你必定会不满足，你必定要有新的追求。人类精神发育的法则你是绕不过去的。你吃得饱了，你睡得暖了，你有大房子了，你安居乐业了，你很有安全的保障了，可是，我敢说，在你心底最深邃的地方，有火焰一样的躁动，你如果无法满足它，你就没有恒久的快乐。

让我们回到本文开端所引用的马斯洛的那段话。你以为你逃避了风险，你以为你躲避了责任，你以为你成功地掩饰了自己的才华，你以为你心甘情愿地收敛包裹自己，你就可以在人们的艳羡之中，安安稳稳地过此一生了吗？我相信你可以用奢华的装备和风流倜傥的举止，成功地欺骗几乎所有的人，包括你的至亲至爱之人，但是，每当月朗星稀之时，你永远欺骗不了的一个人，就会在你独处的时候，顽强地站在你的面前，拷问你，鞭挞你，谴责你，纠正你……这个人不是别人，正是你自己！由于每一个人都是那样的与众不同，由于你所具有的内在生命力一直在熊熊燃烧，所以，当你登上了自己人生的某级台阶之后，你就要向上攀登。你只有在这种不倦的探索中，才能丰富自己的人生，才能得到生命的欢愉，才感到自己内在的充实和价值。

人是追求创造性快乐的动物，如同飞越大洋的候鸟的脑内罗盘，掌控着我们的一系列选择和决定。你一生将成为怎样的人？在你的价值体系里，是怎样的顺序？这些看起来很浩大很空茫的标准，实际上很细致地决定着我们工作学习生活的各个层面。

记得我在北大演讲的时候，有人递上来一张纸条，上面写着："我智商很高，从小到大一直是班干部，考上北大更证明了我的实力。只要我愿意，继续读硕士和博士都不成问题。假如我选择金钱作为我一生奋斗的目标，你看怎样？"

我把这张纸条念了。我说我很感谢这位同学对我的信任，我说人生的价值是多元的，以金钱作为自己终生奋斗目标的，也大有人在。但我以为，金钱只是手段，在它之后，还有更为高远的目标在指引着你。如果你唯利是图，那么，你的周围将没有真正的朋友。因为古往今来，已经无数次地证明了，在金钱的旗帜下，会聚拢来很多无耻小人。同时，你很可能得不到真正的爱情。因为爱情可以被金钱所出卖，却不可以被金钱所购买。那个爱上你的人，有可能不是爱你本人，而是爱上了你的信用卡。如果你把金钱当成了证明你的自我价值的工具，我要说，除了单一和狭隘，还有一种盲从。你用世俗的标准代替了内在的准星。

我翻阅了几期《华融之声》，看到华融人的志气和理想。有人谈到从工商银行调到华融来的理由，最主要的是期望自己的能力得到更好的提升。我觉得这是很好的理由，是内心和外在的统一，是朝着自我实现之路的迈进。当然了，自我实现的路，绝不会是一帆风顺的。我们常常会遭遇挫折和失败。但人生的价值并不在于永远是胜利和成功，而在于这个过程当中，我们得到了独一无二的属于自己的体验。在生存之道解决之后，在工作中得到乐趣，就是一个极好的选择。要知道，我们每个人，一生用于工作的时间，大于七万个小时。可不要小瞧了这七万个小时，如果你是在快乐和创造中，你是在实现自我价值的挑战中，你的人生就会过得很充实。如果你只是为了挣更多的钱，住更宽敞的房子，获得更多的应酬和名声上的虚荣，你将在七万个甚至更多的时间里，委屈着自己，扼杀着自己，毁灭着自己的自由。

我在美国印第安人的保留地，遇到一位当地的心理学家。她说，我们印第安人有一个古老的风俗，即使是自己的温饱没有解决，我们也会用有限的食物拯救他人。因为，对我们来说，帮助别人是一种美德，也是一种精神的传承。

她说，我并不是要挑战马斯洛，我只是说，精神有时比肉体更重要。这是那位印第安心理学家最后留给我的话。

丹麦的独腿锡兵

安徒生童话里,我喜欢《卖火柴的小女孩》,喜欢《海的女儿》,最喜欢的是《坚定的锡兵》。有的人把这篇童话的名字翻译成《坚强的锡兵》。相较之下,我还是更倾向于"坚定"二字,那种对爱情奋不顾身的投入,还有死心塌地的一厢情愿,让人唏嘘。

童话里的锡兵只有一条腿,真不知道他是如何通过征兵体检的,成了一名肩扛毛瑟枪的勇士。书里给了我们一个解释,说是这个锡兵是最后一个被生产出来的,原材料不够用了,所以只有一条腿。按照这个解释,锡兵就是先天性残疾了。锡兵历经种种磨难,从未改变对一位纸做的"小舞蹈家"的爱情,直到最后在火中凝结为一颗锡做的心。

当年读这篇童话的时候,就萌生了一个小小的愿望——得到一个小小的锡兵。那时候想得简单,以为既然是个著名的童话人物,就该到处都有卖的,就像如今的唐老鸭米老鼠。屡屡搜索未果,才明白这锡兵是个小人物,并非芳草天涯(随处可见)。看来,要找锡兵,只有到他的老家丹麦了。

到了丹麦,先去看的是"海的女儿"的塑像。雕像矗立在哥本哈根海滨公园的浅海处,身高1.25米。注意啊,不是说美丽的美人鱼身高只有这么矮小,而是因为她取了一个屈腿侧身的坐姿。如果站起身来,就是个高大的美女。再提供一组数字:据说美人鱼的体重是175公斤,今年已经有93岁了。

93岁的小美人鱼,丝毫不改婀娜多姿的体态,青铜色的"她"坐在一块礁石上,容颜清丽,美丽的发辫垂在腰间,在身后紧贴礁石处,有一条仿佛还在滴着水珠的鱼尾。美人鱼周围能容人站立的地方很狭窄,礁石上又覆满了青苔，又湿又滑，稍不小心就会跌入海里，让你来个不情愿的海水浴。我们很规矩地排着队，依次跳上岩石，迎着光照相。砰砰啪啪乱响了一阵之后，突然有人说，这么个照法，美人鱼最重要的部分就丢失了。

照过的人吓了一跳，马上反驳说，你看，海水啊蓝天啊美人鱼啊，还有我，都照上了，什么都不缺的，肯定没丢掉任何东西。没照的人就停下了踏上苔藓的脚步，眼巴巴地等待着下文，以防自己辛辛苦苦地蹦跳过去，反倒做了无用功。

发难的那位说，美人鱼啊美人鱼，你们只照了美人没有照上鱼。正面取景，好看是好看，可惜没有尾巴。没有尾巴的美人鱼，人家还以为是一尊普通的欧洲少女像呢！

呵呵，尾巴！是的，美人鱼最重要的标志就是她的尾巴。尾巴里藏着她全部的秘密和痛苦，当然，也有奉献和快乐。

于是大家重新来过。

听说这座美人鱼雕像，早已不是丹麦雕塑家爱德华的原作。美人鱼像曾多次遭到破坏，身首异处。丹麦政府为防止悲剧重演，现在用的是仿制品，原作早被国家博物馆收藏。

听说每年有超过100万的游客和美人鱼合影，有的游客还爬到美人鱼的身上，做出不雅的动作。丹麦政府准备把美人鱼的雕像搬到深海去，这样游客们就只能远远地眺望美人鱼的身姿，呆呆地面朝大海，从海风的呼啸中，去想象美人鱼所经受过的刺骨寒冷锥心痛苦和致命浪漫。

记得小时候给孩子们讲《海的女儿》，孩子们对坚贞的爱情似乎不大能体察，只是为美人鱼不能说话而万分苦恼。有的孩子问，美人鱼没上过学吗？

我说，这和上学有什么关系呢？

孩子说，就算美人鱼嗓子哑了说不出话来，但她可以写一张纸条给王子啊，王子一看不就全明白了？

我张口结舌，只好说，海底是没有学校的。

孩子穷追不舍，说，那她爸爸可以教她啊。她爸爸不是国王吗？国王肯定会写字的，要不怎么能当国王？

我急中生智，总算想到了一个解释，我说海底王国和人世间使用的不是同一种文字，是外语。就算是美人鱼给王子写了纸条，王子也看不懂……

惊出了一身汗，才把这段公案应对过去。想想看，如果至善至美的小美人鱼都可以是文盲，早就厌学的孩子们，理由和狡辩一定更多了。

看完了"海的女儿"，就该去看她爸爸的雕像了。美人鱼的爸爸不是海底的国王，而是丹麦伟大的文学家安徒生。

丹麦到处都有安徒生的雕像，我最喜欢的是哥本哈根市政厅南侧那尊青铜像。早知道安徒生相貌不佳，做好了看到一张难看的脸的准备，但这座雕像一点都不丑。晚年的"安徒生"表情安详，头戴一顶18世纪流行的绅士高筒礼帽，拄着一根手杖，有一种若隐若现的沉思和羞怯的神情，据说这是按照1875年安徒生70岁时的样子设计的。游客们纷纷爬上台阶，和铜制的安徒生像合影。因为塑像十分高大，一般的人站在那里，只能到达"安徒生"的腰际。据说摸到"安徒生"的手、膝盖或是裤脚和鞋子，都可以沾到大师的灵气。这些常常被游客汗手摩挲的地方，变得油光发亮，呈现为紫红色，好像这些部位镶上了红色的补丁。

这位把童话作为最好的礼物献给全世界儿童的大师，自己始终不曾有过孩子，几度情场失意。15岁那年他来到哥本哈根，一生中的大部分时光都是在哥本哈根度过的。

看完了雕像之后，就是寻找安徒生的故居。据说安徒生在哥本哈根住过不止20个地方，现在只把一部分开辟出来供游人参观，最具盛名的是在新港。

新港其实并不新了，早在1673年，当时的丹麦国王哈丁古斯二世为了实现"要让哥本哈根成为跟世界做贸易的城市"的诺言，下令开凿运河，将朗厄里尼海的水引进哥本哈根。而在丹麦语中哥本哈根就是"商人的港口"或者"贸易港"的意思。只是哈丁古斯二世并没想到他的这一纯粹为了发展经济而进行的开凿，最终却成就了哥本哈根这座城市的诗情以及安徒生的那些充满了幽默和幻想的童话。

新港狭长的港湾里停满了五颜六色的游艇和帆船，樯桅林立，帆影摇曳。运河两岸矗立着当年码头工人以及琥珀商人和海员们居住的房子，每栋房屋的颜色都不相同，亮蓝、粉红、金黄、春草绿……在夕阳的余晖里，这些五颜六色已有几百年历史的老房子不可思议地显得十分年轻。街边是一排排支着太阳伞、座无虚席的露天酒吧，游人鼎沸。

坐在运河边长长的木头上，听着优雅的爵士乐，看穿梭在运河上的游船，一下子分不清到底是在21世纪还是在19世纪。据说因为实行严格的保护措施，这里的建筑和200年前没有丝毫区别。

这条街是安徒生的心灵栖息地。在街口有一尊安徒生雕像，雕像的铭牌上记载着安徒生曾分别于1834年至1838年以及1848年和1875年相继在这条街的20号、67号和18号居住并写作。在这里，他得到过戏剧家、诗人、贵族乃至国王的帮助和垂青，渐渐声名鹊起。只是不巧，20号故居正在修缮，我们无法入内参观。在门口和林立的脚手架合影之后，我不停地向对岸眺望。我在寻找房屋与房屋连接的拐角处，我记得在《卖火柴的小女孩》中，那个可怜的小女孩冻饿交加，就是在一个拐角处划完了她所有的火柴。我想安徒生写作这篇童话的时候，一定想起了窗外的这些楼房。他坐在窗前，倾听着运河上欸乃作响的木帆船的摇橹声，看着河边酒吧里扯着嗓子不停地举着酒瓶子正在寻欢作乐的海员，想象着一把火柴像火炬一样燃烧……

在丹麦的街头徜徉，我还是念念不忘那个独腿锡兵。

我向导游诉说心愿，问在哪里可以买到一个锡兵。导游说，克伦古堡。从此心中一直默念克伦古堡……克伦古堡……好像小孩子买酱油醋，在走向商店的路上不停地嘟嘟囔囔，生怕忘却。

克伦古堡，位于哥本哈根北面海滨，建筑在岩石上，半截身子探进海中。几百年来，它一直是守卫哥本哈根的要塞，至今还保留着当时的炮台和兵器。

克伦古堡位于丹麦与瑞典之间最狭窄的海域，扼住了波罗的海的入口处，名字的意思是"皇冠之堡"。这个古堡不仅因为战略地位重要而闻名，更因为它是莎士比亚名剧《王子复仇记》的发生地。历史上真实的"王子复仇记"，是丹麦内陆的故事，莎翁玩了个"乾坤大挪移"，将它搬到了这里。

为什么要移花接木？因为当年的克伦古堡之豪华雄冠北欧。早在15世纪，当时统治全北欧（包括丹麦、瑞典、挪威、芬兰和冰岛的"斯堪的纳维亚联合王国")的丹麦国王埃里克便看中了赫尔辛格这个极具战略性的瓶颈地带,在此筑堡,向来往北海和波罗的海的商船征税,收取买路钱,约略等同于现今的高速公路收费站。北欧的海上贸易非常活跃,埃里克和他的继承人财源滚滚而来。赫尔辛格遂从一座渔村一跃成为名震欧洲的海港重镇。后来,丹麦国王弗雷德里克二世娶了年仅15岁的表妹苏菲。为了给新王后提供一个舒适的居住环境,国王斥资把阴森湿冷的中世纪式样的克伦古堡,改建成文艺复兴式的豪华行宫。2000年,克伦古堡被联合国教科文组织列入《世界文化遗产名录》。

然而,走进城堡,感受到的主体风格依然是阴暗和压抑的,虽然屋外阳光灿烂。跟着导游,可在古堡的四翼参观丹麦王族当年的会客厅、起居室、寝室等,看到皇室名贵的家具、摆设、日用品和餐具。古堡的庭院里还有一座精致的小教堂,以供王室成员之用。

令人感到比较振奋而有生气的是武士大厅,据说当年是弗雷德里克国王为了讨好酷爱跳交际舞的苏菲而建造的舞厅。全长63米,为当时全欧洲最长的大厅,金碧辉煌,极负盛名。就是今天看起来,也还有不可一世的奢华之气。

堡内除了大厅宽阔之外,到处都很幽暗,的确是发生幽怨故事和血腥政变的好地方。

导游特别提示要留意墙上的七张挂毯。初看起来,这些挂毯除了规模较大之外,并没有非常特别的地方。可是中国人对"大"是有很强免疫力的,单凭体积来讲,还不足以让我们惊奇。挂毯的主色调是咖啡色,不知是因为年代久远褪了色还是皇室就喜欢如此黯淡的风格。在一派昏暗之中,在任何角度都可以看到丝毯中的某些部分在闪闪发光。据说这是金线的光芒,它们是用真正的纯金丝编织而成。

丝毯的主题基本上是人物,为丹麦历代国王和王室成员。当年无数工人不停劳作了整整4年,一共编织出了43张丝毯,每张的面积都是12平方米(3米×4米)。这些价值连城的挂毯,只有14张保存至今——位于哥本哈根的丹麦国家博物馆和克伦古堡各藏一半。

在《王子复仇记》里，有一段弄臣波洛涅斯躲在"帘"后，结果被哈姆雷特误杀的情节。有学者猜测，莎翁所说的"帘子"，其实指的就是这种挂毯。听到这个说法，再看那些色彩黯淡的挂毯，就有些毛骨悚然。

克伦古堡因莎士比亚而得大名，但只在城堡的外围，有一尊小小的莎士比亚像，令人有些费解。如果没有莎士比亚，没有《王子复仇记》，克伦古堡能有今天这样显赫的声名吗？查了一下资料，在世界十大著名古堡中，克伦古堡并未列在其中。如今在人们的心里，它毫不逊色地跻身于世界上最著名的城堡之列，恐怕不是因为并不算很大的"武士大厅"，也不是因为那些容颜沧桑的挂毯，而是因为一位作家的一支笔。

好在每年 8 月间，克伦古堡都会举行与莎士比亚相关的一系列活动。听说从 20 世纪初起便几乎年年举行《王子复仇记》的公演；许多著名的电影和戏剧演员如劳伦斯·奥利弗、费雯·丽和肯尼思·布拉纳等，都曾在这里演出过。克伦堡里，有他们演出的巨幅剧照，很多游人在此与之合影。

在克伦古堡，可以远眺 4 千米外的瑞典小镇海兴堡。有段城墙很像哈姆雷特徘徊叩问时的场景，不知他是不是在这里看到了鬼魂。

这样一想，纵然是在烈日下，也生出阵阵寒意。

今天丹麦和瑞典很友好，渡轮码头都不设海关，人们可自由来往。

但在 15 世纪至 17 世纪，两国为了争夺波罗的海的巨额利益和海上霸权，锲而不舍地打了 200 年仗。最残酷的海上战场，就在这里。

听导游说，莎士比亚自己也演过《王子复仇记》。我们忙问他莎翁扮演的是谁。

导游说，猜猜看。有人猜是哈姆雷特；有人说估计莎翁没有那样高大英俊，可能演的是弑兄霸嫂的叔叔；还有人说，他不会男扮女装演了美女或是皇后吧？

看大家猜得辛苦，导游索性揭开谜底：莎翁在戏中演的是鬼魂。

大家就笑起来，城墙就不恐怖了。

到现在为止，我还没有买到锡兵，甚至连一个锡兵的影子也没见到，不由得暗暗焦急。导游让大家自由活动，对我说，你跟我走吧。

下窄窄的楼梯，台阶之险峻，估计在数百年的历史里，一定把若干宫女摔得鼻青脸肿。好不容易走到一处旅游商品销售点，推开门一看，我不由得欢呼起来。

无数的锡兵列队站在玻璃橱窗中，个个雄赳赳气昂昂，好像在接受检阅。导游说，你挑吧。然后放下我，回去照顾大家。

这些锡兵都是朴实无华的金属色，仿佛暴雨前厚重的阴云。大的有一拳高，小的只有一厘米。戴着头盔，长满络腮胡子，目光炯炯。虽然形态不一，但每一个都精神饱满，荷枪实弹，随时准备上战场的架势。

我说，我要一个锡兵。

售货大妈（真的不能称为小姐，足有50岁了）拿出一个手持盾牌的锡兵，那面盾牌上刻着海扇贝的族徽图案，很是骁勇。

我摇头说，No。

她又拿出一个锡兵，这个锡兵没有拿盾牌，改成了一柄长剑，寒光凛凛。

导游已经走了，语言不通，我用手势比画着告知她，也不是这个。

大妈脾气不错，思忖起来。我指指锡兵的武器，然后做了一个射击的动作。她看懂了，拿出了第三个锡兵。

这次对了。这个锡兵不是拿着盾牌，也不是舞着长剑，而是提着一支枪。

可惜的是，这不是毛瑟枪，而是一支花里胡哨的短枪。

毛瑟枪是德国人毛瑟发明的一种长枪，在安徒生那个时代，是一种新式兵器，类乎今天的手提式导弹吧？安徒生发给锡兵一支毛瑟枪，除了他紧跟世界潮流之外，也说明安徒生实在是很喜爱锡兵，给他装备了最先进的杀伤性武器。

大妈再次思忖，我拼命比画，夸张地表现着枪支的长度，简直快把毛瑟枪形容成了大炮。大妈心领神会，终于从锡兵阵营中，拎出了一个肩扛长枪的锡兵。

哈哈，终于大功告成了。这就是那个坚定的锡兵，扛着毛瑟枪，等待着他如火如荼的爱情。

大妈也很高兴，拿出一个精致的小盒子，要把锡兵打包。这时我突然发现了致命的错误——这个锡兵是健全的！也就是说，他的两条腿都完好无缺！这个锡兵——不是那个锡兵！

我急忙阻止了大妈的进一步包装，急赤白脸地说，我要一条腿的锡兵！

看着她茫然的神色，我知道她完全猜不透我的意思了。我急中生智，来了个金鸡独立：把自己的一条腿尽量地藏起来，晃晃悠悠地站在那里。以我的老胳膊老腿，完成这个动作并不轻松，跟跟跄跄几乎跌倒。

大妈终于恍然大悟，口中发出呜呜的声音，表示她完全明白了我的要求。我以为这一次大功告成了，但老人家拿出来的还是零件周全的锡兵，嘴里还不停地说着什么，脚下还摆动着。

可惜我听不懂，也不知道再如何表演，才能得到独腿锡兵。正在百般为难之际，导游来找我，这才听懂了大妈的解释。原来游人们都喜欢买一条腿的锡兵，店里刚好断档了，最快也要几天后才能供货。目前，只能向我提供两条腿的锡兵。

怎么办呢？好失望啊。要么，就永远留下这个遗憾，让那个一条腿的锡兵活在记忆中；要么，就买下肢体健全的锡兵。

大妈冲着导游说着什么，导游却不忙着翻译给我，频频点头。我问导游，她在说什么？

导游说，她还在推销两条腿的锡兵。

我说，她具体说了些什么呢？

导游说，她说，真正的一条腿的锡兵其实并没有完成他的爱情理想，还在进行中。实现了爱情理想的锡兵，已经不存在了，和他心爱的人一道化成了一颗锡心。在人们心里，他就是个健全的锡兵。

我不知道这是不是一个非常成功的营销文案，总而言之我被它打动了。是的，一条腿的锡兵，只是他刚刚被制造出来时的模样，之后他就面目全非了。锡兵最完美的时刻在他融化的瞬间。

我最后买下了一个手脚健全的锡兵，肩扛着毛瑟枪。他是用那把锡汤勺做成的24个完整的锡兵中的一员，我猜想在他的心中，一定怀念着那个同根生的少了一条腿的兄弟，虽然他的那个兄弟已经变成了一颗小小的锡心。

在北欧游轮上

从芬兰到瑞典，我们乘坐的是维京号游轮。也许是因为泰坦尼克号留下的印象太深刻了，我上船的第一个动作就是鬼鬼祟祟地瞟着船的两舷，想数数救生艇的数目够不够。其实数也是瞎数，谁知道船上有多少人呢。

到了吃晚饭的时候，就大概知道有多少人了。晚饭被安排在9点半，即使此刻是北欧的白夜期间，太阳下班很迟，这个时辰吃饭也还是相当晚了。导游跑去联系，企图把我们的吃饭时间提前，未果。游轮方面的答复是：食客众多，只能分期分批地享用大餐，已经安排在这个时间，无法更改。

入乡随俗吧。

时辰到，进了餐厅，真是蔚为壮观的饕餮大军。自助餐形式，几百个不锈钢的食槽彻头彻尾地敞开心扉，各色食品竭尽全力讨好你的视觉嗅觉，透过它们和你腹中的肠胃打招呼。无数人端着盘子，在美味之中遨游，如同饥饿的鲨鱼。

餐厅位于整个游轮正前方的甲板处，四周都是玻璃，可以把它想象成行进中的水晶宫，游客们就在这座劈风斩浪的宫殿里，有惊无险地大快朵颐。

得知我们能够在维京号游轮上享受美食，送我们上船的芬兰导游不胜羡慕地说，我到芬兰7年了，都还没有乘过游轮。据说船上的大餐会让你一辈子难忘。

中国人吃饭好扎堆，有了美景有了美味，当然要有佳客，说说笑笑当作料，才有滋有味地感到惬意。伙伴们很快就发现这愿望成了窗外波罗的海里的一朵泡沫。餐厅能接待的人数有限，一批人抹着嘴巴走出，另一批人才能鱼贯而入。吃完的人散居在各处，腾出的位置也星罗棋布。这直接导致了我们虽然获准进入餐厅，但并没有现成的位置候着，全靠见缝插针。

没有那么大的缝隙，可以一下子插入这么多中国针，只能化整为零分而治之了。

我端着盘子在熙熙攘攘的人流中寻找座位。一处偏僻的位置，一张两人小桌，一个黄种人在独自进餐。男性，个子不高，大约30岁的年纪，服饰整洁。我猜他是一个日本人，也可能是韩国人。说实话，哪怕有一线希望，我也不愿意和一个日本人同桌进餐，但环顾左右，人满为患，桌子有限，再咽着口水四处游逛，有点像丐帮弟子。

我用汉语说，这里有人吗？

没指望他能听懂。在海外旅行的经历，让我有了一个收获。你不会说当地语言也无大碍，大胆地自说母语好了。反正人们萍水相逢之时，能够交流的信息是有限的，配合着手势和表情，也能猜个八九不离十。千万不能钳口结舌什么也不说，那才是真正的闭耳塞听一头雾水。

我相信以我端着盘子没着没落的样子，他一定能明白我的意思，摇头或是点头就可答复。没想到他非常清晰地用标准的普通话回答我说，没有人。你可以坐。

我大喜过望。不单是因为有了座位，更是因为在这里遇到了同乡。我如释重负地放下盘碟，说，中国人？

他略微迟疑了一下，说，冰岛人。

我大吃一惊，说，你一个冰岛人，居然把汉语说得这么好啊。

他微笑了一下，说，我以前是中国人，十几年前加入了冰岛籍。

原来是这样。我说，那你就是冰籍华人了。怎么称呼你呢？

他说，你就叫我阿博好了。

我坐在阿博对面，开始吃我的很晚的晚餐。动了刀叉之后，才发现这顿大餐并不像想象中那样诱人。不怪游轮上厨子手艺不精，是我失算了。单凭目测一见钟情，拣来的食物多半口味诡异。比如一种美若珊瑚的红豆子，每一颗都像宝石放射着光芒，我以为是外籍的红豆沙，舀了偌大一勺，抿到嘴里方品出拌了羊油和蜂蜜。平素我不吃羊肉。

炸鸡、蔓越莓、番红花鳕鱼、牛蒡扒、惠灵顿牛排、迷迭香、酸辣墨鱼、酪梨、红酒烤肉……你很难猜出色彩艳丽的食物中蕴涵着怎样陌生的原料和味道。拣到盘子里就是菜，不得不通通吃掉，以防服务生对中国人有微词。只是照单全收很辛苦，吃相也不轻松。

阿博看出我的窘态，慢慢地等我吃完，说，我和你一道再去添些食物。我知道有一些东西比较合乎东方人的口味。

有了阿博做向导，在食物摊中游弋，好比有了指南针，选的东西好吃多了，起码入口不再龇牙咧嘴。

阿博说，客人来自四面八方，游轮上各种口味的饭菜都有。

我说，没有看到中国饭啊。

阿博说，他们主要还是接待欧洲人，当然以西餐为主。以后中国人来得多了，他们也会做中餐的。

我说，你当年怎么想起到冰岛呢？

阿博说，我很想到海外留学，成绩不是很好，美国的学校申请不上，英国的学费又太贵了，就到冰岛来了。在冰岛学习冰岛语，有奖学金，就这么简单。

我说，你喜欢冰岛吗？

他说，喜欢。不然我不会入籍。

我说，冰岛有什么好处，这样吸引你？

阿博说，第一是我喜欢冰岛的水。冰岛是个资源非常丰富的国家，特别是水，简直取之不尽，用之不竭。冰岛人口很少，又有广大的冰川，简直就是一个大水库。第二是我喜欢冰岛的风光，像月亮一样。

我有点搞不明白，就问他什么叫像月亮一样？是又大又圆的意思吗？

阿博说，我说冰岛像月亮，是指它的美丽和寒冷，还有荒凉。当然了，还有各种宝藏和让人充满了想象的寥廓空间。

我说，哦，明白了。第三点呢？

阿博说，第三是我喜欢冰岛的姑娘。她们热情豪放，敢爱敢当。如果喜欢你，就狂热似火地和你相爱。不喜欢了，就恩断义绝地同你分手，绝不拖泥带水。如果是你不干了，就直截了当地告诉她，她也不会哭哭啼啼缠着你不放。如果有了孩子，就跟你算清抚养账目，然后痛痛快快地奔自己的前程去了，再不会寻死觅活地找你麻烦。只是冰岛的法律很保护女子和孩子的利益，就算你是个富豪，如果离上几次婚，也就成了穷光蛋。

我说，看你对冰岛女子这样倾心，想必一定是娶了当地姑娘。

阿博说，曾经有过这样的想法。冰岛出美女，那里的女孩子也很阳光。她是我在一次圣诞节的聚会上遇到的，名叫黛比。我们一见倾心。那一天，正是北极圈内最黑暗的时分，天上出现了美丽的极光，是淡绿色的，横跨整个天穹，好像一匹无与伦比的绸缎，妖娆得令人恐怖。好在两个人在一起，什么都不怕了。那天我们喝了很多酒，分手的时候，彼此恋恋不舍。黛比说，咱们到乡下去吧。我说，这样寒冷，到乡下去岂不要冻死？黛比说，你跟我来，会把你热死。我就和黛比上了路。前几天刚刚下过一场暴风雪，公路上的雪虽然被铲雪机清除了，但两侧的积雪有好几米高，穿行在雪巷中，好像童话世界。我随着黛比到了冰岛首都雷克雅未克郊外的一座别墅。房子几乎被皑皑冰雪掩埋，只有房顶高耸的壁炉烟囱证明这里曾有人居住。

冰岛的富人通常在郊外都有这样的住所，主要是夏天时分来游玩，到了冬天，就人迹罕至了。我说，黛比，你有钥匙吗？

黛比说，这是我亲戚家的房子，我有钥匙。但是，没带。

我说，这不和没有钥匙是一样的吗？黛比说，当然不一样。我有钥匙，说明我有支配这套房屋的权利。我说，权利是一回事，我们进不去，这就是另外一回事了。

黛比说，谁说我们进不去呢？

我说，没有钥匙你怎么进去呢？

黛比说，这太简单了。说着，黛比走到窗户跟前，扒开积雪，用靴子猛地扫了过去，玻璃应声而碎。黛比矫健地跳了进去，然后从里面把房门打开。我大吃一惊，说，你近乎强盗了。黛比笑起来，说，维京人的祖先就是海盗。

那一次，我和黛比在乡下的别墅待了三天三夜。屋内储备有很多罐头食品，还有饮用水，我们吃穿不愁。取暖和洗澡也没有问题，设备很齐全。窗外是极其寒冷清澈的星空，身边是极其温暖柔软的姑娘，那种感觉真是欲仙欲死。三天以后，我们回到都市。黛比对我说，咱们到此为止吧。

我大吃一惊，说，为什么？我们才刚刚开始。黛比说，我有男朋友，只是这一阶段他不在。现在他就要回来了，我们就结束了，这就是一切。谢谢你给予我的美好感受。说完就翩然而去。

我知道这对黛比来说很正常，但我难以接受，久久伤感。后来我决定还是找一个中国的传统女性做妻子。文化这个东西，像胃一样，换不掉的。我不希望我的女儿在14岁的时候，就把男孩子领回家。不希望我一推门看到他们在床上做爱，我还要心平气和地说，对不起，打扰你们了，然后镇定地转身离开。我做不到⋯⋯

阿博举起一杯酒，我用手中的矿泉水和他碰碰杯，预祝他早日找到中意的中国新娘。

吃罢晚饭，已近深夜。我到船上的免税商店转了转，里面也是熙熙攘攘热气腾腾，人们提着装满酒和化妆品的袋子兴高采烈。还有很多娱乐设施，因为疲倦，听说人也很多，我都没去浏览。

这艘游轮就叫作维京号。维京人（Viking）是日耳曼人生活在斯堪的纳维亚半岛地区的一支，也称诺狄人，至今德语中"北"仍和此发音近似。维京人人口不多，却是欧洲历史上影响很大的一个种族。他们的足迹北达格陵兰岛、冰岛以及俄罗斯腹地，南及地中海南岸温暖的亚历山大港和耶路撒冷，西抵不列颠、爱尔兰，东达北美洲东北部。他们在这些地方耕种、放牧、交易，凭着当时欧洲最出色的航海技术，到处拓殖和贸易，在今瑞典、丹麦、挪威等地安营扎寨。连远在加拿大的圣劳伦斯湾也曾是维京人的殖民地。近东的拜占庭有精锐的维京人雇佣军团，英格兰、爱尔兰、法兰西都有他们的占领区和政权。现代英语中最常用的词汇中有900多个来自维京语。英国东北部的600多座村庄至今还沿用维京地名。法国船长口令中的"左舷（babord）""右舷（tribord）"也是维京航海家留下的。爱尔兰的首都都柏林的奠基人，也是维京人。在俄国，时至今日，普京和叶利钦互称"先生"时，说的还是维京人古老的词汇。

维京人的基本生活方式是农耕，他们的农庄以家族为单位，但他们并不是自给自足的小农，他们还下海捕鳕鱼，腌渍以后卖给西欧人。他们从事国际贸易，有石制、陶制、木制以及兽骨兽角制成的日用器皿，金属制品，毛纺织品，珠宝饰品等。传统沿袭至今，只不过贸易的品种改成了集装箱码头、战斗机、轿车和移动电话。他们还大量倒卖各地的土特产，考古中发现的存货就有斯堪的纳维亚的磨刀石和染料，荷兰的布匹、地中海的丝织品等。

严酷的环境和落后的生产方式，使维京人的文化处于相当原始的状态。神话、英雄史诗都在吟游诗人口头上流传。维京人是尚武的。他们的神谱中有两大神系，最崇高的主神名叫奥丁，属于埃西尔神系，与雷公托尔为伴。他创造了世界上的一切，并拥有全部的知识，但最重要的是他是战神，主宰生死。另一个被称作瓦尼尔的神系，由弗雷和他的妹妹弗雷娅组成，相对温柔些，主管繁殖和财富。维京人以骁勇善战为荣，宣称懦夫将被送进寂寞的地狱，而勇敢战死的人则升入乐园瓦尔哈拉。

实话实说，我觉得北欧的自然环境挺恶劣的，如果没有那些郁郁葱葱的树木，简直就是穷山恶水。在这里生长的维京人，如果不彪悍，早被别的部族消灭或赶走了。他们敬畏大自然的力量，相信即使是他们全能的大神，也战胜不了命运的安排。好在他们也很达观，相信彻底的毁灭之后将是新一轮重生，周而复始，生生不息。

维京人并非没有文字，只是北佬传下来的由24个字母组成的书写体系比较原始，又没有好的介质，只好刻在木头和石头上，这样就只能作为记录工具而不方便交流。为了刻画方便，字母都由直线和折线组成，没有现代字母的曲线，如现在的"O"是圆圈，而当时则是个菱形。这种文字对英语的形成和发展产生了极大的影响。而沉郁寡言的维京人还嫌24个字母太复杂，逐渐给简化成了16个，表达能力就更差了。有时候人们就把维京人简称为"海盗"。

我不知道阿博在雷克雅未克郊外遇见的女子，是不是一个海盗的后代，但那种性格显然和生长在温带的中国人有相当大的不同。

在心理学里有一种人格，叫作"T型性格"，简称为"海盗性格"。代表着创造性，外向型，爱冒险，喜欢生活多姿多彩，喜欢生命力淋漓尽致地发挥。他们喜爱追求新奇和未知，喜欢不确定性，喜欢复杂与刺激，爱把生命搞得像"一次事故"。有生理学家研究指出，这些人与生俱来有一种"刺激"基因，需要经常性的强力刺激，才能保持生命的张力和兴奋度，只有不断地冒险，他们才感觉到自己还活着。

据说，爱因斯坦就是这样的人。

也许，黛比就是这样的人。

突然记起阿博的一段话。阿博说他和黛比分手的时候，天空也飘荡着北极光。这一次的北极光是橙红色的，披散着，很凌乱，好像火焰或者是巫婆的眼光。

我说，什么时候才容易出现北极光呢？

阿博说，有三个条件。

阿博很喜欢把问题梳理成几个要点，也许因为是学管理的吧。阿博说，最容易出现北极光的日子,第一是要在冬天的12月。第二是要天气特别晴朗，如果有大风的搅动，极光就会躲藏。第三是要特别的寒冷。

阿博说，真奇怪，那三天，都有北极光出现。第二天晚上的北极光是金蓝色的，好像深海的海草，也像黛比的头发。

清早起来，站在甲板上，呼吸着海风传送来的湿润空气，渐渐地接近了港口。瑞典到了。上岸的时候，我又看到了阿博。彼此间隔着很多拉杆箱和双肩包，我们只是微笑着颔首，算是互相打个招呼，算是告别。

旅途就是这样，我们会在某个地方以出乎意料的方式遇到某个人，彼此一点都不了解，却说了太多的话。

从此天各一方，也许永无相见。祝福他。

曼德拉的铅笔

女友自南非旅游归来,送我两件礼物。第一件,花锡箔包着,缎带系着。体态圆圆,宛若二两重的芝麻烧饼。我说,这是什么呢?南非特产?该不是送我这样大的一块钻石吧?

她轻声道,比钻石还要宝贵。

看女友轻柔的样子,好像锦盒之中藏着一只冬眠的蝴蝶。很想把这份神秘感带回家,隔山买牛细细猜测。但时下西风东渐,兴的是当面锣对面鼓地打开礼物,然后受礼者做出兴奋得快要昏过去的模样,夸张地赞叹,于是主客皆大欢喜。

只好将美丽的包装撕开。一坨晶莹剔透的玻璃芯,果真有一种未知物的标本,静静地潜伏在瓶胆内。绿灰色,丝缕状,螺旋形,有依稀的纤维纹路浮现着,仿佛一圈华贵的水藻,凝固于北极寒冰中。

无法判断它的属性。急翻前面的说明签,看到一行触目的英文——BULLSHIT!

无论怎样顾及礼貌,我还是难以掩饰我的大惊失色。我们常常在电影的斗殴场景里,听到这句粗口,它的大致含意是——粪便!

朋友说,这是野生的非洲大象的粪便。由于象群越来越少,它也成为奇特的纪念品。大象这种地球陆地上最庞大的生物,只因为牙的精美,被人们无穷无尽地猎杀,陷入灭顶之灾。据说大象为了维持自身的安全,它们的牙已缩得越来越短。不知道造化的法则,能否给象族以足够的时间,使它们在人类的枪口击毙最后几对象夫妇之前,让祖传的长牙完全消失?那虽然顿减壮美，好歹保下种群的延续。可怕的是，也许到了下一个世纪，我们的后代会对着这盒标本说，哈！这是什么……不可能！哪一种动物会有如此粗大的排泄物？必是外星人遗下的无疑！

物种的生命之链，比钻石要宝贵千倍啊。

朋友又拿出一沓照片，指点着给我讲南非的桌山和迷城，讲原名叫作"风暴角"，后来为了讨吉利，改叫"好望角"的非洲最南端，讲曼德拉所在的总统山和他曾被监禁的鲁宾岛……你看，这就是总统府啊，很平和的样子，是不是？曼德拉上班的时候，就把一面南非国旗从办公室的窗户里探出来，表示他正在此处理公务，老百姓要是有什么事，可以约了去，见他。如果国旗不飘了，说明曼德拉这会儿暂时不在……喏，我把一支曼德拉国度的铅笔送给你。

我接过第二件礼物。它没有包装，裸着身肢，外观同所有铅笔一样，纤细挺秀，掂在手里，却颇有几分重量。前半部分很普通，木质包裹着石墨芯，常规模样。后半截却首尾相异，改成塑料造的中空管，管里灌满了南非岩石的碎渣滓，五颜六色，绚丽多彩。一块小小的橡皮头，堵住了塑料管开口处。既是塞子，又可涂擦纠错，保留了古典铅笔的功能。

我捏着铅笔，赞道：很好的纪念品。

女友说，其实这种铅笔最大的价值，在于保护树木。要知道，没有人能把一枚传统的铅笔，从头用到尾，分毫不剩。发明了铅笔帽，可能好一点，但还是没法百分之百地利用铅笔。无数木材，就这样被短短的铅笔头吞噬掉了。人们对于这个问题，置若罔闻了多少世纪，森林越来越少，今后再不能继续下去了。曼德拉铅笔既实用，又有保存价值，而且可以举一反三地仿照。比如我们塔克拉玛干大漠的沙子，青海盐湖的晶盐，喜马拉雅山的石子，陕北的黄土……搜集起来装进塑料管，是多么好的制造铅笔的原料和思乡的礼品啊！

分手的时候，女友讲了个小小的细节让我猜。

在南非最大的自然保护区——克鲁格国家公园，我们坐着车观赏野生动物。莽原上出没着犀牛、狮子、大象和豹，是猛兽的天堂。我们被严令告知，千万不可擅自下车，并签了生死自负的文书。车在广漠的高原行进，不时听到狮啸，一种远古的恐惧，嗖地袭上心头。我看到剽悍的导游手持长枪，略略放下心，问他，如果我们被猛兽抓到，你会开枪吗？

会。他简短有力地答复。

紧接着，导游又补充了一句话。你猜，说的是什么？女友问我。

这如何猜？你还是告诉我吧。我说。

那导游说道，当你被猛兽捕获，以免你遭受更大的痛苦，我们将开枪把你打死。我们的规定是，不得射杀动物。

海明威的最后一分钱

基韦斯特是美国本土最南端的一个小岛。东西长约5.5千米,南北宽约2.5千米,像一只胖而舒适的卧蚕,睡在蔚蓝的海中。战争年代,由于基韦斯特独特的地理位置,这里是兵家必争之地。

我选择到基韦斯特一游,不是因为战争。或者说,也是因为战争——一位擅长描写战争的伟大作家曾在这里生活过,他就是欧内斯特·海明威。

半个多世纪以前,名声初起的海明威,厌倦了大城市的繁华生活,想换换口味。小说家约翰·帕索斯向他推荐了佛罗里达州的小岛基韦斯特。这个岛,距离美国大陆比距离古巴还要远。地处墨西哥湾和大西洋交汇的水域,岛上长满了红树林、棕榈、胡椒、椰子、番石榴……天空飞翔着蓝色和白色的海鸟,云彩堆积着,巍峨得好像奇异的山峦。海水由于深邃和清澈,变得近乎发紫,赤红色的水母遨游着,和天边的霞光呼应,构成了诡谲的光柱。岛上居住着西班牙和古巴的渔民,是早年捕鲸人的后代,民风淳朴。海明威欣喜若狂地说:"这是我到过的地方中最好的一个。我一点也不留恋大城市的生活。纽约的作家,那都是装在一个瓶子里面的蚯蚓,挤在一起,从彼此的接触中汲取知识和营养,我想躲开他们。"

这基韦斯特岛的确非常美丽,让人沉醉而迷惑。但我想不通,在如此明媚的阳光下,海明威哪里来的心境,描写流血的战争?我有个不登大雅之堂的心得,总觉得作品是某种地理时空的产物,就像野菊花是旷野和秋天的合谋。可能为了迅速纠正我的谬误,夜里,就让我见识到了一场加勒比海骇人的风暴。暴烈的阴云和能够置人于死地的狂雨,让我明白了,这里的天空和海洋，可以比拟任何战争与和平。

海明威在这个小岛上，写下了《永别了，武器》《午后之死》《胜利者无所获》《非洲青山》《有的和没有的》《第五纵队》《西班牙的土地》以及《丧钟为谁而鸣》的一部分……这些小说，凿成一级级花岗石阶梯，送海明威到达了不朽的山巅。

海明威来到基韦斯特定居以后，先是住在西蒙顿街，后来搬到了怀特黑德街907号，现在对游人开放的就是907号故居。它坐落在一条短短的安静的小街上，回想半个多世纪以前，这里一定更为冷清。高大的庭院，一栋白色的两层楼房。绿得不可思议的树和曲折的小径。走进故居，首先接触到的是无数只猫以豹子般勇猛的身姿，在你脚下乱箭般窜动。这可能是世界上最无人管教的家猫了。还有一些猫不成体统地睡在小径的中央，袒胸露乳放荡不羁。刚开始我几乎以为它们是死猫，它们委实睡得太沉醉了。别看这些猫其貌不扬（以我有限的知识，觉得它们是一些平凡的猫，绝无名贵之种），但它们的血统直接来自海明威当年豢养过的猫，个个是正牌后裔。它们气定神闲为所欲为，赋予海明威故居以勃勃生机。它们是大智若愚的，对所有的访客不屑一顾，心知肚明自己的祖上，才是这厢真正的主人。

我在海明威的故居内轻轻地呼吸。

这套房子是海明威的第二任妻子波琳的叔父于1931年送给波琳的礼物，海明威在这里生活了8年。原先是座西班牙风格的古典建筑，年久失修，门槛腐朽，墙皮脱落，房顶和窗户也有很多破损。海明威着手组织工匠把房子从里到外来了个大改造。这不是项小工程，尤其是设计方案，有很多是海明威自己完成的。

现在看起来，这是一套舒适而井然有序的房子。我原来以为海明威的写作间是阔大的，按照房屋的规模与格局，他完全有能力为自己做这样的安排。室内的陈设，估计很可能是凌乱的。但是，不。我错了。工作间异常整洁，面积也不算很大。铺着黄色的木质地板，齐胸高的白色书架靠在墙边，古典的西班牙式的圆形写字台摆在地中央，阳光充足得让人想打喷嚏。在介绍海明威的书籍里，写着海明威习惯站着写作，他常常把打字机放在书架的最上一层。但在海明威的故居中，我看到的打字机还是规规矩矩地放在写字台上。

海明威还有一个我觉得女性化的小习惯，就是爱收藏小动物的玩具。比如铁乌龟，背后插着钥匙的玩具熊，小猴子和长颈鹿造型的小工艺品……我在一些名人故居看到的经常是名贵的收藏品，显示着主人的身份。但是，海明威不是这样的，他让人看到的是一个大作家的率性和真实。

给我留下特别印象的——是海明威孩子的卧室，地砖的颜色如同韭黄般鲜嫩。解说员告知，这间房屋的设计，是海明威亲自完成的。铺地的材料，是海明威专门从法国定购来的。

我偷偷地笑了。平心而论，和整套住宅华贵精致的风格相比，海明威为自己的孩子所设计的卧室，谈不上出色。不敬地说，甚至有支离破碎的堆砌之感。但我想，他一定是倾注了极大的爱心，单是把那些颜色温暖鲜亮得如同咸鸭蛋黄的瓷砖，颠沛流离地运到这个小岛上来，就让人的心情从感动演化成嫉妒。不是嫉妒海明威的富有，而是嫉妒那孩子所得到的眷爱。

海明威的庭院里，有一座露天游泳池。出门就是天然浴场的岛屿，从咸水的怀抱里掬出一座淡水游泳池，即使在今天，也是奢侈。更不消说，海明威是在半个世纪以前，一举完成此项工程。那时，这颗淡绿色的葡萄，是整座岛上的唯一。

在更衣室和游泳池之间的水泥地上，有一块灰暗的玻璃，落满了尘土。解说员将浮尘拭去，让游客看到一分硬币镶嵌在水泥中央。由于年代久远，币面显出苍老的棕绿。这就是那著名的一分钱了。在观光手册上写着："海明威曾用了两万美金修建这座全岛唯一的淡水游泳池。他说过，要用尽最后一分钱来建造。他做到了，于是在完工的时候，他就把自己的最后一分钱，镶嵌在了水泥地上。"

浪漫而奢华的故事。海明威一掷千金为博红颜一笑，有点帅哥的味道。我却多少有些不明白。既然是追求奢华享受，就不要这样捉襟见肘。就算捉襟见肘，也不要公告天下。就算要公告天下，也要做得好看一些。这枚生锈的棕绿色的硬币，歪斜着，尴尬着，好像一张肿了的苦脸。

我把自己的想法对解说员谈了。那是一个被热带阳光晒出一身麦黄肤色的青年。他说，自己祖居基韦斯特，对海明威很了解。

那一分钱的真相是这样的，他说着陷入了沉思。

海明威的妻子波琳执意要建造岛上第一座淡水游泳池。在她，这不但是一种享受，更是一种地位和财富的象征。海明威出于爱，答应了这个请求。家中当时并不富有，两万美金不是一个小数目，海明威抖空了钱袋的缝隙。施工很混乱，预算一再突破。有一程，几乎要半途而废。海明威殚精竭虑，把最后一分钱都榨了出来，才艰难地完成了这座划时代的游泳池。为了表达这份艰窘和来之不易，海明威把一枚硬币镶嵌在这里。

海水拍打着珊瑚礁，往事已经湮灭在奔腾不息的浪花之中。我不知道在众多的海明威的传记当中，还有没有更权威更确切的说法，关于这一分钱，关于这个来之不易的游泳池。

从故居走出，我们在海明威生前最爱去的那家酒吧，点了一种海明威最爱喝的酒，慢慢呷着。我想，我愿意相信解说员的解释。因为他那麦黄色的皮肤，是一个强有力的注脚。从依然明亮的瓷砖到早已暗淡的游泳池，我在那座葱绿的院子里，除了记住了海明威旷世的才华，还感受着他的率真而独特的个性。

马其顿的纪念物

那一年到台湾访问，在佛光山见到星云大师。

谈话中，问了大师一个问题，何谓悲智双运？

我以前知道这是佛教用语，"悲"是大悲，要富于怜悯心，有救拔众生的菩提之心。"智"是大智，自己首先要解脱。"双运"就是比翼齐飞的意思吧，不可偏颇。不知自悟确切否，于是请教大师。

大师答，慈悲的时候也要有智慧。

言简意赅，让我领会到佛教的魅力。

大师接着说，我送你们一件小礼物。

捧接过来，是白玉雕琢的一只小鞋，长约一厘米，玲珑剔透，精致喜人，一根红线拴着，煞是可爱。

我们面面相觑，心想，大师不是示意我们恐怕要有小鞋穿吧？

大师颔首说，这鞋子带回家后一定要挂在墙上。

我们不解，为什么非要挂在墙上？捏握在手心里不可吗？

鞋挂在墙上是什么意思呢？就是"辟邪"啊！大师笑眯眯地解释。

略一回味，我们也会意地笑起来，原来墙壁和鞋子搭在一处，就是"辟邪"啊。我心想，一回到家，就把这小鞋子挂到墙上，以求平安。

中国的语言文字很有意思。汉语中单音节多，便会有很多同音字，好像一夫多妻。有些字连在一起念出来，能引起误解，也能引起联想，于是就有了特别的寓意。比如在条索上摆上两只瓶，便是取平平安安的意思。在纸上画上大红柿子，取红事当头之意。门上趴着砖雕的蝙蝠，取五福临门之意。

画的是一只带着叶子的桃子，就是讥讽慈禧太后从北京城连夜（叶）脱逃（桃）。你可以不喜欢、不信服这些，但它们源远流长，已经构成了中华民俗文化的一部分。

"辟邪"这事，在中国是个很大的系统工程，练出了很多绝招。第一常用的是唾液。古人认为人本身具有阳气，鬼魅惧怕。而人身上阳气最盛的东西是唾沫，可以击鬼。在中国宣传不要随地吐痰，总是从卫生的角度入手，多年不得显效。我觉得没有点到要害。在民众的潜意识当中，常把唾沫当成自身所拥有的驱邪之物，物虽不美但着实价廉（简直没有任何成本）。我知道一人，凡是看到令他不愉快的事物，他马上就会找个地方吐痰。当然他比较文明了，基本上是吐在纸里。若是纸巾恰巧用完了，他也会迟疑一下，飞快地扫视，见周边无人时，就会快捷地吐到地上，再用鞋底蹭蹭，地上留下一片黏腻不管，只求心安。因是近亲，我就少顾忌，多次嗔言此举不妥，他振振有词地反驳道，口水不祥，当然要吐出去，哪能在嘴里多存留一分钟！

在某些人眼中，唾液被赋予了某种象征和力量。在汉语中，有"唾弃"这个词，代表的是极端的不屑和鄙视。要在中国推广不随地吐痰的行为习惯，就要从民众的意识着手，剥去唾沫的神奇外衣，让它不再披着辟邪之物的外衣。旷日持久地坚持，才有可能经过长达几代人的努力，彻底清除此习惯。

扯远了，回到主题。

说到辟邪之物，还有一个东西，东西方取得共识，都认为它有妙用。此物性烈，气味浓郁，百虫避之唯恐不及……有的人可能已经猜出来了，它就是大蒜。

此外还有狼牙、桃木剑、钟馗像……说到钟馗，为捉鬼圣人，百鬼见到此人，远远地就回避了。不过听说这用于辟邪的钟馗像，必须得是画出来的才行，印刷品是没此功效的。

再有就是父母的旧物，亲情盛阳，抱作一团，逢凶化吉。前提是父母要为平顺安和之人，若是横死暴尸者，就不能用他们的遗物了。

此外还有古玉，集天地浩然正气，可令邪灵不敢近身。还有玳瑁，是辟邪之极品，功用和美玉类同。最重要的辟邪之物为阳光，其中道理不用重复。

以上诸物，以阳光最廉价，以唾沫最方便。后者自产自销，随时恭候。它不像阳光，如遇阴天下雨，就采集不到了。一时查不到墙上挂鞋之说，想来这"壁鞋"是尾随汉语的谐音，生发出的后起之秀。

那一年到伊朗，还没有下飞机，就被严肃告诫要立刻戴上头巾，将女子的头发包扎严密，严禁一丝外露。有道是"入境随俗"，我们都赶紧把早已准备好的头巾系上，尽可能把头发收拾得严丝合缝。在伊朗十几天，天天围巾裹头，严格遵守禁令。到伊斯兰教信徒礼拜的清真寺里参观，都要披上拖地长纱，将身体遮挡得严严实实。

某天，在亚兹德市附近参观大清真寺，恰逢女子专门做祈祷的日子。我们披挂整齐，跟着黑袍罩身的当地女子们排着队缓缓进入其内。寺内的金碧辉煌自不必说，只见靠近地面处，无数女人黑衣袭地，黑色头纱将面孔遮挡，只留一双眼睛在缝隙中注视着这个世界。清真寺面积巨大，但人流更是汹涌，非常虔诚地按照一个方向旋转，像黑色的旋涡。裹挟其中，缓慢移动，我感觉到强烈的缺氧和眩晕，便独自悄悄退出了清真寺。

在寺前的土地上，铺设着大小不一的大理石板，上面用金粉镌刻着字迹。

我问，这是什么？

向导答，墓碑。

我吓得抬起的单脚不敢落地，以金鸡独立的姿势站在那儿说，这真的是坟墓？下面有尸身？

向导说，当然是真的。能够埋在清真寺前的土地上，是莫大的荣光，只有极有名望和地位的人才能享此殊荣。

我好不容易找到一小块空地，大口呼吸着新鲜空气，小声问，祈祷的女人们把自己包裹得像铁桶一般，不觉得喘不过气来吗？

向导说，时间长了，也就习惯了。在1979年伊斯兰革命之前，伊朗的女性也是很开放的，她们的穿着打扮和今日西方世界的女性没有多大区别。

屈指一算，从1979年至今（2012年），不过才33年辰光，就是说，如今45岁以上的女子，曾穿过清凉的衣衫。倘若从小就禁锢着，也许习惯成自然，但半路改变，应该是很难适应的。她们是怎么想的呢？

涉及宗教，话题敏感，只好打住。

我随意走到寺院前的一个小铺子跟前，东张西望。呼吸畅快了，看诸物美好。主人是一个留着硕大白胡子的老人。也许他不算老，但那把修剪得很精致的美髯，夸张了他的年纪。他开始向我推销一种黑色粉末，装在木制的小盒子里，饶是神秘。

他说，你要让你的姑娘用这种粉涂抹眉毛，她的眉毛就会变得又粗又长，然后连在一起。

我想象了一下眉毛粗重并粘连在一起，怒目金刚似的女孩，说，那有什么好的呀？

美髯公做出非常夸张的表情，以惊叹我的无知。他说，用了我的粉，你女儿出嫁的时候，就会嫁得离你很近。想想吧，她就在你身边，你可以常常看到她。

我虽然没有女儿，但一句"常常看到"深深打动了我，我立即解囊，买下眉粉。

美髯公初战告捷，又向我推销一串金光闪闪的锅碗瓢勺，每个核桃大小，一个连着一个，好像金螃蟹。我估摸是小孩子过家家用的灶具。

纯黄铜手工打造的，非常有保存价值。美髯公很有把握地说。

我说，哦，玩具。

他大笑，说，这可比玩具重要！按照波斯古老的风俗，你把它挂在自己家门外，就是告诉路过的人们，我家有一个美丽的姑娘长大成人，你们快派好小伙子来求婚吧！

不知道为什么，美髯公铁嘴直断我有女待字闺中。为了他这份未卜先知，我又买了一套金光闪闪的小锅碗瓢勺，拎在手里，叮当作响。

他再接再厉，推销不止。弯腰从货架底下掏出一样东西，握在手心，对我说，那两样东西，你买了，很好。其实不买也不会怎么样。但这一件东西，你必须买。

好奇心被强烈地扰动，我凑过去看。美髯公握着的是一只浅色皮革缝制的小鞋，寸把长，很柔软，窝在他的手心，两端蜷了起来，好像一只驼色的蛹。

第六章　你站在金字塔的第几层

245

玩具又杀来了，我暗自揣摩。不过同伴们在寺内绕行不止，我只好安心地听他讲故事。

美髯公面容严肃地说，这个你要把它用绳子挂在墙上，然后一切不好的人和事就会离你远远的。

为什么呢？我一时不解。波斯有这个传统？

具体的原因我不知道。美髯公很认真地说，这是我爸爸告诉我的，我爸爸又是听他爸爸的爸爸说的。至于为什么，我说不出来，但是很灵的。记住，一定要挂在墙上。

这最后一句叮嘱，让我心中怦然一动，立刻买了皮质小鞋。

又一年，到土耳其的伊斯坦布尔，逛那个据说是世界上最大的小商品市场。甫一进门，立受威吓。简直是阿里巴巴的藏宝洞啊！遍地金光灼灼，色彩斑斓。听说全部逛下来，要整整三天。我们没有那么充裕的时间，于是决定什么都不买，只带着一双眼睛，快步如飞地浏览。

一个摊位绊住了我的腿。瓷器店，盘子罐子茶壶茶碗，描金画银，富丽堂皇。最有趣的是一只尖头鞋子样的瓷花瓶，金黄明亮耀眼。老板是个身穿五彩长裙的姑娘，看我刚一放慢脚步，就说，这只花瓶你一定要带走。

我说，路途遥远，瓷制品很容易磕碰。

彩裙姑娘说，我会为你包扎得好好的，你到了家就会发现，它身上连一道头发丝细的纹路都不会出现。它可以盛水，不会流出来。你把鲜花插进鞋里，鲜花会一直开放。

这显然是夸大其词。一只鞋样的花瓶里能装多少水呢？这不能打动我万里迢迢背件瓷器回家。

看我执意要走，彩裙姑娘急了，说，它会给你带来好运。因为插花，你必须把它贴在墙上。这样，你就可以躲开不好的运气。不好的不来了，好的就会来，然后你就一切都OK（好）了。

我叹道，你为花瓶编了一个故事啊。

彩裙姑娘一下子急了，说，你不买就算了。但是我们的民族都是这样传说的，鞋子要挂在墙上才会躲开所有的坏事。

猛然醒悟。我从伊斯坦布尔带回的唯一物品，就是必须钉在墙上的鞋子花瓶。

2013年夏天，我到巴尔干半岛旅行。

一路上，每当我说到马其顿共和国的时候，当地人总要严肃地纠正我，这里的正确全称是"前南斯拉夫马其顿共和国"。

我说，这不像是一个国名，而像是历史教科书。

当地人说，历史上，马其顿是一个广义上的地理名称，地处巴尔干半岛的核心区域。现在这个区域分属三国。属于塞尔维亚的部分称瓦尔达尔马其顿，属于保加利亚的部分称皮林马其顿，属于希腊的部分称爱琴马其顿。我们此次旅行所到之地，就是瓦尔达尔马其顿。

第一次世界大战后，瓦尔达尔马其顿并入塞尔维亚—克罗地亚—斯洛文尼亚王国（多么长的名字）。到了1929年，此王国改称南斯拉夫王国。第二次世界大战后，南斯拉夫联邦人民共和国成立，瓦尔达尔马其顿成为南斯拉夫联邦的组成单位之一，简称马其顿共和国。1991年11月20日，马其顿共和国正式宣布独立。

希腊对这个新国家的命名，大为不满。它说马其顿是个地理概念，其范围也包括希腊的北部地区，不能被某个国家独占了。简言之，就是希腊不许马其顿叫这个名字。争执僵持，最后马其顿屈服了，1993年4月7日，只得以"前南斯拉夫马其顿共和国"的暂用名加入联合国。

知道马其顿，是因为亚历山大。历史上，马其顿人在文明发展的道路上，比它南边的希腊人延迟很多。在希腊城邦已达到政治、经济、文化高度繁荣的时代，马其顿刚跨入文明社会的门槛。到了公元前5世纪初，波斯侵略希腊，马其顿被波斯统治。

公元前4世纪，马其顿把希腊的先进文化引入国家，与希腊城邦进行贸易，一跃强大起来。当腓力称王时，大力发展经济、扩充军事，建立起强大的海上舰队，战斗力超过了希腊。公元前338年，国势强大后的马其顿军队与希腊军队决战，希腊惨败，只好承认了马其顿的霸权。

亚历山大20岁继位，斗志昂扬，于公元前334年春，大军渡过了赫勒斯滂海峡进攻波斯帝国，与波斯王大流士三世的军队在小亚细亚的格拉尼库斯河展开会战，大胜后占领小亚细亚。公元前333年，亚历山大率军又在叙利亚伊苏斯平原，再次大败大流士三世亲率的波斯大军，征服了叙利亚、腓尼基各城市。次年又征服了埃及。亚历山大再接再厉，于公元前331年春季，继续东征。大军渡过幼发拉底河与底格里斯河，与大流士三世继续血战，大获全胜。

亚历山大接着攻克了巴比伦城，开始进入波斯本土。公元前327年又挺进南亚。他亲率大军从里海南岸东进，经过帕提亚，征服阿富汗，进入印度，平定旁遮普。不过亚历山大也遭遇了巨大困难，部下连年征战，归心似箭，印度多雨，天气酷热，亚历山大的军队战斗力大减。亚历山大于是将已经征服的印度部分，分为三省驻军把守，大军返回。

公元前324年初，亚历山大将巴比伦作为新都，建立了一个庞大的帝国——马其顿帝国。不料到了公元前323年6月，亚历山大突患恶性疟疾，发病10天后就离世，年仅33岁。

看了以上历史，是不是荡气回肠、感慨不已？我几乎就因为这段历史，才执意要在有生之年去一趟马其顿。

但今日的马其顿和历史上那个庞大而不可一世的马其顿大帝国，有着天壤之别。它的面积只有2万多平方千米，和两个北京市差不多大小。首都斯科普里，人口只有50多万。此城现在暴土扬灰，像一个大工地。新建广场上的亚历山大跃马扬鞭的青铜像高达数十米，据说是联合国的资助项目，要一振当年雄风。

在附近一家伊斯兰餐厅候餐。除了中华餐饮能以桌为计量单位，其他无论西餐还是眼下的清真餐，都是一份起购。未经预约的几个人临时扑来，令厨师手忙脚乱，食客要很有耐心地等待。闲暇中，男士们点了啤酒，女人们趁机采买。

随着走过的地方日渐增多，我在购买纪念品方面已大加节制。多是买点儿吃的喝的，回家后急速送出，以飨知你远行后满怀期盼的亲戚朋友。早年会买一些小纪念品摆放家中，现在渐渐淡了。一来是没有地方放，落满尘土的纪念物变成了流落异乡的孤儿；二是觉得最好的纪念就是记忆。它们已成为我生命的组成部分，不必再劳神特意留下标志物。

不过在异国他乡四处溜达的摩拳擦掌之态，也不是一时半会儿戒得了的，便漫无目的地瞎瞅。

我们又看到了小鞋，一串串挂着。细韧的羊皮编制，大小不同。

朋友问，这是给小孩子穿的吧？

卖鞋的马其顿壮汉瓮声瓮气地回答，不是穿的，是挂在墙上的。

朋友不解，说，鞋子挂在墙上，有什么实用价值？

马其顿壮汉说，没有穿的价值，但有更大的价值。

这时我已明白，只是不说，但听壮汉如何解释。我一厢情愿地猜测，此人的祖先，可能是马其顿横扫欧亚大军中的一员吧？

马其顿壮汉说，可以避免霉运和一切你不喜欢的事情。

朋友不明就里，不以为然，撇嘴说，几双羊皮编制的小鞋子，哪会有这等魔力！

马其顿壮汉大为不悦地说，不是几双，一只就能解决所有问题。关键是你一定要把它钉在墙上。

朋友说，钉在墙上？用什么钉？

钉子或是其他的东西，粘在墙上也行。不管你用什么法子，最重要的是要让它贴着墙……

朋友终于被说动了，说这种马其顿的迷信，宁可信其有。我也默不作声地买了五只小鞋子，打算送给四个朋友。最后一只，留给自己。

现在，我已经有了来自中国台湾、土耳其、伊朗和马其顿的四类小鞋子，玉质、瓷质和皮质的。它们都有统一的寓意，贴墙而悬，可以辟邪。

我们的翻译，通晓多国语言。我问他，在土耳其语中，鞋子挂在墙壁上，可有某个谐音和趋吉避凶有关？或者其他的象征意味？

思索了一会儿，他很肯定地说，没有。

我说，那么在波斯语中呢？

他说，没有。

我说，在马其顿语中呢？

他说，没有。

英语法语德语？……我"穷凶极恶"地问。

都没有……他皱着眉头在各语种中转换思索，之后斩钉截铁地说。

我不得已露出底牌：在汉语中呢？

他说，有的。壁鞋——辟邪。

我说，这就是文化交流与传播的结果了。恕我孤陋寡闻，不曾看到过有关鞋子挂墙这一民间习俗的起承转合，但我想，这个古老的说法，应该是起自汉语的谐音。然后它在漫长的时间和广大的地域中辗转流布，以至于年代久远之后，人们已经忘记了最初的由来，只留下了这个说不清道不明的传说。传说的家乡已经模糊，只保留着最核心的祝愿。人们心同此理，渴望美好，避讳灾祸。不管是哪个民族的人，在这一点上殊途同归。

各国之间国境森严，只有风和传说能够跋涉千万座高山，蹚过万千河流，将祝福传递。

说着说着，饭菜来了。饭后，又有几个人去买了马其顿的小鞋子。我说，买那么多，做什么呢？

一女子说，我把它挂在墙上，在里面插上一朵花，既辟邪又美观。

想起了穿彩裙的伊斯坦布尔少女。只是马其顿的小皮鞋，没法贮水啊。

巴尔干的铜钥匙

巴尔干，来自土耳其语，由"山脉"这个词派生而来，特指欧洲东南部位于亚得里亚海和黑海之间的陆地。顾名思义，全境多山，占总面积的70%。巴尔干、阿尔卑斯等山脉横七竖八地交错着，只剩下东部沿海有些散碎平原，再加上狭小的山间盆地，农业生产能力有限。

它的总面积约为 55 万平方千米。如果你对此不是特别熟悉，给个参照系。我国四川省面积为 48.60 万平方千米，青海省的面积为 72.23 万平方千米，它的大小约略在二者之间。大体包括阿尔巴尼亚、波斯尼亚和黑塞哥维那、保加利亚、希腊、马其顿等国家的全部国土，以及塞尔维亚、黑山、克罗地亚、斯洛文尼亚、罗马尼亚、摩尔多瓦、乌克兰与土耳其的部分土地。

由于它的位置处于近东和环地中海板块的边缘，故命运多舛。古希腊时期，希腊、马其顿与波斯帝国曾在此交锋。罗马帝国时期，日耳曼系、斯拉夫系在此博弈，成了西欧天主教世界、东罗马帝国以及东欧游牧势力厮杀的战场。其后随着伊斯兰和俄罗斯帝国的兴起，巴尔干的紧张局势越发炽烈……1914 年 6 月，奥匈帝国皇位继承人斐迪南大公，在萨拉热窝被塞尔维亚青年刺杀。7 月，奥匈帝国向塞尔维亚宣战，第一次世界大战之火，从这里燃向全世界。冷战结束后前南斯拉夫的激烈内战，美机对中国驻南斯拉夫大使馆的野蛮轰炸，更使这块土地浸染鲜血。

我们这一次的巴尔干之行，看到的是和平景象。愿世界从此一片祥和。

在巴尔干半岛某国集市上，我先生看上了一个当地手工艺人制作的金属"小提琴家"。构成演奏家身体的，是一些废螺栓和旧弹簧。铁片切割的小提琴横搭其肩，琴弓由大号曲别针抻直后再扭曲而成。

说实话，我对骷髅状的小提琴家无甚好感，不过先生执意要买，便不作声。无聊中突然见摊主的一堆杂物之下，掩埋着一把黄铜钥匙，赶紧扒拉出来。

它约10厘米长，平滑厚重。掂在手里，给人一把好钥匙的笃定感。前端呈月牙状排列着并不复杂的几道齿状结构，边缘有极轻微的磨损痕迹。虽看起来古旧，整体依然明晃锃亮，熠熠闪光。我用力蹭了一下钥匙尾部的圆环，仔细查看手指肚的颜色，并无着黑，可见钥匙坯基本没有铅，尽可放心使用。

那个刚刚以20欧元向我先生推销了"小提琴家"的老汉（摊主），捻着胡子微笑着对我说，黄铜钥匙好，它不容易生锈，铸造之后颜色明亮，又不损伤锁芯，买下来吧。

钥匙本是人们的日常生活用品，如今由于电子门锁加上指纹和人脸识别技术，让钥匙渐行渐远，也许有一天会成为稀罕物。

锁和钥匙是一对夫妻。是先有锁还是先有钥匙？先有锁吧。原始人住在山洞里，为了安全，会用巨石挡住洞口。那时除了石器和火种，无甚可偷，防备的是野兽。巨石，便是人类最初的锁。硬要说钥匙，就是众人齐心合力的手臂。私有制出现以后，小偷应运而生，锁也"魔高一尺道高一丈"地进化。据说古希腊人的锁很厉害，巨大无比，钥匙也不同凡响——形状像镰刀的弯曲木棒，长可达3尺，要仆人扛在肩上。如此雄伟的锁和钥匙，只有中产阶级以上的身家甚至王公贵族才能配备。古罗马人穿长袍，长袍不准做口袋。钥匙怎么办呢？总拿在手里容易丢，工匠便把钥匙做成指环状，人出门时把钥匙当戒指，戴在手指上。我腹诽，这多不便！怎么干活？重物在指端，时间长了，关节会因不堪重负而伴有发炎症状。

中国的锁和钥匙据说已有3000年历史了。鲁班制成的锁非同凡响，有着不一般的复杂机关。古代印度人也不甘落后，制出了鸟形的"迷锁"，钥匙孔藏在能够抖动的鸟翅中。古埃及人的锁倒是比较简单，门上开一槽沟，槽顶部设木制门闩，木闩再插入门闩孔，只能用钥匙打开。

现代锁的兴起，要归功于18世纪的英国人。至于20世纪的人广泛使用的弹子锁，是由美国人小尼鲁斯·耶鲁于1860年发明的。据说100多年前，美国旅馆备有特制的"蜜月钥匙"，是专门为蜜月中的新婚夫妇准备的。夫妇俩必须同时将各自的钥匙插入锁孔，房门才能打开。

两把钥匙倒好说，只是想象不出锁是什么样子。有两道锁芯吗？若无新婚夫妇入住，普通客人或门房出入，也要拿着两把叮当作响的钥匙一起操作，才得入内吗？想不通。

现在旅店的房卡，也是广义上的钥匙。它除了传统的打开房门的意义外，还兼管着节约用电这码事儿，插卡有电，拔卡即停。只是肩负重担的房卡和身材凹凸有致的实体钥匙相比，算不上美观。

中国现存最早的金属钥匙，铸造于唐玄宗开元十九年（公元731年），正是铜的。因形似古代窗格，被称为"锁寒窗"。在埃尔巴岛上的一家小博物馆内，存放着一枚号称世界上最值钱的钥匙。它是当年拿破仑赠给爱妻约瑟芬的金质小钥匙，有人曾出价两万美元购买，被收藏方拒绝。

常常看到这样的新闻：某市市长给来访者赠予该城的金钥匙。钥匙成为友谊和信任的庄严使者。

锁可以千姿百态，钥匙倒万变不离其宗。漫长的岁月里，最上乘的钥匙材料是黄铜。

我曾在一家炼铜的工厂工作过10年，当过卫生所所长。我挎着红十字包到车间巡诊时，有幸见过新鲜"出浴"的纯铜。这个"浴"，不是出"水"，而是出"电解液"。纯铜板呈玫瑰粉色，纯洁平展，娇艳无比，显出坚定而纯粹的妖娆。

恕我大致描述一下电解铜。它先将粗铜（含铜99%）制成厚板作为阳极，再把纯铜制成薄片作为阴极，以硫酸（H_2SO_4）和硫酸铜（$CuSO_4$）的混合液作为电解液。通电后，铜从阳极溶解成铜离子（Cu^{2+}）向阴极移动，到达阴极后获得电子而在阴极析出纯铜，就得到了电解铜。请想想啊，没电解之前的铜纯度已达到99%，电解之后则在99.95%之上。这样精准的比例，在日常生活中，是不是只有谈到黄金的时候才会用到？

常用的铜合金有很多种。黄铜发黄，由铜和锌组成；青铜显青，是纯铜加入锡或铅的合金；白铜是铜中加了镍，呈银色；纯铜俗称"紫铜"。你可能要说，前面不是讲纯铜是玫瑰粉吗？怎么又紫了？概因铜很容易氧化，氧化膜形成后便呈艳丽的紫色。

铜制品中，我独爱黄铜。爱它金子般独特的光泽和沉甸甸的质感，历史的沧桑华贵和平易近人的温润，不动声色地糅合在一起，低调实在。

世界上最早的铜制品，发现于西亚的伊拉克等地，时间在公元前10000年至公元前9000年。最早的冶炼铜见于中国陕西，出土的是黄铜片和一块黄铜管状物，年代测定为公元前4700年左右。

遐想万千，还是回到巴尔干的小集市。我摩挲着钥匙，随声问，锁呢？

老汉道，可能还在某一扇门上，也可能已经丢失，根本不存在了。

我说，您能想象出和这把钥匙配对的锁是什么样子吗？

老汉说，据我估计，这是一个女孩子房门上的钥匙。如果是男主人家，门比较厚重，钥匙比这个要大。这把钥匙很老了，年龄大约在100年之上。

我顿生疑惑，问道，好像您认识这家人？

老汉道，特定时代的钥匙，长相都差不多。100多年前，巴尔干流行这种钥匙。

我不放心地说，会不会有人在找这把钥匙？我要是将其带到千万里之外，主人就永远找不到它了。

老汉说，这把钥匙已经在我这里很久了，不要说有人买，连看它一眼的人都很少，我敢肯定它已没有了主人。我愿意以1欧元卖给你，带着它远走高飞吧。

我买下了这把钥匙，至今藏在身边。抚摸着它光滑的金属表面，浮想联翩。多少年前，它被一个巴尔干半岛的女子轻捏轻放，一次次打开自己的小屋，一次次关上木质门扉……一开一合之间，发生过多少故事？钥匙将过去封闭，那么，将来在哪里？有些人，常常自觉自愿地把生命的钥匙交给别人来保管，这是否明智……

有些人会把钥匙当作饰品，挂在胸前。我问一位如此装扮的姑娘，为何？

姑娘答，钥匙悬在我正胸前，象征"开心"哦。

有一些心锁，无须打开，就把钥匙丢了吧。有一些心事，无须上锁，不然你要准备多少把钥匙才够用呢？如果先藏下一把把锁，又备下一把把钥匙，做人是不是有点辛苦？

无锁无钥匙的人生，甚是快意。

高速公路拐角处的笑脸

第六章 你站在金字塔的第几层

走的地方多了，对形形色色的民间传说，比如关于某地山川由来，已兴趣淡然。几乎都是悲情爱恋故事，压迫的一方（可以是上天、父母、巴依老爷或是头领等，总之势力强大）要拆散痴心男女，男女无奈只好逃亡。最后不是男的变成了山，就是女的变成了河……恕我缺乏怜悯，主要是再三感动后心生倦意。若这世界上的山水皆悲男怨女所化，触目皆是，地球也太苦涩了。

巴尔干半岛上的斯洛文尼亚是个小国，面积两万多平方千米，人口约211万（2022年）。

它可算是巴尔干半岛上的一个异类。在原南斯拉夫阵营中，它的经济状况一直是最好的。除了经济富庶之外，斯洛文尼亚的民族矛盾相对缓和。这在以"火药桶"著称的巴尔干半岛，可算一枝独秀。它的民族单纯度很高，斯洛文尼亚族人占了83%以上。

于是当年的斯洛文尼亚就打起了小九九，觉得继续留在南斯拉夫联邦体系内，会被塞尔维亚、马其顿这些穷伙伴拖了后腿。若能单独立国，经济就可以一马当先，小日子会更滋润。

斯洛文尼亚人还有一个有利条件，就是在第一次世界大战之前，被奥匈帝国统治了数百年，绝大多数的斯洛文尼亚人都精通德语，这对经济发展很有裨益。

在历史的缝隙处，常常透出嫌贫爱富的冷光。

南斯拉夫领导人铁托1980年逝世，维系南斯拉夫统一的最后一根缆绳就此断裂。斯洛文尼亚政府马上动手自行进行一系列政治和经济改革。它于1989年9月通过修正案，重申斯洛文尼亚加盟共和国有脱离联邦的权利。一年多后，1990年12月23日，斯洛文尼亚进行全民公决，88%的人赞成独立。这符合民族自决原则，也具有国际法上的正义，斯洛文尼亚觉得有理有据了。它率先与南斯拉夫联盟一刀两断，1991年6月7日，单方面宣布独立，随即撤下边界关防处南斯拉夫的标志，改换门庭为斯洛文尼亚的标志，并阻挠南斯拉夫联邦的边界管理人员赴任。1991年6月25日，斯洛文尼亚正式宣布独立，6月26日举行了独立仪式。拍马便走，一骑绝尘。南斯拉夫当时雄风犹在，一看这还了得，于独立仪式之后，6月27日和斯洛文尼亚部队爆发冲突。

如果联邦军队只是和斯洛文尼亚军队交火，结局尚为未知之数。祸不单行，和斯洛文尼亚同时宣布独立的克罗地亚，境内塞裔与克裔冲突扩大，使得居中介入的南斯拉夫联邦军队不得不两边兼顾，压力倍增。

斯洛文尼亚截断了南斯拉夫联邦军队的补给线路，甚至不惜击落由斯洛文尼亚人驾驶的联邦直升机，昭示意志顽强势不两立。在欧洲各国的声讨下，7月2日，南斯拉夫联邦军队决定先行撤退。7月7日，在欧洲共同体调停下，南斯拉夫联邦共和国和斯洛文尼亚共和国达成停火协议。南斯拉夫军队决定完全撤军，斯洛文尼亚方面也卖了个面子，宣布暂缓三个月独立。

7月8日，斯洛文尼亚政府发表胜利宣言。从6月27日至7月7日，速战速决，总共只打了10天，史称"十日战争"。

斯洛文尼亚因此役一举独立，盼来梦寐以求的经济自主。他们的算盘打得不错，预言成了事实。1995年，国家人均所得超过1万美元，进入了发达国家行列。2004年5月1日，和东欧七国及马耳他、塞浦路斯同时加入了欧盟。和同门入伙的兄弟比起来，斯洛文尼亚位列国民生产总值第一名；人均生产额已经超过了葡萄牙，和希腊匹敌。2007年1月1日，斯洛文尼亚加入欧元区。2007年12月21日，成为申根公约会员国。

斯洛文尼亚是我们这次巴尔干半岛之行的第一站，半夜抵达它的首都卢布尔雅那，夜色中，看起来和德国的风貌很相似。第二天，市内游览后，我们赶赴联合国世界文化、自然遗产布莱德湖。

我在西藏待过，见识过这世界上最洁净的高原湖泊，对看湖这件事基本提不起兴趣，曾经沧海难为水，加之睡眠不足，一开始无精打采的。先是见到湖边古堡，地势险要。此乃德国亨利二世于公元1004年修建的，依山傍水，易守难攻。现在没有军事用途了，不过在石缝中凿壁而建的堡垒，是消夏避暑的神仙所在。沿着登山的马道缓步攀缘，抵达古堡。转过城池一角，鸟瞰布莱德湖。这里已是半山，湖的全貌尽收眼底，静谧安详，如同一池靛草熬煮出的蓝色染料。高度让人们忽略了微风拂起的细碎波纹，湖面似刚刚熨平的碧蓝丝绸，毫无瑕疵。远处有峭立的阿尔卑斯山，雪山不似冬季时丰饶，积雪消融，如同一件白蚕丝勾连而起的网衣。

古堡的狭小平台上，有一个中世纪工匠打扮的小伙子，赤着脚，腰下围着羊皮肚兜，在表演欧洲传统的印刷术。据说欧洲的第一本书，正是在这里印制出来的。客人可以亲自操作古老的印刷机并带走自己的成品。

作为中华民族的子嗣，打小就知道活字印刷术是中国发明的。特别是那个发明人名叫毕昇，和我同姓，更有亲切感。不过这里用的是雕版印刷技术，由于弄不清两者的区别，我感觉一头雾水。

在唐朝，汉代造纸术西传，丝绸之路那一端的阿拉伯商贾，也同时见识了中国当时所用的雕版印刷术，但他们对这项技术不屑一顾。为什么呢？阿拉伯人认为中国人在印刷时，给印版上墨用的刷子是猪鬃所做。如果用此法印刷《古兰经》，违背教义，亵渎神明。阿拉伯人的宗教顾忌，使他们罔顾这一发明，阻止了中国雕版印刷术向西传播。

蒙古人征服欧洲，印刷术传至西亚、北非一带，随后进入了欧洲，其中印刷纸牌是重要功能。别看纸牌不起眼，由于是欧洲人的至爱，它成了雕版印刷术最得力的推手。

拉丁字母结构简单，数量只有26个，其实比汉字更适合活字印刷。遗憾的是拉丁字母字形圆润，刻字时不易下刀。1450年，德意志人约翰内斯·古登堡在美因茨发明了哥特体拉丁文金属活字印刷技术，解决了长期困扰欧洲人的字形问题。有些欧洲人坚持认为古登堡是在1440年从葡萄酒压榨机受到启发，改进了机器设计，开发使用了凸起的活字。不过，经过大量的研究与考证得出结论，西方的活字印刷术确实来源于中国。古堡中的小伙子没把这件事搞明白，介绍时用的通通是"德国发明说"。

在幽暗的石屋中，我用欧洲古老的雕版印刷方法，印制了一张有我和丈夫姓氏的纸函，证明吾等曾到此一游。所用的纸乃古法制造，纸所用染料皆为山间的花草汁液或矿物粉末。我选的是灰蓝色调的纸张，觉得布莱德湖不可能总是风平浪静，风暴即将来临时的湖光大致就是这个样子吧。整个费用8欧元，耗时大约5分钟。

先是自己选中意的雕版。图案各式各样，有风光和传说人物等，我挑了一张布莱德湖全景的雕版。安装好纸张，用刷子用力刷匀油墨（刷子的确是动物鬃毛所制，但不能确定是否为猪鬃）。我使尽平生气力，摇动手柄使转印机转动起来，同时用力向下压。然后静默，等待。片刻后，打开机盖，就能看到一张印好的证书安静地躺在那里，大功告成。对了，最后还要点上一滴酒红色的火漆封蜡，然后用金属模具印上古堡的标志……

沿着古堡漫步，耳边又响起关于布莱德湖的传说。16世纪时，一对有钱的年轻伴侣到此地游玩，喜欢这里犹如仙境的风景，决定离别家乡常住于此。他们用自己的积蓄修缮了破旧的教堂，从此过上了幸福美满的生活。不料战争骤起，为抗击奥斯曼土耳其人大举入侵，丈夫参军抗敌，走后没写来只言片语；爱妻苦等，坚信他会回到美丽的布莱德湖。九年后，有准信传来，丈夫已战死疆场。妻子悲痛欲绝，变卖所有家产，花钱铸了一口大钟捐给湖心岛上的教堂，寄托哀思并祝福他人。大钟装上船，从湖边往湖心岛运送时，狂风大作，船倾斜致使大钟沉落湖底。直到今天，人们还能隐隐听到来自湖底的钟声。

"不料，超凡脱俗的布莱德湖也落此窠臼。"我对导游说。他是个高大的精通中文的斯洛文尼亚小伙子。

导游说，巨钟沉入湖底只是传说，主人公倒是确有其人。悲伤的妻子离开了布莱德湖区，在意大利的罗马终老一生。湖心教堂里有一口重达178千克的大钟，是那位妻子死后，当地大主教捐给湖心教堂的。

导游是兼职，主业是开一家小家装公司。他说，你既然不喜欢那种爱情传说，那我来告诉你另一个版本的故事。你知道，斯洛文尼亚只有布莱德湖心这一座岛屿吗？

想起中国有大小海岛5000多座，岛屿岸线总长14000多千米，我不禁愕然。

我忙着掩饰，幸好小伙子并未察觉，自问自答道，这已经不错了呢，以前整个国家连一座岛屿都没有。

这也太凄凉了。心里想着，颜面上努力掩饰惊讶。

小伙子说，这里以前住着一位仙女。

我点点头，美丽的地方，本该是仙女的地盘。就算普通人，在这里也会飘飘欲仙。

仙女家靠着一条路，每天都有很多牧羊人赶着他们的羊群唱着歌从仙女家门口走过。仙女嫌太吵了，终于有一天生气地搬走了。她施展魔法，为自己在湖中心建起了一座小岛，从此过上了宁静的生活。

第一次听闻这么矫情的仙女，不像心怀慈悲的天人，倒像是孤僻冷漠的贵族老妇。

导游继续说，没有任何道路可以通向湖心岛，只有人工摇船，所以岛上非常寂静。有一座教堂，情侣们可以敲钟许愿，祈祷爱情天长地久。上岛之后，有99级台阶。如果丈夫可以背着妻子走上这99级台阶，一定会终身幸福。

于是同行的人中属于夫妻档的朋友们，多相戏言。女人问，你能不能把我背上去，以见证爱情牢靠？男人雄赳赳气昂昂地答道，当然！

我先生听闻此话，脸色大变，想必怕我提出此等要求，背上超重的我，估计连五级台阶都上不到，就会被压瘫在半路。我赶紧说，我自己爬上去。

碧蓝如翡翠的湖水是来自阿尔卑斯山的高山雪水，清澈见底。我们乘坐手摇橹船，航行10多分钟到达湖心岛。岛不大，只有几百平方米，绿树掩映着一座小小的肃穆的教堂，宛若童话城堡。我不知好歹地问，那怕吵的仙女的故居在哪里呢？

没人理我。

178千克的大钟不时被人敲响，声震环岛。估计仙女阁下已经搬往高耸的阿尔卑斯山顶,唯一打扰她老人家的就是雪水融化的滴落声。

返回时,船家把我们放在岸边,我们绕着湖缓缓行走。风光优美,不时有野生的天鹅冲过来大声叫唤,估计是我们无意中闯入了它们的领地。天鹅们凶猛骁勇地发泄不满,音色煞是难听。它们躯体洁白,却一点儿也没有芭蕾舞剧中的温柔。

路过一片静谧的森林。导游说,山坡上边,就是铁托曾经居住的休养地。

我说,你们怎么评说铁托呢?

导游说,年龄不同的人,对铁托的看法也不一样。比如这个别墅,就是斯洛文尼亚人送给铁托的,他们对他很尊敬。铁托曾在这里招待来访的各国政要,像赫鲁晓夫、英迪拉·甘地、金日成等。但对我们这一代人来说,他已经成为历史,对我们没有实际的影响了。他当政的时候,南斯拉夫联盟在世界上很有发言权,现在,南斯拉夫联盟分裂成了很多小国。没有人重视我们的意见,但是人民的生活毕竟比以前要好多了。

一处浅湾,风光旖旎。湖岸像一条绿色的舌头,轻轻探向湖面。在一棵大树的树干上,悬挂着一张A4纸大小的塑封照片。一个七八岁的美丽女孩,唇红齿白,酒窝深陷,笑盈盈地张望着四周。

我刚要问,突然发现前面公路急转弯处也有照片悬挂。不过,这次是两个成年男子的彩色照片,挤眉弄眼地俏皮地微笑着。

我问导游,这是什么意思?

他脸色凝重起来,说,这些人已经死去。死亡之地就是悬挂照片的地方。看到他们的微笑,对活着的人是个警醒,对死去的人是个祭奠。

我张口结舌,缓了半天才说,这都是罹难场所?

导游说,是的。女孩是在布莱德湖边溺亡的,那两个小伙子是因为车祸。在我们的文化中,认为死者会在他们最后离开人世之地的周围徘徊,人们到那里纪念他们,他们的魂灵会感应到。

我说,挂照片需要办什么手续吗?

导游说,要向有关部门打个报告,一般都会批准。特别是在高速路边的这种祭奠图片,也会起到交通警示的作用。人们会想,啊,多么年轻的生命啊，就在这里夭折了，我可要小心……

我说，收费吗？

导游说，不收费，但是也不会出费用，都是遇难者家里操办的。

我说，想象中，这种照片应该是黑白的，比较庄重。可是这里的照片，都是欢快欣喜的样子。

导游说，人们都愿意记住亲人最好的模样。就算是那些逝去的人，也希望以最神气的表情留在人们记忆中吧。所以，我认为黑白照片不好，还是彩色的好。看到的人也会心情好一些，对吧？

我说，对。

他山之石，可以攻玉。国人多用恐怖的画面来提醒人们注意灾难。比如不要带爆炸物的提示，就把爆炸之后血肉模糊的尸身或面目全非的建筑等展览出来，让人不忍卒看。

后来，我在高速公路上，多次看到这种突如其来的照片墙。有一次，居然看到了一组群像。数了数，一共是五个人，有男有女，有老有少，好像是一个家庭。正在开车的司机叹息道，全家都死了，那个车祸一定很惨。说着，他的车速明显慢了下来。

这是个充满温情的方法。既告慰了亲人，又提醒了众人。每当在高速路的急转弯处看到这种图片时，都深感生命的可贵和脆弱。

不过，这法子在中国恐难全面推行。中国人多，若是以此法纪念，只怕有些路旁会摆成长廊。满世界游走，我常常感叹，中国人口众多，有很多在小国卓有成效的方法，在中国就搞不赢。人多和人少的确是大不一样的。比如，国外可以随意进入草坪行走坐卧，在中国你试试看，马上就会赤地千里，寸草不生。

分手的时候，我对导游说，你中文不错，为什么不专职做中文翻译呢？

他说，来布莱德湖的中国客人还不够多。做专职翻译，养活不了自己。

我说，那你试试做些文字的翻译工作，再加上做中国贸易什么的。

导游用手搔着金色的短发说，那不成了纯粹的脑力劳动者了吗？

我说，这有什么不好？脑力劳动者又不丢人。

导游说，我觉得一个人专做脑力劳动不好玩儿。

我说，看不出来，你还特别愿意当一名体力劳动者。开装修公司就是因为常做体力劳动吗？

导游思忖着说，专门做体力劳动也会烦的。我觉得最理想的状态就是可以经常在脑力和体力劳动之间转换，做做这个，再做做那个。比如，40%的脑力劳动，60%的体力劳动，就很好。

中国有句古话叫作"随心所欲"。如果能自由地选择劳动方式，的确是大自在呀。

在加德满都直面生死

第六章　你站在金字塔的第几层

这个世界上有两百多个国家，每个国家都有自己的国旗，形状基本上都是长方形。有一个国家，国旗是三角形的，全世界就它独一份。国旗由上小下大、上下相叠的两个三角形组成。旗面为红色，旗边为蓝色。红色来自国花红杜鹃的颜色，蓝色代表和平。三角旗中的太阳和月亮图案代表王室，旗角代表喜马拉雅山脉的山峰。

这个国家就是尼泊尔。它的首都加德满都，意为"独木之寺"，坐落在加德满都河谷里。既然叫河谷，当然要有河。在其中流淌的巴格玛蒂河，是恒河的主要支流之一，是尼泊尔人民心目中的"圣河"。

巴格玛蒂河边，有一处闻名世界的文化遗产，大名帕斯帕提那神庙，它还有个俗名叫"烧尸庙"。它充满了庄严的神秘感，是整个南亚印度教最神圣的庙宇，也是供奉印度教主神——湿婆的重要庙宇。

这座神庙至今不对印度教徒以外的游客开放，我们连站在门口往里瞅一眼，都不被允许。

我不知"湿婆"的中文译名，是谁最早定夺的。他名字里虽然有个"婆"字，却是男性神，司掌毁灭与重生。当地导游是个20多岁的小伙子，曾在中国留过学，中文甚好，学识也不错。他管湿婆叫"破坏之神"，我有几分奇怪，问，为什么"破坏之神"成了最重要的神灵呢？

导游想了想说，那么，就翻译成"毁灭之神"吧，这样可能更为恰当。按照印度教的解释，世界处于不断的毁灭和重建之中。面对混乱和邪恶，只有先毁灭它，才能在新的基础上获得重生。

263

据说每到世界末日，湿婆神就会准时出现，跳起他最拿手的宇宙之舞。舞动的瞬间，宇宙为之震撼，大地为之颤抖，整个世界便在他的舞动中毁灭。然后，他继续舞动身体，在彻底地消亡空寂后，开启下一个宇宙轮回。

一次长途赶路，我们的旅行车前面是一辆当地的大巴。大巴尾部画着一个鲜丽无比的神祇头像，粉面樱唇，长发披肩。在长达几小时塞车的缓慢行程中，此"美女"锲而不舍地对着追随其后的我们款款微笑。我问导游，这女神叫何名字？导游答，他即是湿婆。我大吃一惊，说，"毁灭之神"怎能长得这般美丽？导游告诉我，此尊有无数个化身，这等俊美模样，是他常常显现给世人的形象。

我们到达巴格玛蒂河的时候，暮色四合。总觉得去看一处陌生景致，第一眼触碰它的时间点非常重要。有时简直是一见定生死，要么一见钟情，要么拒之千里。

河边矗立着"烧尸庙"，概因此地是加德满都最大的印度教徒火葬场，迄今已有1000多年的历史。我粗略地计算了一下，如果以一天焚化10具尸体计算（这实在是太保守的估计，我们去的那一天，就焚化了几十具。不过估计早年间人口没有这么多，故取个低值数字），一年就是3650具。1000年，天哪，共有300多万人在此袅袅升天，蔚为壮观！

旅行车停在远处，愿意去的人沿着通往河边的小路缓缓走过去。臭而焦煳的气味挟持着鼻子，越来越浓。

导游边走边说，中国来的旅行团，大约只有不到三分之一的人，愿意观看这个场景。余下的人，三分之一根本不会下车，拒绝目睹死亡，说这太恐怖了，怕留下心理阴影。还有三分之一的人，刚开始比较好奇，带着一点探险心理，下车后会跟着我的步伐，慢腾腾地往前走。但走不出百十步，就半途而废，打道回府了。对了，正确地讲，是打道回车了。这其中又有约五分之一的人，因为紧张，会干呕或者呕吐。

中国人非常害怕死亡吗？导游可能被这个疑团缠绕甚久，索性停下脚步，回过头问我。

我说，在我们的文化中，基本上没有露天火葬这种习俗，所以，比较不适应。难道说……你们……就不害怕吗?

导游说，不害怕。习惯了。这就是生活的一部分。

我问他，你第一次看到这种情形，多大呢?

导游认真地回想了一下，说，5岁。

我无比惊讶地说，太小了。

导游说，并不算很小。你看，他们的年龄不是更小吗?

这时我们已经抵达了巴格玛蒂河畔，见一些小孩子正在河边玩耍。真是的，有的看起来只有三四岁。

是家里人特意带你来看的吗?我问。

导游说，并不是特意。在我们的文化中，死亡是很平常的事情，人们并不避讳，也不恐惧。大家从小就不害怕这件事。你看到人们黯然神伤，是因为他们觉得再也不能看到死者了，人们为分别而哀伤。对于小孩子，并没有谁想到要教育他们不怕死。如果家里有人死了，或是邻居需要人帮忙，小孩子也会来，并没什么特别之处。

我试探着问，你设想过自己死后的情形吗?

他笑了，露出洁白的牙齿。说，这个不用想啊。我们都知道自己死后会怎样，非常清楚，一点儿都不陌生。我们了解死后所有的程序，知道自己也一定会走这样的路，很踏实的。

一句"很踏实"，让我对尼泊尔印度教徒的生死观，有了更深切的了解。

其实，每个人心里都曾思考过死亡。一个盘旋不断的问题深藏脑海——我们将如何离开这个世界?说得更直白些，你将怎样死去?

我想绝大多数人，不希望自己死于战场。那我们就要共同维护世界持久和平。我们也不希望自己死于意外和恐怖事件，不希望自己死于交通事故，不希望自己死于天灾人祸和瘟疫。

我觉得自己能接受的死亡是死于自然规律，死于理智选择过的自我终结，死于我认为有必要付出自己生命代价的事业。

在过去的一个世纪里，死亡这件事，悄悄地从家中转移到了医院。如果一个病人死在家里，人们会遗憾地说：还没来得及送到医院，人就……

人需要到医院里去死，几乎成了文明进步的重要标志。现代社会的成就之一，就是让死亡从日常居家中成功隐没。医院的白大衣如同魔法师的黑斗篷，铺天盖地罩住了死亡，让死亡变得日益陌生和遥远。然而，死亡没有走开。它静静地坐在城市的长椅上，耐心地等待着某个适当的时机，站起身来，把你悄悄领走。亲爱的，我在下一个路口等你……它不时这样轻轻地念叨。

快餐似的文化忌讳谈论死亡。人们觉得它是丑陋的，阴暗的，恐怖的，可怕的，肮脏的，悲痛欲绝的甚至是可以用来嘲讽的，人们要把死亡秘藏起来。对于那些实在无法回避的裸露的死亡，或是赋予诗意，或是赋予想象。在这种迷雾笼罩下，死亡变成了另外的东西。

我理想中的死亡是这样的：周围的人对死亡有比较充分的准备，在精神上接受这件事情的必然性，不悲戚，不惊惶。在临终之人的最后时刻，尽量保持温和的平稳与冷静。如果实在忍不住，可以轻轻地哭泣几声，以示告别。不然远行的人，回头看到大家捶胸顿足、泪眼滂沱，会感到无能为力并充满不安和愧疚。对无法逆转的死亡，请不要抢救，不单是为了节省资源，也为了顺应规律。在应当画上句号的时候，迟迟不落笔，这个尾结得不好，就成了无以弥补的憾事。

欧洲人珍藏得最好的秘密

作家萧伯纳曾说："想目睹天堂美景的人，就到克罗地亚的杜布罗夫尼克。"

可惜，我知道这句评价，是从那里回来之后。

当初我们预定去杜布罗夫尼克旅游的时候，对这个城市一无所知。也并不能全怪我糊涂，世上流传着一种说法——杜布罗夫尼克，是欧洲人珍藏得最好的秘密。

冬天，北京砭骨的西北风几乎能将人掀一跟头。我们到旅行社预定夏天到保加利亚去看玫瑰花。

路远盘缠贵，不能仅此一地啊。召集齐人马后，决定用 20 天的时间，游览整个巴尔干半岛。定景点的过程像风光选美，工作人员用投影仪鱼贯打出一系列图片，问我们，去还是不去？

时间紧张，穿越多国，交通不便，道路辗转腾挪，行程只能删繁就简，择优录取。我虽不喜这种近乎逃难式的旅游方式，但一个团队，不能以游手好闲之人的爱好为标准。只要涉及时间安排，我基本缄口不言。

一张图片吸引了我，问，此地叫何名称？

杜布罗夫尼克，克罗地亚的一个小城，旅游胜地。工作人员公事公办地介绍。

可有谁去过？我接着问。很在意亲历者的感受，道听途说者多隔靴搔痒。也不能太相信情绪易冲动者的意见，比如失恋者或是辞职者的攻略，他们的憎恶或是美誉，个人烙印太深，未必准确。

没有。您知道，巴尔干旅游很冷门，费用不菲，所以连工作人员都没有去过。旅行社解释。

我点头，表示理解。我和杨老师作为"自攒团"的计划制订者，此刻对景点握有生杀予夺之权。去留停走，几乎瞬间就要决定。大家都忙，且是奉行走哪儿算哪儿的随心所欲派，也懒得呕心沥血地做功课。到了这一锤定音的时刻，就有点儿乱点鸳鸯谱了。

这城有何特别之处？我们踌躇。时间乃常数，去了这里就去不成那里，只得不断尝试放弃。

有一个中世纪的药房。据说是欧洲第三古老的药房，现在还营业呢……工作人员照本宣科。我估计他念念有词的是导游手册的第一页。去后才知道，药房对于整个城市的精美建筑群来说，只是沧海一粟。

然而药房俘获了我。年轻时学医，有一段时间与药房为邻，对药房由衷地崇拜。每逢走过药房，都呼扇鼻翼往内里吸气，用药房门缝中飘出的百药气味，洗刷肺腑。药房是挽救生命的火药库，就算医生护士再英明勇敢，没有长枪短炮的火力，也是枉然。听说有古老药房可看，眼前猛现出一条蛇缠绕在一只高脚杯上的景象，这是欧洲药店的标志。

如果能在欧洲老药房抓药，一定很有趣。抓什么药呢？对了，抓一服治晕车的药好了。我深受晕车晕船之苦，想那城市就在海边，帆起潮落，该有治疗晕动病的独门绝技吧。

思绪像窗外呼啸的风，打着旋儿卷得很远，一抬头看到旅行社工作人员眼神空洞地盯着我，才想起速速回答人家的问题。

去。我俩异口同声。杨老师看到图片所摄城堡，傲然屹立于峭岩之上，心向往之。

那么，请决定是路过城市看一下就走，还是在城里过夜？住宿不便宜。杜布罗夫尼克在世界最贵的旅游胜地中排在第8位，每晚平均住宿费用193美元。

房价这事很有杀伤力，但我们没有迟疑，齐声说，住。

古城嘛，只有在暗夜中才能淡忘沧桑时光，让人缩进历史的狭缝。杨老师喜欢摄影，傍晚和黎明日光柔和，才能拍出好片子。如不安营扎寨，正午时分跌跌撞撞抵达，阳光如焚，暗影如漆，乃摄影大忌。

就这样定了。

真是暴殄天物的主儿，我之后再也没有搜集过杜布罗夫尼克的资料，想象中是个渔村般的港湾。

杜布罗夫尼克，斯拉夫语为"橡树林"之意。顾名思义，橡木成林。我们在傍晚抵达杜城，从公路上俯瞰，未见橡树，首先映入眼帘的是城墙内的一片橙红色屋顶。老城区严禁任何新建筑，除了极少数当地居民的家庭旅馆之外，游客们都住在远处的新建酒店。

酒店爆满，标准间一天的房费高达400欧元。终于明白了那一句"住宿不便宜"并非虚晃一枪。酒店大，人员分散，诸事皆慢。等安顿好，已暮色四合。导游说我们夜游老城。不知道是为了节省大车入城的费用（每辆大轿车要买张100欧元的门票，当日有效，不得延用。这个费用，该是导游出的吧），还是为了让我们另有一份体验，导游安排乘坐公交车进城。

车票2欧元。环保理念盛行，一行人欣然前往几百米外的公交车站。不巧，刚开走了一辆车。等待15分钟之后，终于上了车。

无座，山路不算平坦。大约30分钟后，我们抵达老城城墙外。肚子咕咕叫，先找地方吃晚饭。海风吹拂，清凉惬意。见一风景极佳的饭店，桌子摆在海岸边，烛火摇曳，颇有仙气。众人皆渴望在此处用餐，一打听，自助餐，每人100欧元。我们是自己聚起钱来的原始共产主义制，伙食标准每日50欧元。严重超标，只得作罢。一步三回头地离开，有几个人嘟囔着以后自家人再来，一定在此店大快朵颐。

在老城外比萨店吃了海鲜比萨。店家用味道不新鲜的小鱼虾滥充海鲜，让人沮丧。不过，我们对老城夜色还是充满了期待。

杜布罗夫尼克的整个老城区都是联合国世界文化遗产。进城之前，容我掉掉书袋，写一点儿老城的历史。杜布罗夫尼克分为老城和新城两部分。我们马上要进入的是老城，被高大坚固的花岗岩城墙围绕着。墙外还有宽阔的护城河做第一道防线，貌似固若金汤。此城最初由古罗马人兴建，从9世纪开始，受拜占庭帝国保护。十字军东征后，它则成为威尼斯的属地。1358年，它又成为匈牙利王国的一部分。

名城多次易主，城头变幻大王旗。如果此刻你已经觉得甚为复杂，请多储存一点儿耐心，其后的历史更令人眼花缭乱。

中世纪初期，受当时条件所限，航海船只每天只能航行约50海里，就要停泊休整。不是什么海岸都可泊船，必须有好的沙滩，还有干净的水源。杜布罗夫尼克神天眷顾，这两个条件恰好都具备。它处于古希腊人两个定居点——布德瓦与科尔丘拉中间。两城相距95海里，杜布罗夫尼克当仁不让地成了古希腊航海船队的驿站。

航海路线繁忙，杜布罗夫尼克借此东风，迅猛发展，成了拉古萨共和国的首都。1272年，拉古萨建立起现代政治结构，并创建了独属于自己的法律，其中包含严谨的城市发展计划（惭愧！直到今天，我们有些机构也没有这种高瞻远瞩、从法律层面制订的城市发展计划，人家可是在将近800年前就考虑到了这一点）。

1317年，我崇敬已久的城市中的第一家药店开张。

欧洲药店的标志与行医的标志相仿，徽记的主角都是盘蛇。想不通为什么对蛇这么情有独钟，把"蛇绕行杖"当成了医学之徽记不算完，接着又把药店也收入麾下，脚前脚后都成了蛇窝。只是盘蛇缠绕的对象，从象征游医奔走的手杖，改成了透明的高脚杯。我最早见到药店的图案，以为是要用杯子饮下蛇胆或是蛇血为药，后来才知道原来象征着喂蛇。我就更搞不明白了，从药房取药并准备吃药的是人啊！

据说徽记上的手杖表示云游四方，有不辞劳苦为人治病救命之意，灵蛇则是健康长寿的象征。远古时期，人类就知道了毒蛇的药用价值，古罗马时期的壁画中，可以看到健康之神手拿杯子饲蛇的画面。到了中世纪，药剂师的地位更是扶摇直上，享受着和医生相同的神圣光环。由于药店经常把各种药粉混合在一起给人治病，诡异莫测，和炼金术也沾亲带故。

1347年，杜布罗夫尼克开办了第一所救济院，收养老人。1377年，又开设了传染病隔离医院。1418年废除了奴隶贸易。1432年开办了第一家孤儿院。1436年，建成了长达20千米的城市供水系统……仁政迭出，花团锦簇。到了15至16世纪，杜布罗夫尼克的发展达到了巅峰，已能和早已繁花似锦的威尼斯共和国一争高下。

杜布罗夫尼克的成功，是干净的，并没有沾染他人的血迹。它不像欧洲殖民者攻击成性，也不靠血腥的海外征服，主要采用了贸易自由和航海自由的方式。

1620年至1660年，欧洲市场爆发了贸易危机，以西班牙塞维利亚为中心的世界贸易体系受到沉重打击，全世界都被卷入经济衰退的洪流之中。连远在天边的中国都受到强烈的负面影响，之前每年停泊于马尼拉的中国商船达到41艘，到了1629年，骤然降为6艘。中国的白银进口量大幅跌落，通货膨胀严重。

地中海贸易危机尚未过去，破船又遇连阴雨。1667年，杜布罗夫尼克发生了大地震，大部分建筑倒塌，四分之三的居民死去。在天灾人祸的夹击之下，杜布罗夫尼克开始衰落。1699年，为了避免卷入奥斯曼土耳其帝国军队与威尼斯共和国的血战之中，杜布罗夫尼克将一部分土地出售给了奥斯曼土耳其帝国。1806年，俄国与黑山联合舰队对城市开始了长达一个月的围攻，几千枚炮弹落到城市里。杜布罗夫尼克向拿破仑的军队投降，邀约他们帮忙赶走包围者。

拿破仑答应得挺好，说他的部队只要能自由通过城市就行，不过是借道而已。杜布罗夫尼克相信了他们，不料法军随后封锁港口，占领了整座城市。据说法军入城的那一天，人们将城墙上所有的旗帜与城徽全部涂成黑色，以表达悲伤。

法国的马尔蒙元帅于1808年将杜布罗夫尼克并入拿破仑控制下的意大利王国，不久又将城市纳入了法国控制的伊利里亚省管辖。随着1918年奥匈帝国的崩溃，杜布罗夫尼克又成为南斯拉夫王国的一部分。

你是不是已被小城的纷杂历史搞得头晕眼花了？请多储备一点儿耐心，混乱还远远没有完呢！

第二次世界大战期间，杜布罗夫尼克成为纳粹德国傀儡政权克罗地亚独立国的一部分，起初是意大利军队占领，1943年9月8日后，德军进入城市。1944年10月，铁托领导的南斯拉夫游击队进入城市，随着南斯拉夫社会主义联邦共和国的建立，杜布罗夫尼克成为南斯拉夫的一部分。

1991年，克罗地亚宣布独立。

命运多舛的老城，饱经沧桑，能保存到如今真是不容易。为了一劳永逸地避免老城遭到战争破坏，20世纪70年代，杜布罗夫尼克人想出一招，干脆自废武功，宣布全城非军事化并自动解除了所有军备，从此这里成了不设防的城市。善良的人们以为手无寸铁就可以换来老城的平安度日，不想跟着克罗地亚宣布独立后，南斯拉夫人民军中的塞尔维亚族和黑山族士兵，于1991年10月1日，开始对杜布罗夫尼克发起猛烈攻击，将城市围得像铁桶一般。那年的12月6日，炮火尤其猛烈，共有19名城市居民丧生，60人受伤。战争持续了整整7个月，根据克罗地亚红十字会的统计，老城的824座建筑物中，68%被子弹击中，9幢皇宫被毁。令人叹为观止的是，老城墙遭到650次炮击。共有114名杜布罗夫尼克居民被杀，其中包括著名诗人米兰·米利西奇。

也许因为都是执笔写作的同行，我对诗人之死格外震惊。很想找一首他的诗附在这里，可惜未找到。只得录下另一位我很喜欢的克罗地亚诗人伊万·赫策格的诗《如同雪一般》，以示祭奠。

晚上我无法入睡，

倾听那些稀有的鬼，

驾驶（战车）穿过萨格勒布。

有时他们踩刹车，

仿佛迷了路，

穿过我的脊背，穿过云，

穿过雪。

朋友们已对我道过"晚安"，

但我仍然无法入睡。

我想象着我们在婚礼中，
一条河流上的一家餐馆里，
每年这个时候，
纯雪沿着河流漂，没有人看见。
我盼着一件婚纱礼服，
你答应过是隐形的。

没有人站到你身边——
没有人站在那里而看不见我。
只有我和你，没有我的你，没有你的我，
就像每一朵被遗弃的雪。
母亲说，家乡
也下雪了，没有人看见。
父母也担着心。
天空下沉，几乎到了地面，
人们缩小到指甲一样大小，
这些在这里，那些在那里，
近和远。
晚上我无法入睡，
倾听那些稀有的鬼，
倾听雪，如同雪一般。

战争结束后，前南斯拉夫国际战犯法庭对组织围城的人进行了起诉。炮击杜布罗夫尼克的指挥官——帕夫莱·斯特鲁加尔将军，被判处入狱八年（当你看到城门附近特意保留的累累弹孔时，你会气愤这个人当年怎么会发令向如此美丽的古迹开炮）。

战后老城开始维修，联合国教科文组织出钱出力，方针是"修旧如旧"。到了 2005 年，绝大多数被损坏的部分都修缮完毕。原有的民居屋顶是青石板的，现在改为橙红色的轻质瓦，看起来明亮而艳丽，散发着蓬勃的暖意。如果不知道杜布罗夫尼克的遭遇，你会觉得这色调和古城古朴浑厚的风格稍有不符。知道了历史，就明白了这里的人们对温暖和安定的期待，让他们情不自禁地选择了暖色。

吃完饭，我们缓步进城。

老城里只住着不到五万名居民，而且还在逐渐减少。

进得门来，首先看到弹孔。

在巴尔干半岛，你常常可以看到这种当代战争遗留下来的痕迹。比如，在贝尔格莱德和萨拉热窝，马路边矗立的高层建筑，假设通体是白色的，突然有一块被不规则的红砖补缀起来——也许是半层楼，也许只有一间屋子外立面那般大小，很像一块块不修边幅的补丁。当地人告诉我们，这都是在战争中被轰炸或是炮击过的遗迹。整个楼房框架还在，日子还要过，于是房屋主人就请人修整，把被炮弹炸毁的部分重新用砖砌起来，凑合着居住。

我吃惊地说，这样安全吗？

当地人耸耸肩说，不知道。但是，生活总要继续，对不对？不然，人们到哪里去居住呢？

多年以前，我听过一位自认为很有创见的学者说，预防侵略最好的方法是不设防。因为你完全没有防备力量，所以人家就不会打击你，你就能得以保全。应该请他到杜布罗夫尼克看看，一个个弹孔如绝望的眼凝视着他，也许他会得出另外的结论。

这就是旅行的好处，有机会让人矫正对世界的看法。

我们在朦胧的灯光下，走过石桥。派勒城门高大威严，一下子就把游人压进了中世纪的模具中，好像你是个猫在熙熙攘攘的人流中，背着蔬果等待入城的乡下小贩。城门建于 1537 年，门上的雕像是城市保护神圣布莱斯。据说中世纪时，我们脚踏的地方是木吊桥。夜晚时分，守城的军士会把桥收起，城门落锁，钥匙直接交由王子保管。也就是说，刚才发的思古之幽情不着边际，天已经大黑了，古人是不能在这时进城的。

城门内还有一道城墙，建造时间比外墙还早一个世纪，它的厚度达到了令人惊异的6米。注意啊，是厚度不是高度，高度足有20多米。

穿过城墙后，主干道呈现在面前，它并不是很长，只有292米，但在夜色中，另一端的城门显得遥不可及。这条街的名字取自意大利语，意思是："多么大的一条街！"整个是一个感叹句。据说当年一位来自米兰的意大利军官走在大街上发出一声惊呼，就诞生了此名。路面原是红砖铺就，1901年改铺石灰岩。就算是这二手的街石，经过一个多世纪无数双鞋脚的摩擦，也已经变得油光锃亮，在夜色中像泼了油似的。

真正的震撼发生在此时。

我参观过罗马斗兽场和凯旋门，见过位于沙漠中的叙利亚古都巴尔米拉皇宫的建筑遗迹，还有约旦、土耳其、墨西哥、埃及等国家中无数神圣的废墟，当然还包括耶路撒冷的圣殿哭墙……

巍峨、高大、冰冷、残破、森严……是它们留给我的统一印象。我曾想，不知这些残墙断壁当初完好时，是怎样雄霸一方、不可一世？穹隆之顶上的飞檐走兽可曾遮天蔽日、金光灼灼？

现在，它们整合起来，猝不及防地出现在你面前，猛烈地击中你的感官。古朴庄严的大街，两旁几百座建筑千姿百态，有罗马式的、哥特式的、希腊式的……富丽堂皇，整齐规范，每一座都是精品，美轮美奂。简直就是一部摊开的欧洲建筑百科全书，每一页都耐人寻味、活色生香！此刻不是你穿越到了古代，而是过往岁月从历史深处龇着牙迎出来，一张嘴把你吸进去了。

感觉离奇，不可名状。打个不很恰当又有些诡谲的比方——好似你百代之前、盛年殁去的高祖奶奶，从石棺里一个鲤鱼打挺坐将起来，风情万种、满面春风地伸出臂弯把你揽了过去。

这就是杜布罗夫尼克令人惊骇的魅力。

进城后最先吸引眼球的是欧诺弗利欧喷水池。此池为双层结构，貌似硕大的莲花。上层原有精美的雕塑，大地震时被毁，只剩下底座上16个带有面具雕塑的出水口，略像《罗马假日》中的那个出水面具模样。此地为进城必经之处，当地习俗是进城的人都要在此洗手，避免将厄运带入城里。以我当医生的经验，觉得这城当年人来人往、川流不息，为了防止传染细菌和病毒,特令人们洗手防病。防患于未然的卫生举措,不过是假借了"神"的名义。

喷水池一侧是具有典型中世纪特征的教堂,需要人们仰视。此教堂是为纪念16世纪20年代地震中的遇难者而建,工程浩大。据说全城男女老少,不论贵族还是贫民,都踊跃参加义务劳动,搬运石块,不辞劳苦。女人们捐出牛奶和鸡蛋,掺入石灰浆中,使教堂坚如磐石。1667年,大地震再一次袭来,全城四分之三的建筑倒塌,而这座教堂却完好无损。

教堂隔壁的高墙连着钟塔,是著名的圣方济各会修道院。我终于了夙愿,看到了那座声名在外的古老药房。它低调朴素,除了标牌,外观看起来十分平常。我寻找了半天还在营业的药铺,并无收获。原来它已不操旧业,不调配药剂,而是改成了药学植物馆。花2欧元买了票入内参观,里面保存着2万个药壶、3万卷图书、22卷羊皮书卷和1500份手书药方。我终于了结了对药房的情愫。

拉古萨对街道布局有着严格的安排,重建时也严格遵循既定方针,建筑均用岩石建造,外墙统一为浅黄色,屋顶统一为橙红色。城的北部有一座小山,如舌头般缓缓探入大海。斜坡上,星芒一样散布着十几条窄巷,轻轻拾级而上,精致典雅的古意扑面而来。街畔散布着酒吧和小商铺,远远的街灯亮了,我恍然明白了什么叫"天上的街市"。我们队伍中有两对夫妻,断然脱离大部队到小店再次享用晚餐,举杯对饮,恍如初恋。

城区中心是一个广场,以前是集市,也是政府颁布法令、举行公共集会的场所。钟塔建于1444年,大地震中塌了,后来又按原样重建起来。在城里走动时,经常可以听到某某建筑曾经震毁,然后原址原样重建的说法。此城的居民,多么珍爱这些古老的建筑啊。钟塔高31米,我仰头站在广场上,看夜空下的分针,每5分钟跳一格,体验时间在空间覆盖下的流逝。塔顶有两尊铜质的敲钟人,整点时就会跳出来表演敲钟。

钟塔右侧的建筑,拱门上有士兵头像,想来这是一处军产。问过之后方知是当年的海军官邸。钟塔北边是著名的史邦扎宫,建于1516年,最初是贸易管理所,后来成了海关和银行,17世纪后变成文人聚会的沙龙。我个人认为这是城中最精致的宫殿。一楼是敞廊,其繁复无比、层层叠叠的雕花,令人惊叹。当时城里能工巧匠真多，并且有那么多耐心和闲工夫。二楼是威尼斯式的直立窗户，墙身上刻着拉古萨的商人守则："我们禁止欺骗，当我们称重时，上帝在一旁看着我们。"

很想把这句话移植到中国的自由市场，将"上帝"改为"良知"，让人们知道在秤杆之外，另有一种力量正在俯瞰。

这座宫殿现在是世界上最显赫的国家档案馆之一，它的藏品中，有早至1272年的记录，是人们了解当时商船、货物和旅客情况的珍贵资料。

登上拉古萨标志性的景观——古城墙，它是整个地中海地区保存得最完好的中世纪城墙，建于9世纪。城墙上有炮台、堡垒、炮塔、角楼和要塞等，组成坚固的防御体系。从城墙上向东望，可见一座岛屿。据说那上面有世界十大悬崖之一的峭壁，每年都会吸引来不少悬崖跳水爱好者。20世纪30年代，不爱江山爱美人的温莎公爵及夫人，曾把这里当作最佳度假胜地。

另一座城门外，是旧时的港口。拉古萨共和国时期，无数庞大的船队就是从这里起航，纵横地中海远及全世界。16世纪时，这里停泊着200艘大型商船。到18世纪，增加到了300艘。黝黑的海面，彩色的霓虹灯泼打在上面，翻卷起一道道彩虹。

当地人告诉我们，杜布罗夫尼克每年都要举行"杜布罗夫尼克之夏"戏剧节，要塞内阶梯形的台地就成了极好的舞台。整整一个半月，每当夜幕低垂，便会上演莎士比亚的名剧《哈姆雷特》。惊悚的古堡，黑黢黢的高墙，惊涛的伴奏，你哪里逃脱得了中世纪的浸淫！

在这里演出莎士比亚戏剧，并非随意附庸。莎翁曾把"拉古萨"写入了他的多部作品中。19世纪末的浪漫主义诗人拜伦，直接称此地为"亚得里亚海的明珠"。我原来一直以为"海明珠"是为阿尔巴尼亚创造的词，原来出处在这里。萧伯纳更是将这里直接命名为"人间天堂"。

恢宏的教堂和王公官邸，在暗夜中威风凛凛地矗立着，让你不由得遐想，在过去的岁月里，这里的树下发生过多少故事？双脚抵住的地面，是否被人千百次地从窗口眺望？

我心悸了一下，猛地明白了为什么拉古萨会屡屡向强敌低头，不惜捐出重金卑躬屈膝，割地赔款，一再缴纳保护费，只求平安。若损毁了这精美绝伦的建筑，活着的人必肝肠寸断。只要城郭存在，时间自会证明正义。如果宫阙夷为瓦砾，正义也就化成了永难弥补的痛苦和憾。

走着看着，不知不觉夜已深了，导游告知公交车就要停驶，我们必须赶回酒店。好在只是暂别，明早我们还会再来。

依依不舍地离开。我暗自担心光天化日之下的老城，是否还能保持这神秘的古朴？有一些景色，只有黑夜裹体，才能幻象丛生。

克罗地亚在古代有个名人，中国人都熟悉，名叫马可·波罗。你可能要说，马可·波罗不是意大利人吗？其实他老人家就出生在克罗地亚，距离此地不远（克罗地亚面积很小，到哪儿都不远）。只不过在马可·波罗的时代，他的出生地科尔丘拉岛，归威尼斯共和国管辖，游记也是用意大利语写的，所以人们都认为他是意大利人。现如今这地盘已经不属于意大利了，克罗地亚建起了马可·波罗博物馆。可能由于马可·波罗和中国的特殊关系，该博物馆对中国游客免费开放（须凭护照，不是目测啊）。

说到现代名人，有个足球运动员叫苏克，克罗地亚人。1998年在世界杯上以6粒入球勇夺金靴奖，并帮助克罗地亚队取得了前所未有的好成绩——季军。因他的进球多是左脚踢进去的，媒体称赞他"左脚灵活得可以拉小提琴"。以讹传讹，有人说他的左脚真的会拉小提琴。2004年8月，国际足联委托球王贝利选定125名伟大球员，名单中就有苏克。苏克成了国宝，青少年也狂热地喜爱足球。

说了半天苏克的故事，你可能觉得扯得太远了。别着急，马上就会看到足球和古城的关联。

我们挤上末班公交车返回酒店。刚停靠到第二站，一窝蜂地上来了十几个毛头小伙子，满嘴喷着酒气，根本不买票，从原本下车的中车门野兽般疯狂地拱了进来。顷刻间他们把汽车变成了运动场，有人手攀栏杆，把栏杆当成单杠，一个鹞子翻身爬坐了上去，挥舞着拳头，狂躁地吆喝。有人用力捶打车厢板，好似擂鼓，震耳欲聋。有人向周围的人狂躁地呼喊，亮出一疙瘩一块的腱子肉……不管他们身在何处、手头忙什么，有一点是统一的——沆滥一气，狂轰滥炸，语无伦次地呼喊着口号。

　　车厢臭如有人呕吐过的酒肆，原本很挤的车厢，中部霎时空荡荡的了。乘客们胆战心惊地缩小自己的体积，离他们尽可能远一点儿。这种无声的逃避纵容，让他们更加猖狂。在宽阔起来的车厢里，他们用尽全力捶打车窗、隔板、塑料架子……所有在面前阻挡他们视线的东西，都被理所当然地视为挑衅。他们摧枯拉朽，骄横喧嚣，不可一世地在那里狂吠着……

　　整个车上，咆哮声充斥于每一寸空间，除此之外没有一个乘客发出点滴声响。汽车司机缄默着加快速度拼命行进，好像这样就能逃离恐惧。公交车进入黑暗的旷野，整个车厢如移动的棺椁，迸发着鬼魅般的刺耳怪声，颠簸向前。

　　一个疯狂的小伙子，距离我不到 20 厘米。我用余光看到他脸上的每一颗青春痘，都变成了锃亮的紫疱，表面凸起的白色脓头，似乎就要喷溅。以我一个医生的经验，我觉得他体内的荷尔蒙高涨得就要爆炸了。一米九的身高，黄色的头发，浑浊的淡灰色眼珠，狂吠的嘴巴里不整齐的牙齿……高声啸叫所达到的疯狂分贝，我从未在人类的嗓音中听到过。想象当年纳粹的褐衫军游行，估计有相似之处。

　　不曾和一群流氓如此近距离地碰过面。旅伴们已被挤得四分五裂，万一出了意外，谁也救不得谁。异国他乡，半夜三更，人生地不熟，语言不通，若真和这帮血脉偾张的外国愤青扯斗起来，他们人高马大，我等女流实在不是对手。

　　思谋了一下应对的方式，便立即冷静如水。随他们近在咫尺地叫嚣，完全不去理会，连眼珠也不转过去。不和他们的目光对视，面容淡然，如入无人之境。

　　地狱一般的时间，过得极其缓慢，闭目养神浮想联翩。旅游上路，行船跑马三分险。我想过自己可能死于车祸或死于飞机失事，死于传染病或食物中毒，死于脑出血或心肌梗死……凡此种种，皆可一语成谶。可是真没想到若和足球流氓醉鬼起了争执，就此一命呜呼，成了异国游魂，临死还要沾染一身晦气，有点儿冤啊。不过，也不是不能接受。世事难料，听天由命吧。

第六章　你站在金字塔的第几层

279

到了我们临下车的前一站，流氓们呼啸着下了车，张牙舞爪地隐没在漆黑的夜色中。

车上的人们明显地长舒了一口气。寻索四周，暴徒们攀握的车厢扶手已经弯曲。车厢顶部的天花板也被他们砸得凹陷下去了。克罗地亚汽车的质量真是不错，除此之外并无太多伤痕。

终于下车了。夜风一吹，才发觉颈项皆汗，冷衫贴衣。有旅伴说，歇息一下再走吧，膝盖软了。

我问导游，他们是谁？

导游说，这是一伙足球流氓，他们在车上狂呼的口号，是不断用脏话骂他们鄙视的球队和球员。

我对这个古典小城所有的安宁印象，烟消云散。

我问导游，那对酒当歌的两对夫妻，不知能不能安全归来？

导游说，刚才咱们恰好碰到足球比赛刚刚结束，浪子们也散场。轮到那几位归来的时候，时间已经过了，估计不会有大问题。再说，末班车已过，旅客必须打车，应该没有这么危险。

我说，恕我直言，这个坐公交车的决定不大妥帖。再者，我看你今天有点儿魂不守舍，瞪着海水发愣。不知是否身体不适？

导游说，我上一次来杜布罗夫尼克，是和女友一道度蜜月。现在，我们已经离婚。

原来如此。

一日数惊。好像住进了一套名叫"惊"的别墅，先进入的房间叫作"惊喜"，然后一拐弯就进了"惊愕"的门。这房子还是个套间，里面的黑屋名叫"惊恐"。最后出门来站在走廊里长出一口气。极度的惊喜和噬骨的惊悚轮番上阵，构成旅行的不可预见性。

也许，旅行因此而充满魅力。